妫川作家精品文丛

寻找失去的家园

武勇坤 著

長江出版傳媒
长江文艺出版社

图书在版编目（CIP）数据

寻找失去的家园 / 武勇坤著. -- 武汉 : 长江文艺出版社，2020.11（2024.8 重印）
ISBN 978-7-5702-1731-1

Ⅰ. ①寻… Ⅱ. ①武… Ⅲ. ①中篇小说－小说集－中国－当代②短篇小说－小说集－中国－当代 Ⅳ. ①I247.7

中国版本图书馆 CIP 数据核字（2020）第 144824 号

责任编辑：谈　骁　　　　责任校对：毛季慧
封面设计：祁泽娟　　　　责任印制：邱　莉　王光兴

出版：长江出版传媒 | 长江文艺出版社
地址：武汉市雄楚大街 268 号　　　邮编：430070
发行：长江文艺出版社
http://www.cjlap.com
印刷：三河市百盛印装有限公司

开本：880 毫米×1230 毫米　1/32　　印张：8.75
版次：2020 年 11 月第 1 版　　　2024 年 8 月第 2 次印刷
字数：185 千字

定价：55.00 元

序：在自己的土地上播种

王培静

勇坤是位公务员，工作之余，笔耕不辍，通过辛勤劳作，自留地里终于长出了沉甸甸的谷穗，掀起了金灿灿的麦浪，抬眼望去，一番丰收在望的景象！

过去只知道勇坤写小小说，没想到他还写了这么多篇短篇小说。

看勇坤的小说，就像欣赏一幅幅农村生活的风俗画卷，里边的人物朴实无华，农村里的家长里短真实可信，一幕幕生活场景历历在目。

金鸡岭是勇坤的精神家园，他所描绘的故事，大都发生在这里，这儿的一草一木、一砖一石，他都熟；那些质朴的乡亲们的心事，他了如指掌。

这些，应该都与他成长的环境有关。

《黑贝》和《虎子》两篇小说，一篇写当下，一篇写过去，都是写小人物和狗的故事，两个狗的主人李老安和刘忠的命运也很相似，都是孤身一人的老光棍，都是把狗当伴的穷苦和善良之人。那两条分别叫黑贝和虎子的狗，都是仁义和忠诚的化身。后一篇加入了抗日的元素，狗传染病也挑人，爱憎分明，有些传奇色彩。

《金鸡岭遗事》写到了过去贫穷时农村里的人和事，把善良人卻富贵和恶人电工丁四这两个人物写活了，让丁四得到了命运的惩罚，结尾的反转，更是使人感慨万千。

《冷暖》中，“我”和妻子张曼芸闪婚后的生活过得不冷不热，像没做熟的一锅夹生饭，谁吃起来都不舒服。虽然没有死灰复燃，但“我”处处拿妻子和前女友比较，我对前女友的怀念和留恋，又反映了人性的复杂性。

《牌楼塘》中的一个人物让我记住了，他就是张林，这个人物有点高加林的影子。

《桥》写得很好，比较智慧。集资修桥没人掏钱，村长出面以修庙的名义让大家捐钱，最后大家看到了实惠，知道了张建山的良苦用心和真情付出，同时也改变了对修桥的看法和态度。

《桑》汤汤水水太多，有点杂乱，还有点意识流。但小说是语言艺术，语言得有张力，要么用故事拴住读者，要么就得在语言上下功夫。小说要有吸引读者读下去的引力。《如水铁证》《三上金鸡岭》也有上面的问题。

《寻找失去的家园》这篇小说，写的是环保题材，立意很好，就连主要人物的名字金山，也是作者的用心所为。过去的村长金山从外地回来，作者写道：

> 金山坐车在离蛇地沟最近的地方下了车，顺着土路刚走了半个小时，迎面驶来一辆悍马越野车，拖着长长尘土尾巴，以不可阻挡之势冲过来。金山急忙躲到路边的一棵树后，人造沙尘暴刹那间搅得天昏地暗，金山变

> 成了刚从地下刨出来的兵马俑。他拍去身上的尘土，紧皱眉头，也没猜出开车的是谁。他又走了一个多小时，到了蛇地沟。一股强烈的刺鼻的石粉末、油漆味、废塑料、纸张霉变气息充斥而来。路边的杨树叶稀疏枯黄，像害了虫病，奄奄一息地立着。半人高的苞米矮小干枯，像是劣质种子，从小受尽折磨，可怜巴巴地戳在灰尘上。许多房屋都是新盖的砖瓦房，经灰尘烟雾的侵蚀，显得陈旧不堪。倒是村口有座三层小楼四合院，格外突兀气派。
>
> 从金鸡岭流下来的山泉，上面满是厚厚的白沫，散发出馊臭的味道。街上散落着一串雪样的纸钱，悲凉的哭丧声萦绕在上空，把人的魂都勾走了。

看到这儿，心里沉甸甸的，这哪儿是人待的地方？作者没有从正面描写污染的环境，字里行间却透露出了丰富的信息。

现任村长霍魁寿，家在县城，每天开着悍马，像开着一辆横冲直撞的坦克。村长很怪，处处与众不同，如同生化专家，戴着口罩、白手套，他只喝矿泉水，随身装着湿纸巾，一副不食蛇地沟烟火的样子。前年，他在乡长面前汇报业绩，其中一项是金家堡的人全都从金鸡岭上搬到蛇地沟，全村从农业一步跨到工业时代。县里把这作为示范，全县推广。

通过这些文字，霍魁寿这个人物出场了，他在村里办起了矿石厂、造纸厂、涂料厂，乡里、县里都把他树为典型。村里的很多人都在工厂里打工，挣到了钱，见到了实惠。农民的目光短浅，这可以理解，但慢慢到来的死亡，他们却不知是恶劣的环境造成的。

金山竞选村长，没人支持不说，家莫名其妙地被砸。到乡里找，得知村里的厂子有乡长的股份。到县里找县长，说村子变成了癌症村，水被污染，地里不长庄稼。霍魁寿得令去接上访的金山，对领导说：他精神有问题，在蛇地沟，大家都叫他山顶洞人。金山盼着县长亲自来村里看看，却原来是场梦。夜里他被人打折了左腿。最后就连空气清新的山另一面的艾家滩，也有了霍魁寿开的工厂。

最后，作者留了一个光明的尾巴：十五年后，蛇地沟的污染工厂都关停了。金山又回到蛇地沟，成为当地最健康最长寿的老人，尽管他已九十多了，每天都上金鸡岭种树。

这篇小说的分量很重。

我的体会，小说创作中，立意尤其重要，写作前一定要有一个好的主题，在肚子里多把需要的原材料梳理几遍（故事、矛盾冲突、明线暗线、主要人物等），写作时可能会有更好的情节和细节冒出来，那就是人们常说的灵感吧！

每个作者都有自己熟悉的生活，那就是他创作的起点和基地，勇坤就是这样做的。希望勇坤以此作品结集为起点，创作出更多更好接地气的文艺作品，奉献给读者，我期待着！

王培静，中国作家协会会员、北京小小说沙龙会长。曾获冰心儿童图书奖、冰心散文奖、金麻雀奖、中国微型小说四届一等奖。作品百余次获奖。出版有小说集《秋天记忆》《怎能不想你》《王培静微型小说选》《向往美好》《王培静小小说选》《替我叫他一声哥》《寻找英雄》《幸福的感觉》《编外女兵》《谁不愿做只飞翔的鸟》《军魂》等20部。

目　录

黑贝 / 001

虎子 / 011

淮南橘 / 017

金鸡岭遗事 / 032

冷暖 / 064

秘方 / 087

牌楼塘 / 098

桥 / 119

如水铁证 / 125

三上金鸡岭 / 145

桑 / 153

审判 / 176

寻找失去的家园 / 196

盛夏的果实 / 218

文明村的过客 / 236

午后的阳光 / 250

邂逅 / 257

黑　贝

在城乡接合部，有个老汉叫李安。父母双亡，孤身一人，靠走街串巷捡破烂为生，因上了年纪，人称李老安。

每天，李老安拉着双轮车，赶在清运车来之前，在小区垃圾桶里翻捡垃圾。李老安穷怕了，辛辛苦苦，才攒了三千元，这哪儿够他养老啊！李老安越想越怕，日子过得苦，白天去捡破烂，谁见都捏着鼻子躲着走。到了晚上，炕上冰凉，没点热乎气，连个说话的人都没有，从前心凉到后背。

这天，李老安低头拉着车，忽然闻到一股奇怪的恶臭味，顺着气味寻去，原来地上趴着条死狗。李老安捏住鼻子，心想：环卫工人也太懒了，死尸都腐烂了，也不清理。

回来时，李老安特地绕开那个地方，惊奇发现，那条死狗莫名其妙地趴在树阴下。李老安很纳闷，死狗怎么会挪动呢？莫非没死。李老安走近几步，狗勉强睁开眼，流露出哀求的目光。

狗真是太可怜了，瘦得皮包骨，浑身脏兮兮的，精神沉郁，奄奄一息。李老安知道它活不长了，但总不能眼瞅着它活活渴死饿死啊！他找来快餐盒，倒上捡到的矿泉水，放在狗的嘴边。狗嗅到水的味道，一动不动。李老安看着它扁扁的肚子，又去买了三个肉包子，掰碎了放在它的嘴边。李老安夸张地吸着鼻子说：“肉包子，真香！你吃呀，我都好长时间没吃肉包子了。”

狗的嘴巴贴在地上，眼鼻流着浓浓的分泌物。

李老安搓着手说：“水也有吃的也有。你不吃不喝，我也没办法。总不能让我喂你吧。”狗像听懂了他的话，张开嘴巴努力向上抬着。李老安说：“我服你了。”李老安拿起一小块包子，塞在它嘴里：“吃呀，吃呀，你倒是吃啊！”狗含着包子，嘴巴动也不动。李老安摇头叹息，捡破烂去了。

第二天，李老安看见水没了，包子只剩下半个。他一阵暗喜：有门儿，能吃能喝就行！

李老安每天都给它弄水弄吃的。也是命不该绝，几天后，狗竟活过来了，只是吃得很少。李老安琢磨：我何不好事做到底，把它治好，自己也有个伴儿。

李老安也不嫌狗脏，用旧衣服把它包起来，像抱着婴儿，觉得它的身体很烫，嘴里说着：“别乱动，送你上医院。”

年轻医生离老远就闻见一股恶臭味，又见李老安一身乞丐装扮，忙掩鼻把他赶走：“这狗没法治了。”

“你没治，怎知没法治了？死马还当活马医哩，它还能吃能喝呢。”

狗求生的本能露了出来，配合地“呜呜”叫了两声。

李老安苦苦哀求说：“看它多可怜啊，你就给它治吧！”医生说：“不是我不给它治，怕你拿不出钱来。”李老安看医生松了口，高兴地说：“你就治吧。钱我出得起。”

医生伸出两根手指头：“至少得两千块。”

李老安吓得后退两步：“给狗看病，用得了这么多？”李老安抱着狗在门口琢磨开了：我那三千块，可是养老钱，动不得啊。给它用了，万一我有病，我用啥呢！

李老安把狗又抱回原地，给它弄来水和食物，嘴里念叨着："我供你吃，供你喝，也算对得起你了，你是死是活，全靠你造化了。万一遇到好心的有钱人，你就有救了。别怪我心狠，你的主人都不要你了，我要是有钱，说啥也给你治。"狗趴在地上，冲他摇着尾巴尖儿。李老安伤心不已："你放心吧，我还会来看你的。你要死了，我把你葬了。你比我命强，我死了，都没人葬我呢。"

晚上，李老安翻来覆去睡不着，总以为狗在拱门。好不容易睡着了，又做起了噩梦，一会儿狗被一个恶汉打死了，一会儿梦见自己得了怪病，疼痛难忍……老安疼醒了，一阵惨笑：命，这就是命。看来，自己欠狗一条命啊！

第二天一亮，李老安赶过去，见狗还如昨天一样，心里一块石头落了地。他一咬牙，不就是两千块钱吗？豁出去了。治好了，自己也有了伴儿。治不好，落得心里安生。

李老安想通了，不敢耽搁。跑回去，从墙角瓦罐里掏出钱，抱着狗，走进了医院。

医生没想到捡破烂的李老安居然拿出两千块钱给狗治病，知道他攒钱不易，真诚地说："别治了。省点钱吧。真喜欢狗，去市场花两百元能买条好狗。"

李老安说："治，好歹也是条命哩。"

医生说："你再想想。"

李老安催促说："快治吧，省得狗遭罪。"

医生戴上手套，接过狗，对李老安说："交给我，你就放心吧。"李老安对狗柔声说："听话啊，这是救你命哩。等你病好了，我接你回去。”

当天下午，李老安买了两袋狗粮去看狗，狗完全变了样，整整齐齐，但精神依然萎靡。医生说：“它得了狗瘟，还没脱离危险期，这种病死亡率很高，你要有思想准备。”李老安感激得不知说啥好，像哄孩子一样，把狗粮晃得哗哗响：“看，我给你买的，馋了吧。”

一星期后，狗康复出院了。当天晚上，李老安给狗接风洗尘，自己吃馒头，给狗吃小灶——肉包子。狗瞅瞅盆里的肉包子，又瞅瞅李老安手里的馒头，伸出小爪子，立起身，去够馒头。李老安把馒头凑近狗的鼻子，笑着说：“哟，你个傻帽，怎相中我的了。你闻闻，连个馅儿也没有，吃你的肉包子去。”狗晃着小脑袋，眼睛盯着馒头，一幅馋相。李老安把馒头掰开，沾着菜汤，放在狗盆里，狗吃得津津有味。李老安一点它的头说：“你呀，和我一样，受苦的命。咱俩谁也别嫌弃谁，相依为命吧。”

此后，李老安去捡破烂，狗像个皮球，在他脚下绊来绊去，蹦蹦跳跳，撒着欢疯跑。李老拍着它的小脑门：花两千元，买个开心，值！

有人嘲笑李老安是冤大头，见面故意气他：“狗能带来好运，你时来运转该发大财了。”

李老安抹了一下嘴巴，笑呵呵地说：“发了财，请大家喝酒。”

有人问：“李老安，狗叫什么名字？”

李老安随口说：“黑贝。”众人哄堂大笑。李老安认真地解释：“狗是黑色的，黑贝，黑贝，黑色的宝贝！”众人个个笑得东倒西歪：“只有你李老安把流浪狗当宝贝。”

不管大家怎么说，李老安还真把狗当作宝贝。李老安还没把黑贝这个名字叫开，黑贝就给他惹祸了。那天，李老安带着黑贝去小区捡破烂，一个浓妆艳抹的女人牵着一条京巴，摇头摆尾走来。京巴见了黑贝，欢蹦乱跳，要与黑贝玩耍。女人想阻止它们，飞起一脚，踢黑贝脑袋："哪儿来的野狗。"黑贝勃然大怒，躲开脚尖，揉身反扑，在女人腿上咬了一口。

女人尖叫着，摸起两块砖头，迈步就追，黑贝见势不妙，躲在李老安身后，温顺得像只小猫，仿佛诉说委屈。

女人挽起裤脚，对李老安说："这是你的狗，它把我咬了，你带我去医院。不然就要狗命。"

李老安见她腿上有两道浅浅的白印，满脸赔笑："大妹子，对不起，别和畜生一般见识。"

"谁是你妹子，你个老流氓。"女人又嚷又闹。李老安没办法，只好陪女人去了医院。

晚上，李老安数落黑贝："你呀，都说你能给我带来好运，你倒好，尽给我惹祸，我好容易攒的三千养老钱，都让你花了。"黑贝耷拉着脑袋，一声不吭，像做错事的孩子，趴在李老安脚下。李老安心一软："算了，我现在是个穷光蛋了，你再惹祸，可别指望我了。"黑贝讨好地伸出舌头舔着李老安的手，似在求他原谅。

到了夏天，垃圾桶里臭味熏天，苍蝇乱撞。这天，李老安在柳树下的垃圾桶里一无所获后，转身离开，黑贝追上来叼住裤脚往后拽，"刺啦"一声，撕开个大口子，露出一条又黑又瘦的腿。李老安气坏了，踢了它一脚："滚开，我的裤子都被你扯坏了。"黑贝松开口，一纵跳到他前面，拦住去路。

李老安心一动，莫非有什么事？黑贝跑到草丛里，拽出一条大鱼，足有二十斤。李老安丧气地说："走了，鱼都臭了。你要想吃，我去河沟给你钓两条新鲜的。"

黑贝不理会，用嘴和爪子拱鱼。看那意思，非想把鱼拿走不可。李老安说："行了，我给你拿上，做给你吃。"

李老安用塑料袋包好，放在车上。黑贝高兴得绕着李老安转圈。李老安苦笑说："你呀，又耽误我一天工。咱这就回家，给你炖鱼去。"

李老安回到住处，把鱼卸在地上，转身去拿刀。一回身，愣住了：黑贝从鱼肚里拖出一个黑塑料袋，李老安很纳闷，放下刀，打开黑塑料袋，露出一个白塑料袋，里面整整齐齐码着十沓钱。李老安知道误会黑贝了，抚摸它的头，歉意地说："我误会你了，踢你的一脚还疼吗？"

黑贝趴在地上，支支吾吾，一脸的伤心样儿。李老安心疼地说："黑贝呀，我以后再也不犯浑了。我保证还不行吗？"李老安在它的腿上揉着："是这里吗？我给你揉揉。唉，你要会说话，该多好啊！"黑贝伸出一只前爪，和他握手言和。

李老安把钱放进瓦罐里。第二天，路过银行时，黑贝趴在银行门口，任凭李老安如何喊它，它就是不走。李老安一惊：它这是让我把钱存银行啊！看来，它比我灵啊！

李老安捡钱这件事，对谁都没说。他怕招惹是非，就转移到城北去捡破烂。

这天傍晚，天下起了蒙蒙细雨。李老安拉着车往回赶，突然，一阵刺耳的刹车声刺穿云霄，李老安抬头一看，只见不远处一辆车撞倒了一位老汉，司机见四处没人，一踩油门，逃跑了。

李老安使劲揉着眼，也没看清车牌号。他忙跑过去，一看老汉还有气息，忙打急救电话，看到救护车来了，才放心回去。

第二天，李老安看见出事地点围着一伙人，挤进去一看，里面站着一个二十三四岁的大姑娘，满脸愁苦，双手举着牌子，寻找车祸目击证人。原来昨天被车撞的老汉，是姑娘的父亲，至今在医院里昏迷不醒，光押金就要五万。姑娘家里穷，交不起押金，便想寻找目击证人，将肇事者找出来。

有人对姑娘说："这个李老安，天天在这里收破烂，你问问他……"

姑娘对着李老安就要屈膝下跪："大叔，求求您了……"

李老安慌了，想扶姑娘，可一看自己的脏手，又缩了回去，急得直搓手："闺女，快起来。昨天，我的确看见了，可我……唉！"

姑娘失望地落下泪花。李老安打了自己两个耳光，踉跄着走出人群，刚走了两步，突然想起了什么，转身对姑娘说："闺女，你要信得过我。明天我在河边树林等你。"

李老安一路上自责不已："自己怎这么不中用，连个车牌号也看不清，干脆，抠出来当泡儿踩吧。"李老安又责备黑贝："我年老眼花，你呢？你是个哑巴牲口，看见了，又不能说话。"回到家，李老安从破棉袄里翻出存折，对黑贝说："我没帮上姑娘的忙，你是家里的一成员，再说这钱是你找来了，把这给姑娘，你同意不。"

黑贝冲着李老安点点头。李老安摸着黑贝的头："狗通人性，比那个丧尽天良的司机强百倍啊！"

李老安吃过早饭，揣着存折，带着黑贝上路了。李老安感到很光荣，连黑贝也精神抖擞。

下了公路，走一段土路，穿过一片树林，就是河边。李老安正走着，忽然，黑贝"呜"地一阵低吼。李老安一愣，忙停下来，以为黑贝发现了什么。可前边除了一个嘴里叼着一根烟卷，头发染成黄色的小伙子外，什么也没有了呀。李老安看了一眼黑贝："黑贝，跟上。"黑贝抖了抖身上的毛，顺从地跟了上去。

黄毛满脸堆笑，伸手拦住了："你是不是找那个姑娘啊。今天，她有事，让我来。你把车牌号告诉我就行了。"

李老安摇头说："车牌号？我没看清！"

黄毛一笑，从口袋里掏出两沓钱，递给李老安："你放心，我不会亏待你的。这点钱，你先拿去花。"

李老安心里生疑："你是姑娘的什么人？"

"我？男朋友。"

李老安说："你是她的男朋友，为啥不替她交押金？"

黄毛一怔，露出本来面目，狞笑说："老家伙，放明白点，别找不自在。"

李老安有些摸不着头脑，心想，我是好心给姑娘送钱，怎么会惹不自在呢？看他就不是个好人。李老安回头叫了一声"黑贝"，只见黑贝病恹恹的，耷拉着脑袋，像个受气的新媳妇。

"老家伙，活得不耐烦了。"原来，黄毛就是肇事者。昨天，他听人说一个捡破烂的老汉要在河边给姑娘东西，他以为是告诉车牌号，吓得要死。一大早，便来路上等，没想到李老安软硬不吃油盐不进，他恼羞成怒，将烟头扔在地上，狠狠踩了一脚。从怀里摸出一把菜刀，一个箭步蹿了过去，胳臂抡圆了，朝李老安的脖子砍去。

菜刀在空中一闪，眼看李老安性命难保。说时迟，那时快，就见一条黑影，像一道黑旋风，仿佛从天而降，猛扑过来。

黄毛一惊，急忙护住面门，定睛一看，原来是黑贝，又惊又怒，骂道：“黑子，你敢咬我，滚一边去。”

黑贝低声嘶吼，毛发竖起。

李老安惊恐万分，结结巴巴地说：“我与你远日无怨，近日无仇，你，你干什么要杀我。”

“废话少说，这都怪你看了不该看到的。”

李老安惊叫起来：“原来是你。黑贝，上！”李老安从地上捡起一根树杈，横在胸口。

“哈哈哈。”黄毛凶神恶煞般狂笑，“别看狗是畜生，但对主人绝对忠诚，它怎会咬我呢？”

“什么？你……”李老安扫了一眼黑贝，见黑贝不住地用爪子抓地，低声嘶吼，没有往日的威风。心里一惊，联想到刚才黑贝的失常，莫非……

“不错。它是我以前养的狗，后来，我又养了一条宠物狗，就把它扫地出门了……”

李老安感到一阵天旋地转，原想与黑贝合力反击，没想到计划落空了：我死了不要紧，我怀里还揣着救命钱呐。他转身就跑，边跑边喊：“杀人啦，救命啊——”

黄毛举起菜刀，一个刀劈华山，直奔李老安的后脑。

黑贝后腿一蹬，张开大口，向黄毛腿肚子咬去。眼看要咬上时，突然闭上嘴巴，用头去撞，黄毛被撞得一个趔趄。黄毛勃然大怒，反手一刀，正中黑贝后背，黑贝翻身一滚，惨叫一声，鲜血直流。

“黑贝！”李老安举起树枝，铺天盖地砸下来。黄毛一闪，横刀砍李老安的腰。黑贝见情况危急，强忍疼痛，咆哮着，像只下山猛虎，凌空而起，咬住了黄毛的右肩，用力一扯，硬生生地拽下一块肉来。

黄毛疼得哇哇暴叫，菜刀落在地上，怒声骂道："畜生，你敢伤主子。"

黑贝浑身一颤，威风锐减。

李老安怕黑贝有闪失，忙喊："黑贝，快过来。"

黑贝望了昔日的主子一眼，转身奔过去，将后背暴露出来。黄毛左手拾起菜刀，恶狠狠砍下去。

李老安失声叫道："黑贝。"

"咔嚓"一声，黑贝的后腿被砍下。

李老安像疯子一样，扑了上去。黄毛大喊："来得好。"举刀就剁。黑贝见主人有难，突然回身，一条腿立起，向上一蹿，咬住了黄毛的面颊，锋利的牙齿刺人黄毛面颊骨，黄毛疼得死去活来，鬼哭狼嚎，不住地挥动菜刀，一刀紧似一刀，落在黑贝身上。黑贝紧咬不放，爪子在他的脸、脖子、胸口、大腿，拼力地撕扯……

李老安惊呆了，冲了上来……

接到报案的警察赶到现场时，黑贝已停止了呼吸，黄毛尽管捡了一条命，但面目全非，完全没有了人形，等待他的将是法律的制裁。

李老安毫发无损，他把黑贝葬在河边。李老安跪在坟前，痛哭流涕地说："黑贝有情有义，是条好狗，若不是黄毛以主人的身份压它，黑贝绝不会丧命的。"

李老安为此大病一场，几天后，有人给他抱来一只小黑狗，告诉说："这是黑贝的儿子。"李老安想起半年前见到黑贝和一只狗亲昵的情景，紧紧把小黑狗搂在怀里，泪流满面："黑贝有后了，黑贝有后了！"

虎　子

民国年间，在燕山脚下三岔口有个刘忠老汉，人老实本分，受了半辈子穷，连媳妇也没娶上，长年给地主张怀仁放羊。张怀仁很坏，百姓背后都叫他张坏人。

刘忠养了一条狗，长得高大威猛，通体金黄，中间有几道黑纹，乍一看，跟小老虎似的，取名叫虎子。刘忠爱狗如命，虎子也不离左右。有人劝他，养狗不如娶媳妇，生儿育女，也不枉来世上走一回。

刘忠不肯，说虎子就是他的伴儿，何况还救过他的命哩。

那年，城里开粮店的日本人佐藤散养了两条狗，经常伤人，被咬伤的人找上门来，佐藤狂妄地嘲笑：“哈哈，你们支那人连日本的一条狗都斗不过。”百姓恨得槽牙疼，又无可奈何，远远见了狗，都四散奔逃。这天，刘忠带着虎子进城，正遇到佐藤家的两条狗。日本狗见了刘忠，张牙舞爪，夹击而来，刘忠惊出一身冷汗，惊慌之下，用眼一瞟，脚下有几块石头，正要捡起做武器，一只狗以迅雷不及掩耳之势扑过来。

“哎呀。”刘忠惊叫一声，呆若木鸡，忘了躲避。突然，平地刮起一阵旋风，一道黄光迎头痛击，尖利的爪子扯下一块狗皮。刘忠惊恐未定，另一只狗号叫着，配合侧面偷袭，虎子以一敌二，毫不畏惧，拼死力战。刘忠回过神来，捡起石块，朝日本狗投过去，日本狗慌了神，想扑刘忠，又被虎子缠住，日本狗躲过石块，却没躲开虎子的利齿，被虎子咬下一块肉来，日本狗负痛而逃……

佐藤闻讯赶来，刘忠带着虎子早没了影踪。

秋天，张坏人来借虎子看果园。刘忠不想借，他知道张坏人平时专门欺负百姓，又一想，他再坏总不会虐待哑巴牲口吧，看看地主平日吃喝即使剩菜剩饭喂虎子也比自己强百倍，便点头同意了。其间，刘忠专门去看虎子，见虎子胖了不少，心里放心了。

等果子下了树，张坏人却告诉他虎子死了。刘忠浑身一颤："前些天还好好的，怎么就死了？"

张坏人说："人还有得病的呢，何况是一条狗。"刘忠泪眼兮兮地问："那尸体呢？"张坏人指着一棵树说："埋在树下面。"

刘忠要去挖，张坏人一瞪眼："狗死了多日，尸体早就腐烂了，你挖尸体我不反对，要伤树的一点皮毛，我可不答应。"

刘忠蹲在地上，抱头哭了好一阵。

后来，刘忠听说虎子被张坏人的独子张皮出主意勒死当下酒菜了。刘忠难过极了，虎子救过自己的命，看过他们的果园，他们竟卸磨杀驴勒死吃了肉，太残忍了！

刘忠思念虎子，整日精神恍惚。这天早上，刘忠在路上，忽然听到狗叫。刘忠停下脚步，循声扒开草丛，见草丛里趴着一只小狗，浑身脏兮兮的，分不清是什么毛色，耷拉着脑袋，听到脚步声，抬起头睁大一双哀求的眼，呜呜地鸣叫。

刘忠心生怜悯，双手托起小狗，这才发现小狗的后腿断了。刘忠把小狗带回家，先喂了一个窝头，然后用温水把它擦了个干净，狗才露出本来毛色。这不是虎子吗？刘忠使劲揉了揉眼，只见小狗浑身金黄斑斓，活脱脱虎子幼时模样。刘忠又惊又喜，颤抖着双手抱着小狗到镇上找郎中。郎中直摇头，他是医生，怎么能给动物看病呢？刘忠不住哀求，郎中才给小狗治病。

小狗腿好后，走路一瘸一拐，刘忠依然叫它虎子。

自从有了虎子，刘忠好似又回到了从前。虎子虽有些瘸，却是好帮手，偶尔有羊离群，不用刘忠轰赶，虎子就飞跑过去，对着羊汪汪地叫。

年底，刘忠到张坏人家去讨要工钱，张坏人一瞪眼，反咬他一口，说刘忠只顾逗狗，把羊都放坏了。刘忠可怜巴巴地说："狗还帮我放羊哩。今年夏天，一只羊走丢了，多亏了虎子找到。"

张坏人皮笑肉不笑地说："照你这么说，我养条狗就能放好羊了。"刘忠哑口无言，只得两手空空悻悻地回到了家。

哪知虎子刚长大，又生了病，整天蔫头耷脑的，反应迟钝。刘忠唤它，反而往后退，好似怕刘忠伤害它一样。

可巧，郎中路过刘忠家，见虎子无精打采地不停地咬着一块木头，大吃一惊："快，快把它杀死，狗疯了。"

刘忠笑笑说："真会开玩笑，瞧它的样子，像疯了吗？"

郎中怕被传染似的，结结巴巴地说："不杀，迟早你也得疯。"说完，狼狈不堪地跑了。

刘忠害怕了，他听说过疯狗会攻击人，人被咬伤也会发疯而死。想把它处死，心里又不忍，虎子好歹也是条性命呀。刘忠突然想起，一周前，虎子曾咬过自己，虽没见血，会不会……刘忠越想越怕，用药把虎子麻醉，找来破衣服包裹好，放在筐里，走进深山，把狗拴结实，四周用粗木桩圈起一个圈，自己在旁边搭了个小窝棚，安顿下来。

没过几天，虎子渐渐狂躁不安，好似醉后狂叫。刘忠又怜又痛：现在我照顾虎子，不知谁会照顾我……

这天，刘忠打水回来，突然，一阵杂乱的脚步声传来，紧接着，眼前出现一队日本鬼子，前面是个身穿黑衫手拿纸扇的年轻人，正是张坏人的儿子张皮。

原来，刘忠进山这几天，外面发生了巨变。日本鬼子侵略到燕山，他们一路烧杀抢掠，无恶不作。日本鬼子住在张坏人家，张坏人管吃管喝，张皮还卖国求荣，投靠日本鬼子做了汉奸，到处搜捕抗日游击队员。

今天，张皮带日本鬼子进山搜捕游击队，走了大半天，水米没进，又累又饿。张皮意外见到刘忠，马上分派：“皇军饿了，快准备饭。”

刘忠嘟囔着说：“我这里要什么没什么，拿什么做啊。”

张皮恶狠狠地说：“别不识好歹，让你给皇军做饭，是抬举你。”

张皮东看看西瞅瞅，一眼看见虎子。虎子受到惊吓，立刻蹿起来，拴狗的绳子拽得笔直，眼睛斜视着，狂叫不止。张皮骂了一句：“真是穷山恶水出刁民，连狗也这么横。”

鬼子看见狗，垂涎三尺，大呼小叫：“哟西，狗肉，大大地香。”

张皮谄媚地说：“太君，吃狗肉赛过做神仙。”说完，他操起刀自告奋勇去杀狗。虎子见刀光闪闪，更加狂躁，张着血盆大口，露出阴森雪白的牙齿，嘶哑地叫着。刘忠上去拦张皮，张皮狠狠揣了刘忠一脚，然后握着刀，步步紧逼，冷不防挥刀朝虎子的脖子剁去。

完了，刘忠瘫软在地上，用拳头捶脑袋，骂自己太蠢，悔不该把狗拴起来。哪知，虎子一闪，扭头就是一口，张皮手背上出现几个血痕，张皮惨叫一声，刀落在地上，连滚带爬逃了出来。日本鬼子哈哈大笑，张皮恼羞成怒，拔出手枪，对准虎子就是一枪。虎子倒在地上，身体抽搐几下，不动了。

刘忠一语双关地说："唉，多好的一张皮呀。可惜了。"

张皮气呼呼地说："狗皮可惜什么，烧水去!"

刘忠烧水，张皮宰杀。一会儿，香味四溢。鬼子等不及了，找两根木棍，夹起狗肉，一阵狼吞虎咽，风卷残云，边吃边夸狗肉香。张皮啃着一块骨头，说："还欠点火，下次，我再给皇军弄一条吃。"

鬼子真饿了，连汤都没剩。鬼子走了，刘忠含着泪把虎子的骨头毛皮收拾起来，深埋在一棵树下。

第二天，鬼子到县城司令部搞庆祝，又吃又喝又跳。可能是太疲劳了，几天后，鬼子陆续出现低烧、恶心、头疼等症状。吃了几副感冒药，病情反而加重，怕声、怕光、怕风……经军医诊断，确诊为狂犬病。

鬼子慌了，经过排查，最后将一大批鬼子集中治疗。鬼子死了多少人，百姓不得而知，但张皮临死前恐怖的惨样，让人不寒而栗，都说："该，白披一张人皮，当汉奸就这下场。"

两年后，刘忠发现自己依然无恙。他仔细想了想，大概有两种可能，一是当时虎子没有疯；二是虎子尽管已疯了，还认识自己是它的主人。

刘忠感叹万分：不管疯没疯，看来，做人有良心，连狗都不下手呀。

淮南橘

林婆婆做梦也没想到，老了还做了回城里人。

当年，儿子大成为了成为城里人，一连补习了四次，分数不升反降。林婆婆还想让儿子上高八。儿子腻烦了，狠狠吐了一口气，像是把七年来的憋屈都吐净："我天生土坷垃命，一辈子就窝在蛇地沟修理地球了。"林婆婆面如瓦灰：土里刨食的命哟。

三十年河东，三十年河西。土命的儿子靠做生意，硬是在城里买了房，买了车，成了城里人。村里人羡慕地说："你儿子真能干，成城里人喽。"

林婆婆不以为然，户口还在蛇地沟，算什么城里人。住在中南海，也是个农村人。大成要接林婆婆进城，林婆婆说什么也不去。以往，儿子在城里四处租房时，她日夜盼着儿子能在城里扎下根买房，自己也过几天城里日子。林婆婆已经八十三了，上山砍柴刨药，下田春种秋收，整天忙来忙去，冬天也不闲着，还上山背柴。二婶指着林婆婆家门口的柴垛说："底下都沤了，还背啊，你想把山上的柴都背回来啊。"林婆婆瞅着高高低低的山，笑了："真想背回来呢。"

大成心里窝着一股火，当初租房时，母亲不来也就算了，如今自己买了房，接她进城，她却不肯，害得他两头跑，费油不说，还耽误生意。她一个人在家，病了自己都不知道。有时，他忙不过来，就让媳妇娟子回家。娟子每次回来就动员婆婆随她进城。林婆婆总说人老了，腿就懒了，哪儿也不想去，金窝银窝，不如自己的土窝啊。言外之意，城里楼房是儿子的，不是自己的呗。林婆婆还放出话来，就是死，也要死在蛇地沟，绝不做外鬼。

有一次，邻居二婶给大成打来电话，一顿雷烟火炮："你还不回来看看你妈。你妈病了。真不知养儿子干什么用。"

在外地的大成出了一身冷汗，听二婶的语气，母亲病得不轻，好像整个蛇地沟的人都认定大成夫妻不孝顺，扔下老娘不闻不问。大成急忙抛开生意，开车一溜烟回到蛇地沟。

那次母亲没什么大碍，却把大成吓得不轻，想给母亲买个手机，可母亲八十多岁了，不会用啊。大成夫妇约定：每隔十天半个月，就回家一趟。大成忙生意，重担自然落在娟子身上。好在娟子会开车，回家也方便，每次回来都买吃的喝的用的。蛇地沟的人都伸着脖子，瞅着那些花花绿绿的袋子眼晕，羡慕林婆婆好福气。

买的东西都堆放在屋里，跟小山似的。林婆婆总忘记吃，宁可吃剩饭馊饭饿肚子，也不开箱拿出来吃。等过期变了质，也舍不得扔。娟子暗叫可惜，偷偷喂了猪。二婶对林婆婆说："你细成什么了，猪都比你幸福，还喝牛奶哩。"林婆婆一听，把东西看得紧紧的。娟子就和婆婆打游击。吃不吃是林婆婆的事，大成和娟子照买不误。

最艰难的是冬天。以前村里曾经发生过煤气中毒死人事件，林婆婆一个人在家，怕煤气中毒，多少年来都没生煤火，每天只靠三顿饭取暖。林婆婆吃得又少又简单，灶膛塞一把柴，炕还没热，饭就做熟了，做一次能吃一天。房子是二十世纪八十年代就地取材的土坯房，又矮又小，兔子窝一样又冷又憋闷，娟子一进屋，冻得吸鼻子，哪里还待得住？林婆婆居然还穿着薄袜子，趿拉着球鞋，缩着脖子，手揣在一起，脸冻得红肿。娟子险些落下泪来，那么多衣服，宁可挨冻也不换，婆婆真的上了年纪，脑子不中用了，需要有人照顾。娟子回来就烧炕，灶膛经常倒风，被烟呛得跑到院里，咔咔咳嗽，边流眼泪边埋怨婆婆有福不会享，害得她也跟着遭罪。可每次回来一进院子，见了林婆婆高兴的劲儿，怨气就没了。唉，自己的母亲没了，就剩下一个婆婆，随她去吧。

从蛇地沟到城里近两百里路程，中间要翻过两座大山，山高路险不好走。娟子每次走，林婆婆千叮咛万嘱咐，让娟子慢些开。直到有一次，林婆婆得知盘山路上翻了车，还死了人，林婆婆提心吊胆地对大成说："路不好走，别让娟子回来了。"

大成说："你既然担心，怎不跟我们进城，省得我们来回跑。真要出了事，有你后悔的。"林婆婆后怕了，以至于很长一段时间心里都很凄惶，经常做噩梦。她决定进城，不为别的，只为了儿子一家。可这猪啊，鸡啊，树啊，田啊，还有地下的老伴儿，都生生拽扯着她。大成说："猪重要，还是人重要。"林婆婆不言语了。大成把家托付给本家的二婶，林婆婆开始收拾大包小包，什么都往里塞，一副搬家的态势。大成说："不拿换洗衣服？"妻子每年换季都给母亲买新衣，他想好了，这次走，再也不让母亲回来了，就在城里养老。他哪儿知道母亲连商标都不揪，藏在衣柜里。林婆婆翻找了半天，拿起一件又放下，最后，还是拿几件旧衣服。

林婆婆拖着大包小包，丢了魂似的，在地上打转。直到儿子催，她一脚踏出门外，转身从镜框上把老伴儿的照片取下来，贴近嘴边哈了口热气，用衣袖擦了擦，照片上的人暖暖地笑着，像在和她说话。林婆婆把照片揣在一个包里，满脸的皱纹都舒展开来，脚步蹒跚着出了门。

林婆婆穿过铺着沙土的小路，左邻右舍像事先排练好似的站在街门外，满脸堆着笑。林婆婆也是笑，这是去城里享福的笑，笑着笑着，不知怎么迈步了，仿佛又回到嫁来时夹道欢迎的情景。她在路边的石棱上蹭了蹭鞋底上的土，大成盯着母亲的衣服："你怎么没换衣服？这要让人看见，以为亏待你呢。"

林婆婆讪讪一笑："谁说我，我就找她辩理。我告诉他们，我儿媳比我亲女儿都亲。"大成无可奈何地笑了笑，林婆婆上了车，车里暖融融的。大成得意地说："怎么样？舒服吧。"林婆婆嘿嘿一笑："还是有车好。"

"这算什么？舒服还在后面呢。"大成开导着说，"挣钱为什么？不就为享受吗？你看看，咱村哪个像你？"

"我就是受苦的命。你们过好了就行。"

林婆婆坐在椅子上，直挺着腰，两只手臂拄着车座，没有一丝安全感，像坐在一条在风浪中颠簸的小船。大成让母亲扶着把手，身子靠在座背上。坐姿合适了，林婆婆的呼吸也畅快了。

出了山路，进入平原，大成回头问："晕车不？"林婆婆摇摇头，不明白儿子是什么意思。直到大成加大油门，远山渐渐远去，公路两旁的树一闪一闪的，跑到后面去了。家也随之远去了，一种莫名的惆怅笼罩在心头，再也挥不去了。

大成用下巴得意地一指窗外：“看看吧，这就是你儿子住的地方。”林婆婆侧着脸好奇地看着一幢幢巨塔般的高楼，脑海中突然蹦出儿子年轻时经常唱的“钢筋水泥的森林里”，现在她明白了。看得多了，胃里的酸水不断往上涌，像灌多了酒。大成问：“晕车?”林婆婆被折磨得想吐，挤出一句话：“我晕城。”

“晕城?我刚来时，挣不到钱也晕。慢慢就适应了。”

林婆婆紧闭嘴巴，喉咙蠕动，用力往下压。手卡在脖子上，真想在喉管上安一个卡子。车七拐八拐在一幢楼前停下来。林婆婆不知怎么下的车，腿一软，人就蹲在地上。大成轻拍她的背：“没事吧。”林婆婆蹲了一会儿，满脸痛苦之色：“死不了。”大成扶着母亲进了楼，在墙上的按钮按了一下，电梯门开了，露出一间铁皮“山洞”。林婆婆惊讶地问：“这去哪儿?”大成说：“坐电梯上十七楼。”

林婆婆身子往后一撤：“我不坐这玩意儿。”大成像哄孩子似的说：“没事，跟坐车一样。”大成示范着大摇大摆进了电梯，转过来等着林婆婆。林婆婆颤着腿，深一脚浅一脚，像踩在海绵上，挪进“山洞”。

门关上了，林婆婆的心咚地跳了一下，“山洞”左右一晃，林婆婆感到地动山摇，像是地震前兆。“山洞”升了起来，她脸色发白，两腿发软，紧紧抓着儿子，大声呼救：“停，停……吁——吁——”

大成从没见母亲这么怕过，忙按了键，扶母亲走出来。林婆婆惊魂未定，两只脚踏在实实在在的地面，“山洞”不多不少正好停在楼门口，紧接着，门又关上，晃了一下，上升了。她这才看清电梯的真面目，像只大筐，被绳子拉了上去，她长出一口气，拍拍心口："好悬呐。这要停在两层中间，怎么出来哟。"

林婆婆用哀求的语气说："走楼梯吧。"大成说："能行?"林婆婆说："上山我都行。"话是这么说，刚爬了三层，林婆婆就爬不动了，一屁股坐在台阶上，抻着腰，揉揉腿，心疼地说："你们天天爬上爬下啊?"大成说："我们坐电梯。"林婆婆担心地说："万一绳子断了呢!"

林婆婆没想到儿子居住的房子这么漂亮干净，宽大敞亮，一尘不染，金碧辉煌，简直是天堂啊。她觉出自己有些卑微，手脚也没处放。

娟子高兴坏了，领着婆婆到各处看看，林婆婆像进大观园的刘姥姥，当她来到阳台，吓得一闭眼，自己竟然悬在半空，这要掉下去，岂不粉身碎骨?

娟子告诉林婆婆哪儿是卫生间，怎么开灯，怎么冲马桶，怎么开关门，怎么使用天然气……林婆婆怎么也学不会，她笑自己太笨，活了一辈子，连门也不会开。她搞不明白，城里人搞这么复杂的门干什么?

娟子把婆婆领到卧室，林婆婆看着干净的床，崭新的被褥，后悔该把家里的被褥带来。她忽然想起了什么，失魂般地不停翻找，嘴里焦急地喊："我的包呢。"

大成不知里面有啥宝贝，忙下楼把包拎上来。林婆婆从一个包里拿出老伴儿的照片，庄重地放在床头，然后坐在沙发上摇晃着身子，似老座钟的钟摆，脑子却溜回到了蛇地沟：猪是否喂饱了，鸡是否上了架……她越想越出格离谱，眼皮乱跳，难道家里闹贼了?她后悔了，自己没病没灾，还能动弹，进什么城哟……

林婆婆越想越不对劲，突然溜出一句：“家里会不会闹贼？”大成怔住了：“怎么会？”林婆婆说：“我眼皮跳呃。”娟子说：“您是不是困了？”林婆婆以拳击头：“我不困呐……”大成很大方地说：“偷去吧，看他能翻出什么来。”林婆婆口打哀声：“唉，唉，我在米缸里塞了两千块钱呢。”

娟子好不容易劝住了婆婆，她开始东一榔头西一棒子说起蛇地沟的陈芝麻烂谷子，大成夫妻听得絮烦了，心不在焉地有一搭无一搭地应着。娟子暗暗称奇：婆婆坐了一天的车，也不知道累，连小时候听到的陈年往事也翻出来，当天方夜谭来讲。她悄声对大成说：“老太太是不是糊涂了。”大成说：“老家就她一个人，连个说话的人都没有，现在遇到家里人了，你还不让她说个够啊。”娟子心生怜悯，削了一个苹果递给婆婆，林婆婆转手给了大成。娟子说：“屋里热，要多喝水。”林婆婆舔着嘴唇，脑子想着厕所样子，那么干净漂亮的房间，当厕所太糟蹋了。再说，在屋里大小便，像什么话嘛，哪里比得上蛇地沟？

睡觉前，娟子不放心婆婆，蹑手蹑脚地推开婆婆的房门，客厅的灯光轻柔地洒在床上。从地上倏地坐起一人，娟子惊叫一声。大成闻声而来，林婆婆揉揉惺忪的眼，一脸茫然地看着他们。

“怎么躺地上？”

林婆婆喃喃地说：“屋里热，睡地上凉快。”娟子把铺在地上的旧衣服收起来：“这是你儿子家，没人嫌您。您就睡床上，脏了再洗。”

一辈子没离开蛇地沟的林婆婆，躺在柔软的床上，仿佛躺在麦垛上，她第一次失眠了。迷迷糊糊中，满耳朵灌满呼呼的风雨声。难道下雨了？房子不会漏吧。林婆婆仿佛被浇透了，懵懂中坐了起来，却见窗外一片通明。

天亮了？她颤巍巍地站起来，迈出房门，客厅里依然昏暗，但对于习惯黑夜的林婆婆来说，已然练就了猫头鹰的眼睛。她摸进了餐厅，却没听见鸡叫。坏了，昨夜所担忧的不幸发生了，有贼进来把鸡都偷走了。她顿时惊慌失措了，惊出一身热汗，刚要大声呼救，“叭”的一声，白花花的灯光直白霸道地洒下来，夜色遁去了，林婆婆茫茫然，竟不知身在何处。娟子出现在门口：“您怎么不睡觉？”林婆婆像来了救兵：“下雨了，鸡圈漏雨了。”娟子说：“哪儿来的雨啊。”

林婆婆耳旁依然是呼呼的风雨声，她颤巍巍地来到窗前，这才看清楼外就是公路，一辆辆汽车飞快奔驰穿梭，发出呼呼的风雨声。

“睡吧，睡吧。”娟子安慰着，语气极为柔和，轻细，甜蜜。林婆婆悻悻地坐在床上，没有一丝困意，她静静地等着鸡鸣，可天都亮了，耳边除了喧嚣的车轮声，就是没有鸡鸣。城里就是怪，夜里也不安生。哪像蛇地沟，山清水秀，鸡犬相闻，日出则做，日落则息，该闹时闹，该静时静。

林婆婆没见到儿子，问娟子才得知儿子早就走了。娟子笑着说：“没见到儿子，饭都吃不下了？”林婆婆嘿嘿笑了：“我想让大成送我回家。”

“你昨天刚来，就想家了。”娟子一脸的惊讶。

林婆婆心满意足地说：“我住一夜就行了。”娟子说：“等开春暖和再回去。”林婆婆急忙说：“要不，你送我回去。”娟子说：“我还要上班啊。”林婆婆说：“上哪儿坐车，我自己回去。”娟子说：“这儿可没车。”

没车呐，怎么没有去蛇地沟的车？林婆婆想不明白，觉得城市不像话，连发往蛇地沟的车都没有。

娟子说：“出门千万别忘带钥匙，不然就进不了屋了。”林婆婆乖巧地点头：“我不出门。”娟子临出门又说：“中午叫外卖，记着开门。”娟子一走，林婆婆的脸紧紧贴在玻璃上，她完全忘记了自己是在半空中，有坠下去的危险。看着娟子出了楼，从眼中消失，孤独的失落感像夜幕降临，偌大的屋里只剩下林婆婆一个人，阳光透过玻璃窗在地板上留下寂静的影像。时光老人像一塑像，沉默不语，把室内空间放大到极限，又把流水般的时光瞬间凝固，林婆婆发了很长时间的呆，觉得该动一动了，不动就该僵硬了。她搞不明白，在蛇地沟忙一天都不知道累，怎么到了城里，连动都懒得动了。她强打精神，把每个房间都转了转，像走进陌生森林的小鹿，摸摸床头的台灯，闻闻娟子用的香水，看看挂在墙上的结婚照，多好的生活啊，可这一切都是静止的。静止，就没有生命，只有沉寂于追忆，遥望期盼。这中间她需要一个温存的活物，哪怕是一只猫、一只狗，甚至是一只讨厌的老鼠呢。失望的林婆婆扶着阳台俯视来来往往的人流，蚂蚁一样来去匆匆，每一个进入她视线的人，她都好奇地盯着，生怕一眨眼就会飞走。他们都有无数个谜，吸引着她，林婆婆真想伸手就抓住一个，和他聊聊，告诉他们蛇地沟曾经发生过许许多多稀奇古怪的事。林婆婆的目光落在衣架上的一件西服上，这是昨晚大成脱下来要洗的。林婆婆手脚麻利，很快就洗好了，拧干后，挂在阳台上。

林婆婆挂衣服时，发现远处有一片淡淡的绿。她的眼里充满了一种强烈的欲望，幻想能像蝴蝶飞过去，哪怕在上面停留片刻。

傍晚，娟子急匆匆走进来：“中午送外卖的敲门，您怎没开门？饿坏了吧，我刚买回三两庆丰包子，您快吃吧。”她一回头看见西服，心一哆嗦：“在这里您什么都不用干。”林婆婆见到娟子，格外高兴：“嫌我没洗净啊。”娟子赔笑说：“我怕您累着。”林婆婆高兴坏了：“累不着，什么都不干，不成废人了。”娟子说：“城里像您这岁数的，都在享福，谁还干啊。”林婆婆说：“你给我找点活干吧。”娟子开玩笑说：“要不把家里的玉米拉来，您剥玉米？”

娟子要陪婆婆下楼散步，林婆婆不想去，可一想到娟子走了，屋里又剩下自己。她像要被母亲丢弃的孩子，急忙跟了出去。林婆婆出了楼，腿脚轻快了，还悠起了双臂，像出笼的小鸟，振翅欲飞。逢人就用家乡的话打招呼。蛇地沟的风硬，水硬，舌头僵硬，说话又直又硬，不像城里人说话软绵绵的，麻酥酥的。林婆婆的打招呼方式，让对方猝不及防，发了半天愣，都用古怪的眼神把她拒之千里之外。

林婆婆边走边四处踅摸，这个城市不仅缺少花草，连土也稀缺。住楼没地气，还能有活力？憋也憋坏了，闷也闷出病来。蛇地沟除了冬天外，漫山遍野都是花花草草，上山下田累了，坐在草丛里，叼一根草棍儿，疲累就消失了。草药，草药，草就是药啊，能提神解乏哩。林婆婆在草坪边站住了，临近冬天，草都有些干枯了，但还发着绿，绿得脆弱，僵硬，她在想怎么把它弄到楼上去。她出其不意地蹲下去，伸出枯枝般的手指，戳进泥土里，连泥带草掏了一把。林婆婆突如其来的举动让娟子大惊失色：“您这是做什么？”林婆婆淡淡地说：“拿回去种。”

娟子哭笑不得，把草放回原地，打的士进了小营鲜花店，店的后面是个暖棚。暖棚里温热而又潮润，久违了的山野雨后浓郁泥土气息紧裹着林婆婆，她如同一条钻进泥土里的蚯蚓，惬意舒畅。

林婆婆被迷住了，没想到城里居然还有这样好的地方。在蛇地沟，最难的就是花过冬了。养花的人，冬天在炕头摆放一长条板凳，把花盆放在上面，当神仙供着。

娟子买了一盆蝴蝶兰、一盆兰花。放在阳台上，这成了林婆婆的宝贝，一个人时，就去浇水。水从花盆下面流出来，用一个小盆去接，水滴伴随着时光一分一秒往下滴落，像透明的珠子，好玩极了。

花烂根死的第二天，林婆婆让大成送她回蛇地沟。大成问：“娟子给你气受了？”林婆婆忙说：“没有。我梦见猪拱坏圈门跑出来了。”大成一锤定音：“这就是你家。”林婆婆说：“我家在蛇地沟。”大成笑了：“养儿防老，送你回去，蛇地沟的唾沫就能把我淹死！”

娟子买回几条金鱼，林婆婆才缓过精神来：“金鱼好，浇多少水也不怕。”

金鱼默默地游着，看见林婆婆，好奇地摆着尾巴，想冲破鱼缸与林婆婆拥抱。林婆婆觉得自己就像金鱼，想冲出楼房，回到蛇地沟。林婆婆找来一个盆，把金鱼放在里面，嘴里呢喃着，游吧，畅快地游吧。林婆婆投入几粒鱼食，金鱼像听懂了，从水里俯冲上来，张着小口，像贪吃的孩子一口吞了下去。林婆婆看得发呆，想起大成孩童时的情景，眼前一片模糊：那时穷哟，没得吃，都饿坏了。林婆婆看一阵想一阵，随手又投入几粒鱼食。

金鱼死了，是撑死的。林婆婆心疼坏了，病恹恹地坐在沙发上，眼神发迷，行动缓慢，饭量也不如以前。娟子问："您是不是病了。"林婆婆说："我没病，大成啊。我来有十四天了吧，送我回去吧。家里没人怎么行?"大成说："有二婶照看，还担心什么。再说你这样子，怎么回去。"

"万一我死了，不成外鬼了。"

大成决定带母亲去医院。林婆婆害怕了，说什么也不去。

"我一回蛇地沟，什么都好了。"林婆婆央求着。

这天夜里，林婆婆突然坐起来，火上房似的喊："猪跑了，猪跑了，快去把猪追回来。"娟子忙说："妈，您在我家，哪儿有猪啊。"林婆婆像个巫婆，坚持说猪跑了，还说她看得真真的，不追就丢了。说着，她下床要去追。娟子哄着说大成去追了，您放心吧。林婆婆这才放心，看了一眼娟子，用哀求的语气说："你送我回去吧。"娟子心一酸，险些落下泪来，哄着说："等天亮了啊，咱们就走。"

每次林婆婆闹着要回家，大成夫妇都这么回答，这一招果然立竿见影。可时间一长，林婆婆彻底明白了，大成娟子都不会送她了。她现在只有依靠自己，如果知道哪儿有汽车站，她早就坐车走了。她不止一次策划，现在终于想通了，只要顺着公路往北走，绕弯路就绕弯路，肯定能到家，说不定还有顺风车可搭。

林婆婆策划了许久，甚至为自己的保密而暗自得意，她准备最近就付诸实施。这天，大成眉开眼笑地去而复返，和他一起出现的还有一个六十几岁的老妇女。大成乐呵呵地介绍说，她是金鸡岭的，姓金，也在城里住。以后她每天过来和您聊天。

金鸡岭？林婆婆瞪大眼睛，觉得似曾相识，立刻有了好感，再听到她满口的家乡话，更觉亲近了，拉着她的手就不松开了。

林婆婆有了伙伴，生活一下子充实起来。林婆婆觉得这个金老太哪儿都好，就是有些各色，时间观念太强，每天上午十点准时来，下午两点走，从不多待一分钟。林婆婆中午做好了饭，让她吃，她也不吃，总说她家两顿饭，来时刚吃过。金老太不吃，林婆婆过意不去，也不好意思吃。俩人聊得很投缘，林婆婆也乐不思蜀了。

也该着出事。这天，两个老人正聊得起劲，金老太看了一眼客厅上的钟表，马上站起来，拔腿就走。

林婆婆不干了，就像两人在台上正说着相声，对方冷不防转身下台一样。林婆婆一把拉住她，金老太说："到点了，我还有事。"林婆婆满脸的不高兴，金老太忙说："要不，你加十块钱。"

林婆婆一头雾水，怔住了。金老太见说漏了嘴，只好实话实说："是你儿子每天花五十块钱雇来的……"林婆婆心马上缩成了一团，半天喘不上气来。陪我说几句话，就要五十块钱啊。五十块钱啊，林婆婆心疼得直龇牙，更心疼自己被骗，她指着门："你走。明天不用来了。"

金老太说："你听我说……"

"我不听，我不听。"林婆婆像个生气的孩子，捂着耳朵大声嚷。

金老太到了楼外，给雇主大成打了电话。

大成回来时，林婆婆还在生闷气，责怪儿子不该花冤枉钱。大成说：“挣钱不就为了花么。”林婆婆说：“你们花，别给我花。”大成笑了：“您是我妈，给您花是应该的。”林婆婆嘟囔着说：“聊个天就要钱啊，我还陪她呢，她给我钱了吗？”

大成苦笑一声，忙转移了话题：“您知道金老太什么情况？她丈夫是个跛子，种不了地，就来城里收破烂，去年又心脏搭桥，欠下不少外债。给她点儿钱也是为了帮助她啊。”

林婆婆后悔不迭，埋怨儿子：“你怎不早说啊。”

当天夜里，气温骤降，还飘起了雪花。林婆婆睡不着了，这十几天和金老太相处，成了无话不说的好姐妹。那天，自己随口说想吃酸菜馅儿饺子，第二天金老太就带来了。好人呐。

雪从高空纷纷坠落，仿佛落在林婆婆的心里。她孤独地坐在客厅里，焦急地等金老太。林婆婆不知道金老太昨天回去后病倒了，来不了了。过了十点，门铃没有响，林婆婆心被掏空了，她萎靡不振，眼神发茶，想着今后金老太再也不会来了，林婆婆伤心地流下眼泪。她决定去找金老太，以前聊天时，听她说坐5路车，再倒98路，再倒34……是34还是33，她记不清了。不就是倒几趟车吗？她能来，自己就能去，林婆婆充满了信心，仿佛她真的坐了好几回似的。

林婆婆下了楼，刚走到草坪地，衣服就湿透了，她这才觉出自己没添衣服，她转身回去添衣服，突然傻了，眼前一幢幢高楼好像从一个模子倒出来的，肃穆而缥缈，巨人般耸立在面前。林婆婆一阵头晕目眩，分不清东南西北。

她不停地走，不停地找，不停地问。

“你知道大成住哪儿不？”她哆嗦着问。

没有人认识大成。

“你知道大成住哪儿?”她打着寒战问。

没有人知道大成住哪儿。

有人问大成娟子的手机号，她茫然了。

林婆婆鬼使神差地转出了小区，远远看见公交车。

车！有车就能到蛇地沟。

回家。一种强烈的愿望像一轮红日在她心头升起。她忘了寒冷，快步向车站走去，爬上一辆车，坐在座位上，刚才一着急，受了风寒，头重脚轻，头靠在座背上睡着了。

林婆婆做了一个香甜的梦：躺在热炕头上，窗外是蛇地沟的绿树红花、鸡鸣狗叫……

金鸡岭遗事

天下有两难：登天难，求人难。地上有两苦：黄连苦，没钱苦。

一

夏天刚刚来到，农家不像播种时那么忙，悠然地消磨着时光。卻富贵却满脸愁容，他家断了电，摸了三天的黑，今天想再去找丁四修。可一想到丁四刁蛮刻薄的样，卻富贵从心往外打怵，有一线希望也不想去求丁四。

卻富贵是外来户，土头土脑，在村里无亲无故，腿还有点瘸，未说话前先笑，遇事总是忍让，谁都能拿他随便开玩笑，他从不恼怒，就连不懂事的孩子，也学卻富贵一瘸一拐地走路。卻富贵只是呵呵傻笑，还夸孩子聪明。

卻富贵最大的心愿就是三十亩地一头牛，老婆孩子热炕头。庄稼人太需要一头牛了，就连儿子的名字都叫牛。卻大牛，在石家庄当义务兵。卻二牛，在乡中学读初二。卻三牛在村小学上三年级。郤四牛，今年才四岁。有人开玩笑说：“老郤，再生一个，你就成养牛专业户了。”郤富贵愁容满面地说：“还生，拿什么养活。”

那天半夜，三牛下地撒尿，伸手摸到灯绳用力一拉，“啪”的一声，灯光闪了一下，像是打了个鬼火，屋里又陷入黑暗之中。第二天一早，郤富贵买了个新灯泡换上，还是不亮，看来，是电出了问题，只能找电工丁四来修。

郤富贵急着要下田锄地，三牛上学路过丁四家，便让三牛去找丁四。

三牛一听就吓住了，马上想起听到的传言：丁四经常拐孩子，孩子如果哭闹，他就用屁股后面兜里的扳子砸他的头，砸死后，把尸首背到山里，偷偷埋掉。这个消息在同学之间流传着，大家无不提心吊胆。三牛远远见到丁四就躲，上下学不从丁四家前的胡同穿过了，而是绕远走。如果实在躲不开，就捡两块石头防身。

躲是躲不掉了，三牛两只手各握着块石头，像揣只小兔子来到丁四家，丁四的媳妇刘丽正在院里刷牙，满嘴冒白沫。三牛看得出了神，刘丽含了一口水，扬起脖子，嘴里发出很大的响声，像要爆炸一样。

刘丽回头看见三牛，把水吐在地上，脸上留着瘆人的白沫：“你来干什么？”

三牛很紧张，声音都变了。刘丽听了三次也没听明白。

“说话都说不清，傻蛋。”刘丽骂了句，转身进了屋。三牛喊：“我家电坏了，让电工看看。”喊完，三牛撒腿就跑，一口气跑到学校门口，回头没见到人追来，才心有余悸地扔掉石头。

上午还是湛蓝的天，临近中午，突然变了天，刮起了南风。眼看到了孩子放学时间，马凤兰开始做饭，抱柴、刷锅、添水、生火，然后去拉鼓风机的绳子，风叶没有转，她才想到电坏了。马凤兰最怕变天时停电了，烟囱倒风，满屋子都是烟，呛得她眼疼、咳嗽，只好打开窗户。有人跑进来，说："我从房后见你家冒浓烟，以为房子着火了。"那人见马凤兰不住咳嗽，同情地说："这哪是做饭，简直是烧炭工，活受罪。"

马凤兰想去找丁四，又一想，快中午了，孩子该回家吃饭了。再者，在饭口去找丁四，给人家起腻。她叹了口气，找来硬纸片扇风。郤四牛才四岁，见母亲咳嗽得直流眼泪，心疼地跑过来，蹲在灶膛前，卖力地扇着纸片。马凤兰的心像被蜂刺蜇了一下，眼泪唰唰地流。

郤二牛中午回家吃饭时见还没电，问三牛跟丁四说了没有。三牛说："说了。"郤二牛说："说了？怎么没来。一定是你没去。"三牛说："我去了。"郤二牛说："你说谎。"三牛急得都要哭了："我真去了，骗你是小狗。"

三牛既然发了誓，肯定是去了。"我去找他。"郤二牛转身去找丁四，还没等他开口，丁四不耐烦地说："我知道了，下午就去。"

郤二牛高高兴兴跑了回来，大声宣布：丁四说下午就来修，那神情好像他把电修好了一样。马凤兰长出一口气：晚上做饭再也不用烟熏火燎了。

整整一下午，马凤兰坐在门口的青石上边做针线活，边等丁四。等呀望呀，始终也没见到丁四。马凤兰开始乱想，难道丁四忘了，不可能啊，丁四是出了名的机灵鬼，怎么会忘。直到日头偏西，娃们又该放学了，她把针线收起来，准备去请丁四。她边走边叹息：这个丁四真难请啊。

刘丽老远见了马凤兰，拿起扫帚跳到门外扫地，马凤兰站在院里，隔着门帘说明来意。好半天，丁四才说："天快黑了，看不清。明天吧。"马凤兰往回走的路上，看到满天的晚霞，怔住了，天这么亮，为什么丁四却说看不清。有心返回去，觉得不妥，也许修电是细致活，光线暗不行。她责备自己太着急，既然丁四答应明天来修，自己又何必讨人嫌呢。她想着心事，背后传来说话声。

"丁大电工，到哪儿公干？"

"给村长修电。"马凤兰回过头，见丁四肩上搭着脚扣，腰里缠着工具袋，全身武装，嘴里叼着烟卷，歪着头，斜着身子，迈步向村长家走去。马凤兰愣住了，站在街上麻木了良久……

马凤兰回到家，胸口像被什么掏去了一块，无精打采的。郤富贵摸摸她的头，有些烫手，让她到村赤脚医生家拿点药。马凤兰说："我没病。"郤富贵说："别心疼钱，钱没了还可以挣。"马凤兰没好气地说："我这是气的。"郤富贵愣了一下，不知是哪个儿子不听话："和孩子怄什么气啊，气大伤身。孩子还小，长大就好了。"马凤兰说："不是和孩子，是丁四。"

一听是丁四，郤富贵心里咯噔一下，像吞了个苍蝇，慢吞吞地说："他嘴上不饶人，别和他见识……"

即使不是电工，丁四也不把谁放在眼里，何况丁四是电工，村里哪个敢惹他。郤富贵除了安慰，还能说什么呢。马凤兰本不想说，但话到嘴边不吐不快了："丁四不就是电工吗，拿着村里的钱，整天不干人事。今天咱家请他三次，都没请动他。我前脚刚走，后脚他就去给村长修，这不明摆着瞧不起人吗。真是狗眼看人低……”

马凤兰越说声越大，卻富贵跳起来，伸手捂她的嘴：“老婆子，你不想活了，你忘了金满是怎么伤的了。胡咧咧什么，当心被人听见。”

马凤兰马上闭住了嘴，头脑中闪电般想到金满。金满在街上议论丁四，说他早晚得进大狱。一天晚上，金满在院里乘凉，墙外飞来一块石头，砸中金满的头，鲜血直流。上医院缝了五针，村民都猜是丁四下的黑手，苦于没有证据。

“你怕什么？外面骂他什么的都有，说他在外面到处搞女人……”马凤兰恨恨地说，但语气弱了许多，眼睛往外瞟，担心刚才的话被人听到。卻富贵担心她嘴不严：“在家说说得了，千万别到外面说去。”

“你当我傻啊。”

卻富贵还不放心：“你太多心了，你去请他，说不准村长比你先去请呢。凡事总讲个先来后到吧。就算你在前，换了你，你能不先给村长修……”

马凤兰听丈夫讲得有道理，真换了自己，也先给村长去修。这样一想，气消了一大半：“那你说明天我还去请他不？”卻富贵掏出一张三牛用过的废作业纸，卷了一支烟，伸手从灶膛里拿出一根燃烧着的柴，点燃后，深吸一口：“不用，都是村里人，他都说明天来，总不能说话不算吧。”

“能来？”

“能。”

真让马凤兰猜对了，丁四没有来。不仅没来，村里还传出小道消息，说卻富贵牛皮哄哄，瞧不起人。弄得卻富贵一头雾水，丈二和尚摸不着头脑，自己见小孩都满脸堆笑，说自己瞧不起人，简直是冤枉死了。

二

丁四是村里电工，瘦小干枯，尖嘴猴腮，偏偏生着八哥嘴，巧舌如簧，而且手巧得很，从小就爱拆拆卸卸，拆下来还能原样装上。村里通电的那些日子，丁四兜里装着大前门，整天跟着工人屁股后面看，见工人就散，嘴巴甜得像抹了蜜，不停问这问那，主动帮着干活，工人得了好处，乐得闲一会儿，在旁指点丁四。还没装完，丁四基本掌握了电，连工人都称他学得快，将来不当电工，亏了。

是否让丁四当村里电工，村干部颇为头疼。按说村里一千多人，只有丁四懂电，电工非他莫属。丁四从小好吃懒做，偷鸡摸狗，名声不好。他二十岁那年，村里演电影，他挤在人群里不看电影，眼珠乱转地踅摸漂亮的大姑娘小媳妇。突然，他眼珠不错地盯在一个姑娘身上。那姑娘一回头，和他正好对视，不仅不害羞，还冲他笑。丁四浑身酥软，晕乎乎的，冲她一招手，俩人一前一后离开电影场，钻进晒粮场的麦垛里。一番云雨后，丁四美滋滋地提起裤子就走了，连姑娘的姓名都没问。丁四好似做了一场梦，难怪古人将男女欢合称为巫山云雨。难道那姑娘也是巫山神女？几个月后，一个挺着大肚子，满脸麻子的姑娘找上门来，说怀了丁四的孩子，要丁四娶她。她说她是蛇地沟人，名叫刘丽。

丁四见姑娘长得丑，说不认识她，待刘丽说出麦场的事，丁四才恍然大悟，他狠狠抽自己一耳光，都怪那天夜色太暗，没看清刘丽的大麻脸。丁四骂她是疯子、神经病，怀的是野种，还对天发誓：若干伤天害理的事，出门跳水塘淹死。刘丽说出丁四大腿根部有块伤疤，丁四死不承认，见刘丽就躲。刘丽被逼急了，纠集家族好几个人，手拿木棒，把丁四堵在家里，给他划出两条路，要么和她成亲，要么把他扭送到公社，告他强奸，让他蹲牢房。丁四在公社见过批判大会，其中就有强奸、流氓犯被判死刑的，吓得跪下了，痛哭流涕，承认自己错了。

有人劝丁四，你别担心她脸上的麻子，那是妊娠反应，生下孩子就好了。丁四去登记时，才知刘丽是个寡妇，大自己七岁，丁四悔得肠子都青了。待刘丽生下孩子，丁四发现刘丽脸上的麻子反而加大了，大呼上当。更让他难以忍受的是刘丽的脾气，动辄就骂。丁四骂不过刘丽，就想伸手。哪知刘丽体胖力不亏，一个背口袋就把丁四摔倒在地。刘丽一屁股骑在他肚子上，压得他喘不上气来，只好求饶，加之刘家户大人多，丁四隐约听说自己是抱来的，心里起了疑心，也就由她去。

丁四知道电工是肥差，不失时机地削尖脑袋跑上跑下，四下活动，暗中给村干部送小礼，又拍胸脯下保证，村干部没办法，只好将就着用，等有合适的，再换掉他。

电等于村里的血脉，晚上电灯用电，看电视用电，磨米磨面用电，吃水也得用电，村里简直离不开丁四了，丁四虽不是村里的领导班子成员，但掌握着电，权力大得很，被称为电老虎。

丁四一跃成为金鸡岭响当当的人物，整天腰上系着带子，屁股后面坠着个兜儿，里面塞满了各式各样的工具，走路一颠一颠的，像踩在海绵上。

别看丁四人五人六，金鸡岭的人都看不起他，主要是他对老人不好。

丁四的家是五间红砖瓦房，又敞亮又干净。东、西配房都是老土坯房。东配房放杂物，西配房住着丁四的老娘陈阿婆。陈阿婆不容易，一辈子没开怀，只收养了一个儿子丁四。老伴儿死时，丁四才八岁，陈阿婆又当爹又当娘，含辛茹苦，一个人拉扯着丁四，一直没改嫁。因丁四是男娃，年纪又小，对他很娇宠，尽他吃，尽他穿，什么活都不让他干。丁四在学校惹了祸，老师批评他，陈阿婆就去学校找校长。老师们都没办法，只好听之任之。丁四更不好好学了，经常逃课，小学没念完，就退学了，整天在村里东游西逛。

当初娶儿媳时，陈阿婆一百个不乐意，刘丽是寡妇，这也不算什么。她托人去蛇地沟打听过了，刘丽一直给丈夫气受，丈夫最后寻了短见。这样的女人，简直是害人精。

刘丽生孩子时，陈阿婆伺候月子，又一手把丁山带大。等孩子上学后，陈阿婆也上了年纪，刘丽视为累赘，骂她不干活，专吃白食，还把她赶到西配房，让她自己开伙。村里人都骂丁四夫妇没良心，五间大北房，竟让老人住配房，枉披人皮。一次陈阿婆在烧火时，不慎失了火，陈阿婆只顾忙着救火，自己烧伤了，被刘丽骂得狗血喷头。刘丽再也不许她做饭了，由丁四送饭。

刘丽每次都做两样饭，给陈阿婆吃棒子面，他们吃白面、米饭。有时丁四给老娘盛米饭、白面，刘丽就骂丁四，还站在院里指桑骂槐，骂陈阿婆是“老不死的”“棺材瓤子”。刘丽还嫌陈阿婆吃得多，每次只让丁四送一碗，还不让盛满，说她年纪大了，消化得不好，不宜吃饱。如果看见丁四盛多了，连骂带摔桌子。陈阿婆每天都吃不饱，饥肠辘辘，见了饭眼就放光，接过饭碗似狼吞虎咽。刘丽跟外人形容：多少年没吃过饭了，恨不得搬掉脑袋，往腔子里倒。

陈阿婆吃不饱饭，就去邻居家串门，邻居可怜她，给她盛饭吃。就这样，东家一顿，西家一碗，勉强度日。陈阿婆常去卻富贵家和花春香家，卻富贵对她的处境很同情，每次来，都给她盛饭。陈阿婆知道他家孩子多，日子也难。卻富贵夫妇都劝她："婶子，现在不是以前挨饿了，你尽管来，吃好吃赖放一边，管饱还是行的，不差你这一口。"

陈阿婆不爱去花春香家，花春香爱干净，陈阿婆穿得破，还生虱子，老去怕讨人嫌。花春香知道后，就开导她："您别多想，谁都有父母，谁都有老的那一天。您来吧，有我们吃的，就有您吃的。"说得陈阿婆眼泪兮兮，恨恨地骂："这两个畜生，他们也有老的一天，可惜呀，我看不见那一天了。"有人劝刘丽，对婆婆好些。刘丽睁眼说瞎话："我家山子自打一出生，她没哄过一天，也没抱过……"劝的人一听，知道这是个混蛋，笑笑走了。

刘丽得知婆婆去别人家要饭吃，气得火冒三丈，大骂陈阿婆给她丢人现眼，还骂给陈阿婆饭的人。刘丽是属驴的，天生大嗓门，骂人是一绝，站在街上，叉着腰，跳脚骂，一口气能骂三个小时。

"我家老人，我们养得起，用不着两姓旁人，仨鼻子孔，你多出哪口气，自己连白面大米都吃不上，天天吃棒子面，还管别人。"骂到尽兴处，她还把馅饼扔给街上的狗吃："大伙瞧瞧，我家白面大米多得是，还养不起一个老人？谁再狗拿耗子多管闲事，我去砸他家的锅，敢寒碜老娘我，我就让他过不下去！”

陈阿婆难住了，人家招谁惹谁了，好心给她饭吃，还挨骂。村民怕刘丽真砸他们的锅，不敢给陈阿婆饭吃了。御富贵和花春香只好偷偷给饭吃。陈阿婆端着饭，就呜呜地哭：“我哪辈子造的孽啊。”

三

俗话说，宁可得罪十个君子，不可得罪一个小人。丁四还是电工，御富贵更不敢得罪了，见了丁四，都主动搭话，丁四从不正眼瞧他，有时故意让御富贵出洋相，下不来台。御富贵开始不明白哪里得罪过他，后来多少明白了，因为穷。御富贵有自知之明，丁四瞧不上他，他绝不肯去巴结，只是敬而远之。

御富贵在院里走来走去，磨磨蹭蹭，后来蹲在御四牛旁边，看地上的蚂蚁搬一粒麦粒。御富贵的老婆马凤兰见他嘴里说去，腿却不动窝，催促说：“你还不去，还让孩子晚上摸黑呀。”

御富贵掸掸身上的尘土，嘴里说着：“这就去，这就去。”他硬着头皮上了路，自己也搞不清怎么会畏惧丁四，他是电老虎，又不是真老虎，可他这个电老虎比真老虎还厉害。

御富贵转过街头，那里有人在摆龙门阵，御富贵走近了，只见一人绘声绘色地讲述御富贵如何瞧不起人。御富贵正愁解不开谜团，不动声色地站在旁边听着，生怕漏掉一个字。只听那人说：“御富贵牛大了，请丁四修电这么大的事，竟然打发个孩子去，把丁四气坏了。丁四说，郤富贵既然瞧不起他，就给他点颜色看看。”

郤富贵全明白了，他后悔不迭，早知这样，真该自己亲自去请，田里的庄稼晚去一会能抛了荒？活该自己摸三天黑。

大家以为是什么惊天动地的大事，哪知是芝麻大的事，都大失所望。一个叫袁生的汉子说：“丁四不是那种人。上次我也是让孩子去请他，丁四二话没说就来了。”

那人露出难以捉摸的笑，拍拍袁生的肩膀：“他郤富贵能和你比，谁不知道你和丁四好得穿一条裤子。”

袁生觉得这是往脸上贴金，不由得意地大笑：“那是，丁四经常请我吃鱼。”

县里兴建水库，一条水渠流经金鸡岭村后的一个大坑，里面有鱼。村民虽然馋肉肚里缺油水，但没有吃鱼的习惯，因不会水，抓不到鱼。即使抓到了，也不知怎么做，因此，村民对鱼不感兴趣。丁四从小就会水，水性极好，而且还会变着法做鱼。

大家怀着极大的浓厚兴趣和耐心，引诱袁生说下去，把他看作一块笑料。

“鱼好吃吗？”

“那还用问。”

“没请吃美人鱼？”

袁生以为美人鱼也是一种鱼，肯定味道鲜美，忘乎所以，大呼小叫：“别急，等过几天，我让丁四弄两条尝尝。”

哈哈，大家都笑了，笑得袁生莫名其妙，心里发毛，也跟着干笑。

郤富贵望着袁生，忽然觉得他很可怜，他几乎都要流泪了。

袁生平时大大咧咧，口无遮拦，总喜欢凑热闹，在背后议论别人是非长短。“美人鱼”是村里人给袁生的媳妇九芬的代称。丁四知道袁生喜爱喝两口，经常提着一条鱼、一瓶酒，去找袁生喝酒。袁生也与他称兄道弟。哪知丁四包藏祸心，一次见袁生不在家，将袁生的媳妇九芬强奸了。为堵住九芬的嘴，丁四给抹了电费。

卻富贵走进丁四家，丁四抱着肩膀，瞅着他，不住冷笑。明明是丁四冤枉卻富贵，他还是觉得有些理亏，浑身不自在：“老弟，帮哥哥看看电去？”

“别嬉皮笑脸的，谁是你老弟。”

卻富贵脸发烧，我怎么就嬉皮笑脸了，我是那种人吗？他收起笑脸，看着丁四。丁四说：“看你那熊样，受审呢！”卻富贵感觉自己像个乞讨者，不仅手脚无处放，脸都没处放。

丁四拉着大长脸，不耐烦地说：“我欠你的还是该你的，电坏了找我。”卻富贵麻木的脸愣怔了片刻：“你，你是村里电工嘛。”

“我是村里的电工，不是你家的电工啊。”

卻富贵被他绕糊涂了，央求说：“你去看看嘛。”

“你眼里没我这个人，还来找我。”丁四说完，转身要进屋。卻富贵忙拱手作揖：“老弟，给看看吧。”

“没工夫，我要给村长家修电。”卻富贵碰了个钉子，可村长家的电怎么总是坏，前天不是修过了吗，怎么还没修好？卻富贵想了想说：“等给村长看完了，顺路给我家看看，我家都摸两天黑了。”

丁四说：“慢慢习惯就好了。”

郤富贵讪笑着："我没事，晚上孩子还写作业。"

丁四说："就你家的小子，哪儿是读书的料，瞎子点灯——白费蜡。"

郤富贵变了脸色，腰杆软塌塌下来，腿脚沉重得快要瘫在地上。丁四似乎也觉得刚才说得有些刺耳，忙改口说："不就是修电吗，我知道了。你回去吧。"

郤富贵像领了圣旨，忙退了出去，出了门，才发觉出了一身热汗。马凤兰说："他忙个屁，别人家的电坏了，都能修，咱家的怎么就不给修。"郤富贵唉声叹气，却又没有法子。晚上，二牛三牛在微弱的煤油灯下写作业，郤富贵在旁看着，既心疼儿子，又恨丁四。

晚上，郤富贵睡不着了，脑子总想着电。忽然，他想到丁四也不是天生干电工的，他能行，自己也能行。郤富贵越想越兴奋，天刚麻麻亮，郤富贵叫醒了二牛。郤富贵围着电线杆转了三圈，盘算着怎么爬上去。郤富贵在头脑中试了好几回，觉得可行，便往手心吐口唾沫，然后蹲下身子，用力往上拔，双手两腿紧紧扣住电线杆子，可那条瘸腿根本使不上劲，还没倒出手来往上爬，身子却滑了下来。郤富贵笨拙的样子非常滑稽，二牛看了很难受："我试试吧。"郤二牛从小就爬树掏鸟蛋。二牛比郤富贵强，可电线杆子毕竟不是树，爬了几步，同样滑了下来。二牛说："还是去找丁四吧。"郤富贵"哼"了一声，暗骂儿子没骨气，他发狠说："我就不信离了狗肉还不成席了。去，搬个板凳来。"二牛忙搬来板凳，郤富贵站在上面，甩掉鞋子，铆足劲儿往上一蹿，手掌都磨出血来，也没爬上去。

泄气的郤富贵狠狠打了瘸腿一巴掌，又一次站在丁四的家门外，丁四烦了，撇着嘴："让你在家等着，你怎么还来啊。"

"我来借脚扣。"

丁四咂了半天牙花："哎呀，公社有规定，不让随便借。"郤富贵不待他答应，把脚扣抢在手里，紧紧抱着。丁四冷笑一声："好吧，我就破一回例，不过，咱们事先声明，出了事我可不负责。"郤富贵千恩万谢，拎着脚扣就走，像缴了丁四的械，高兴坏了。

二牛说："爹，我见丁四上电线杆，腰里还系着安全带。"郤富贵说："找条绳子系上也一样。"

待郤富贵上了电线杆，又傻眼了，保险丝烧断了，他没有保险丝啊，即使有，他也不会接啊。郤富贵的身子微微抖动，目光越过房顶、树梢，盯着丁四的家，眼睛喷出的怒火，能把丁四的家烧着了，嘴角嚅动：忘恩负义的畜生——郤富贵缓缓下来，满眼都是屈辱愤怒。二牛问："爹，咱们对丁四有什么恩？他怎么忘恩负义了？"

"没有。"郤富贵重重地说，他收起脚扣，眼中带泪："孩子，你要好好学习，长大去当电工。"

郤富贵又去找丁四。丁四得意地说："怎么样，离开我不行吧。还得请我，你去给我买盒烟。"

郤富贵正愁不知怎么讨好丁四，听他要抽烟，忙掏出一张卷烟纸，解下烟袋抓了一把烟丝，麻利地卷了根"大炮"，恭恭敬敬递给丁四。

丁四恼羞成怒，一扬手，把"大炮"打飞："这是干什么，贿赂我呀。我不吃这一套。"

郤富贵傻了，不明白丁四为什么发那么大的火。丁四摸出一支烟卷，点燃后，用槽牙把烟蒂咬扁，吐出一个烟圈。他吸烟很凶，一支接一支吸，像跟烟有仇似的，几口就吸没了。因为吸得猛，烟头都快燃烧了，嘴里发出像蛇的嘶嘶之声，似乎嘴巴被烫痛了一样，团团烟雾呛得他眯着眼，皱着眉，不知是痛苦还是享受。每当有重大事情，他都这种表情。过了好长时间，丁四伸出手掌，缓缓攥成拳头，用力一砸，下定决心说："我看你怎么逃出我手掌心。"他一抬头，看见郤富贵还站在眼前，惊讶地问："你怎么还没走？"

"我家的电……"

"没工夫，我今天要追查偷电。"

郤富贵张大了嘴，有人偷电？他灰溜溜地退了出来：自己家的事怎能和这比？马凤兰听得目瞪口呆，两人心咚咚地跳：看来，又有人要倒霉了。

四

金鸡岭的确有人偷电，这是几天前发生的事。

发现偷电的是丁四。

丁四每月末都去抄电表，走到谁家，谁家都会像迎接客人一样，其实村民都怀有一个心思，都对丁四不放心，怕他多记数。可电表都在屋檐上，谁又能看到。站在下面的人，似乎都有一双鹰的眼，能看到上面的数字。

上月月底，丁四挨家挨户去查电表，穿过一条胡同时，在一家房后站住了，对过往的人说："听，什么声？"

不待回答，他支好木梯，像只猴子迅速爬了上去，看到电表里的两个小飞轮飞快地旋转着，幸灾乐祸地喊道："嚯，好家伙，走得哗哗的。大白天偷电，不然电表不会走这么快。我三令五申说不准使电炉子，这是谁啊，吃了熊心豹子胆。”

“是花春香家。”

“花春香?”丁四用手敲打着头，几乎把脑袋敲漏了，“我怎么想不出有这个人哩。”

前些时还逼花春香装电表，现在居然说不认识，真会装蒜。大家恨在心里，都为花春香捏了一把汗。

有人说：“怎么可能，她家两口人，能用多少电，再说这都快入夏了，人坐着都出汗，谁还用电炉子。”

丁四瞪着眼：“你知道个屁。她不会用电炉子做饭啊。”

那人被噎住了，翻着白眼，想反驳说，你就是让她使，她也拿不起电费啊。可他不敢说，只是瞪着丁四。

丁四像打了鸡血，兴奋地说：“我去看看。”

花春香是个命苦的孩子，母亲病故了，父亲在修水库时，扭伤了腰，干不了农活，家里家外全靠她。她还有个弟弟花春林，正读初三。

别看她是乡下姑娘，却是十里八村的美女，走在街上，总让人赏心悦目，眼前一亮，都以为是城里姑娘。村民都为能与她说上一句话，高兴一整天。花春香家门永远都是关闭的，一片宁静，仿佛久无人居住，只是靠近东墙的桃树探出一支桃花。村民经过，宛如穿过一条通幽古巷，忍不住放慢了脚步。

丁四早就对花春香垂涎三尺，每次见到她都感到窒息，整个身子都要融化了。他恨自己早生十年，如果晚生十年，凭自己的长相，定能娶到她，可惜呀。他念念不忘花春香，以至于茶不思饭不想，做梦都是花春香。他白天无精打采，长吁短叹，跟丢了魂儿似的。

丁四变着法想亲近花春香，终于有了机会。公社要求每户安装电表，金鸡岭自然不能例外。一块电表三十块钱，像要剜去村民一块肉，民怨沸腾，平时买盐打醋的钱都是从鸡屁股里抠，年底才卖一头猪，哪儿来的钱买电表啊。抱怨归抱怨，最终还得交。最后只剩下卻富贵和花永福两家，卻家因为孩子多，花家因为没有劳动力。

丁四在大喇叭广播，让卻富贵、花永福去大队。卻富贵和花永福一个在村东，一个在村西，听到广播，急忙赶到大队。花永福腰腿疼，走得慢。到了大队，丁四早就不耐烦了，蹲在椅子上，阴沉着脸："你怎么回事？每次都等你，你摆什么臭架子。"

花永福说："我听到广播就来了，我腰腿疼，走得慢。"

"你不会早点来。"

花永福苦笑："你没广播，我怎么来。"

丁四翻着白眼："你这是存心跟我过不去，刚才卻富贵答应明天就交电表钱，你呢？"

卻富贵慌了："我什么时候说明天交了。"

丁四一拍桌子，从椅子上跳下来："我说你说了，你就说了，怎么？你还想抵赖！你有钱给孩子交学费，就没钱交电表？不交也行，那就别使电了。明天就去掐电。"

卻富贵央求说："千万别呀。"

"那你还不筹钱去。"

"想用电，又不交电表钱，哪儿有这便宜的事。"丁四冲着卻富贵的背影喊，转回头来，又问花永福，"你呢？"

花永福嘴唇哆嗦着："我，我……"

“我，我什么呀，连个完整的话也说不好。去，让你闺女来。”

“唉。我让孩子来。”

过了好长时间，花永福进来说：“我闺女来了，你跟她说吧。”

丁四站直了身子，咧嘴一笑：“让她进屋说话，外面凉。”

花春香低头进了屋，站在父亲身后。丁四闻到一股淡淡的清香，他马上像变了一个人，眼睛紧紧盯着她。花春香虽然穿着打补丁的衣服，没擦粉打膏，但有种说不出的美。

丁四对花永福说：“没你事了，你走吧。”

花永福嘴里应着，脚却没动。丁四瞪了他一眼：“你耳聋了，听不懂人话！”

花永福望了女儿一眼，丁四笑着说：“我又不吃人，你怕什么。”花永福老老实实出了屋，刚出屋，门就被丁四关上了。花永福心悬了起来，站在墙外听着。

丁四不说话，两眼冒光围着花春香转圈。

花春香被看得慌了手脚：“丁叔，天晚了，我要回去了。明天还要出工。”

“别介嘛。春香妹子，我还没说正事，你怎么要走呢。春香妹子，你别叫我叔，我比你没大几岁，跟你哥一样，以后你就叫我哥吧。可能你对我不太了解，如果你了解了，你就知道我是个什么样的人了。我这个人心肠特软，你家没有男劳力，家里家外都靠你……”

花春香低着头，手拽着衣襟，心不住打鼓，猜不透丁四要说什么。

“春香妹子。以后你家有困难，你就跟我说。”丁四把椅子拉近花春香，花春香不由自主地往后挪了挪。

“丁叔……”

“叫我哥。我都叫你妹子了，你怎么不叫我哥呀。”

“丁，丁……”花春香脸涨得通红，始终没有叫出口。

丁四搓着手：“今晚天真凉啊，妹子，你的手凉不，来，哥给你焐焐。”

屋里传出花春香的尖叫声，花永福心差点跳出来，失声喊：“春香——”

紧接着，门一开，屋里的灯光立刻在屋外照出一块光亮，花春香顺着光亮满脸羞愤跑了出来。

丁四连连摇头：“这孩子真不识闹，我是当叔的，还能把她怎的？”

没几天，花永福一咬牙，把养了半年的猪卖了，交了电表钱。村民都摇头说：“猪正上膘，怎么就卖了，太亏啦。”

安电表时，花春香坚持安在后屋檐下。有人提醒：安在后面，不怕被偷啊。花春香说：“家家户户都有，不怕。”

没多久，花永福病故了，花春香与弟弟花春林相依为命，日子更难了。

每到月初，大队喇叭喊交电费，花春香就把钱让马凤兰带过去，避免与丁四见面。丁四干着急，也没招。

这次，终于让丁四抓住了把柄。丁四进了屋，本来想来个突然袭击，让花春香措手不及。哪知丁四一见整齐干净的小院，有些自惭形秽，心里发虚了，在院内愣了足有半分钟。直到花春香出现在面前，丁四才喊了一声：“查电！”

花春香不明白查电怎么进前院来了。丁四脸色阴沉：“你家电表转得那么快，是不是插电炉子了！”

花春香说："丁叔，我家没有电炉子。"

丁四眼珠在花春香身上乱转："我不信。我查查去。"说着，丁四迈步进了屋。屋里清凉，淡雅，非常舒适，简直是别有洞天。丁四疾声厉色地喊："快说，你把电炉子藏哪儿了。"

"丁叔，你不能诬蔑好人。"

丁四说："诬蔑好人？全村那么多人，我怎不诬蔑别人，单单诬蔑你呢。没使用电炉子，电表怎么转那么快。"

"我家真没偷电。"花春香急得眼泪都快流出来了。

有人小声嘀咕："电看都看不见，怎么偷啊。"

丁四眼睛放出两道凶光："闭嘴，你不是电工，你懂什么！我看你是有意包庇她，你知道偷电后果有多严重，这是犯法。"

那人被丁四痛斥了一番，顿时哑了。丁四嫌他碍手碍脚，说："我在查电，别妨碍我公务。"说着，把人轰了出去，还把门关上了。

丁四望着花春香，感觉腿都软了，声音也变了："春香妹子，偷没偷电，还不是我说了算……"

花春香都要哭了："可我真没偷电啊？"

"春香妹子，你别哭嘛，你长得这么漂亮，如果——啊，还不是我一句话。"说着，丁四上前就要动手动脚。花春香灵巧地躲开了："丁叔，别，别……"

这时，响起了急促的敲门声，丁四狠狠瞪了她一眼，恫吓说："跟我作对，有你好看的。"

五

这天，天空阴沉沉的，淅沥沥地下着雨，田地里干不了活，凡尘世间经雨水冲洗，格外清新。丁四想起了花春香身上的香味，体内的荷尔蒙一阵骚动，他特地换了件干净的衣服，刮了刮胡须。抬头望望雨，心中暗自得意：天助我也。他撑起一把伞，拐弯抹角来到花春香家门口，见四处无人，像做贼一样，闪进院中，虚掩上门。

花春香一惊，像受惊的小兔子："你怎么又来了。"

丁四说："你偷电我还没处理完，怎么，你不欢迎？"

花春香不理他，拿起剪刀剪鞋样。

丁四凑上前，没话找话："哟，你的手真巧，你上辈子肯定是天上的仙女，明天给我也做双鞋吧。"花春香还是不说话。丁四像狗吸溜着鼻子："你的名字真好，春香，春香，不仅名字香，手也香，人更香。"说着，丁四忍不住伸手去摸她的手。突然，手背上一阵钻心地疼，急忙把手缩回来，不住地抖。

花春香吓得大惊失色："我，我不是故意的。"

丁四又惊又怒："花春香，你干什么。你别不识抬举。在金鸡岭，谁能逃过我的手掌。你知道偷电是什么罪吗？你也就碰上我这好心人了，换了别人，早把你送到公社，你这辈子就完了。我这是挽救你，你知道不知道。"丁四见花春香不说话，以为被自己镇住了，声音放缓了，继续说："你要听我的话，让我睡一次，偷电的事，权当我没看见，以后你爱用多少电，我都不过问。电费我全给抹了，还给你送鱼。"

花春香裹紧了衣服，哆哆嗦嗦地说：“丁叔，你就放过我吧，我还小……”

“你还小？放过去，你都当妈啦。”

“可我有对象了。”

丁四板着脸说：“谁！”

花春香答不上来。丁四识破了她的计谋：“你在骗我，别说你没有对象，就是有，我也不怕。陈胖子，二华子，九芬，金莲花……哪个能逃出我的手掌心。”丁四狞笑一声，就要扑过来。

花春香急了，举起剪刀对准丁四。

“我本想挽救你，你却不依不饶，就休怪我翻脸无情了。”丁四一抖袖子，转身就往外走。花春香长出一口气，放松了警惕。哪知，丁四故伎重演，趁她不注意，猛扑过来，死死攥住她的手腕。花春香手里的剪刀失去了作用，丁四噘着嘴去亲花春香的脸。花春香闻到一股腥臭味，一阵恶心，忙低着头像头羊顶住他的脸。

花春香毕竟是女人，没有丁四力气大，渐渐体力不支……她想喊，却喊不出来，外面的雨哗哗地下着，遮住了一切。正这时，谁都没想到，门似乎被风吹开了，缓缓走进一人，见花春香受欺负，举起掏灰耙，对准丁四后背就是三下，打得丁四晕头转向。

丁四气急败坏，抬腿向后就踢，正踢中那人的小腿。丁四放开花春香，转身一看，见是马凤兰，气坏了，又踢了两脚，嘴里骂骂咧咧：“臭婊子，坏我大事。”说完，气呼呼扬长而去。

马凤兰回到家，把看到的告诉了卻富贵。卻富贵不住叹息，这丁四横行乡里，怎么就没人管呢。马凤兰自言自语地说：花春香够可怜的了，还受人欺负。都怨你，救了个畜生。

郤富贵火了：“我找村长去。”

晚上，郤富贵在去村长家的路上，听见丁四在大喇叭广播：

“社员们都注意啦，下面广播一个重要通知。大队部多次声明，不准使用电炉子，可花春香明知故犯，偷用电炉子，还拒交罚款。对待这种人，大队的态度是绝不手软，不交罚款，就给她掐电。”

“郤富贵——郤富贵——你听见没，你家还想不想用电了！赶紧交电费，再给你最后一次机会，再不交，也给你掐电。”

郤富贵气得脸色铁青，请他好几次，也不给修。昨天，见了丁四，跟他商量：“我借钱交电费，你给我修电。”丁四歪着头，一脸痞子相：“你还敢威胁我。”郤富贵想不明白，自己这怎么是威胁他呢。

丁四金属般的声音通过大喇叭在村子上空反复轰鸣，声音压得郤富贵抬不起头来，这简直是寒碜人么。听人说，陈胖子、二华子、九芬从来就没交过电费，哼，他丁四拿国家的电搞交易，这叫人办的事？

村长正在吃饭，老婆金莲花，孩子都吃完了。村长喝着酒，还没吃完。下酒菜很丰盛，一盘辣豆腐，一盘炸花生米，一盘咸鸡蛋，还有一条鱼。见了郤富贵，问：“找我有事？”

郤富贵说：“村长，我听外面说丁电工调戏妇女……”

“听说？你听谁说的？”村长的语气像是质问。

郤富贵被问住了。村长说：“郤富贵，你怎么也乱嚼舌头了，这可不好。”村长伸筷子夹起一块鱼肉，慢吞吞地说：“这鱼肉好吃吧，可有刺。对人，也不要太苛刻了。丁四没什么文化，但他干劲还是很足的，热情也高，随叫随到……”

卻富贵没料到村长对丁四的评价这么高，只得随声附和：“是，是。”

“当然，丁四不是圣人，也存在某些问题。”村长抿了一口酒，“其实丁四也是个受害者。”

卻富贵不解，丁四是受害者，他还第一次听说。丁四不欺负别人，别人就烧高香了。村长不慌不忙说出自己的一番见解：“丁四二十岁时，正青春年少，遇到刘丽，一时冲动，结果……一般都是男大女，刘丽大他七岁，刘丽的模样你也见到了。丁四不想结婚，哪想刘丽怀孕了。丁四没法子，被逼无奈只好和刘丽结婚。你想，刘丽大丁四七岁，还是个寡妇，他心里窝囊，长期受压抑，无处发泄。所以，我说丁四也是个受害者，我们要同情他……”

村长又说：“丁四不就拉拉手，这算得了什么呀，又没做什么出格的。退一万步讲，就算丁四真干了，人家丈夫都没说什么，你管得着么，真是咸吃萝卜淡操心！”

卻富贵被村长荒诞的言论惊得瞠目结舌。

六

丁四本想通过诬陷花春香偷电、掐电等手段逼迫她屈服，谁料花春香干脆不用电了。丁四不甘心，想加紧进攻，却发现马凤兰总在她家出入，晚上还在花家过夜。

卻富贵和马凤兰很为花春香担心，他们想到一个好主意：

给花春香尽快找个婆家。花春香有了婆家，就能逃开丁四的魔爪了。

他们暗中求人给花春香介绍对象，哪知，世上没有不透风的墙，消息很快传到丁四耳中。御富贵找村长告状，他也知道了，气得肺都要快炸了，他决定报复。没几天，御富贵家的鸡死了好几只，玉米苗被毁了一大片，半夜院子里被扔了几块石头……

这天，御富贵兴冲冲地回到家，一进屋，就从怀里拽出一大块肉，往案板上一放，神气地说："看，这是什么！"三牛四牛顿时眼睛放光，口水流出来，像发现猎物的饿狼，恨不得扑上去咬几口。

"哪来的？"

御富贵眉开眼笑地说："傻孩子，当然是买的。"

马凤兰贴近肉，用力嗅着："怎么有股怪味？"

御富贵说："长时间没吃肉了，连肉味都忘记了。"

全家人分头行动，提水、烧火、切肉，说说笑笑，比过年还高兴。很快，香味弥漫了整个街道。突然，门开了，丁四像野狗一样闯进来，东看看西嗅嗅。大家都用奇怪的眼神盯着这个不速之客。丁四径直来到灶台前，掀开锅盖，看到锅里半盆猪肉，怪叫一声，扔下锅盖，一把揪住御富贵的衣领，厉声怒吼："我家的猪刚丢，就被你偷杀吃了。"

众人大吃一惊，呆呆地看着眼前的变故。

御富贵因为愤怒，脸上的肌肉扭曲着："你胡说，我没有偷。"

"你不是偷杀的，哪儿来的！"

"买的。"

“就你家？满屋冒穷气，哪儿来的钱买肉。”

郤富贵大声喊：“我就是买的。”

“买的？我问你，猪肉多少钱一斤，这猪肉几斤几两，一共多少钱……”丁四的连珠炮把笨嘴拙舌的郤富贵打得晕头转向，成了“哑巴”。

“我让你嘴硬。”丁四用力往上提着，郤富贵的身子吊了起来，郤富贵拼命地挣扎着，嘴里发出啊啊的声音。

门口围着许多看热闹的，丁四得意地喊：“来看看，偷猪贼。”人们一阵骚动，他们不相信眼前这是真的，郤富贵一向老实巴交，怎么会偷猪杀了。刘丽气急败坏从另一个方向跑来，听说猪被郤富贵偷杀了，脸上的麻子都扭曲了，跳脚喊：“打死他，给猪偿命。”

郤家乱成一团，四牛吓得哇哇大哭，马凤兰不住向丁四说好话求情。丁四面露凶光，用手指点：“他是老贼，你们都是贼崽子。”

郤家老少的头被震得嗡嗡响，浑身都燃烧着狂怒和羞辱，

丁四为逼迫郤富贵承认，用手狠狠掐住他的脖子。二牛三牛扑上去，使劲掰丁四的手。刘丽见丁四要吃亏，从院里搬起一块石头，气呼呼进了屋。众人都屏住了呼吸，预感到一场血灾。马凤兰上前拦住她：“弟妹，弟妹，一切都好说。”

刘丽瞪起三角眼：“让开，不然，连你一块砸。”说着，刘丽用肩膀一扛，把马凤兰撞个趔趄。

这时，丁山飞快跑来，挤进人群，气喘吁吁地说：“猪，猪……”丁四喊：“猪被他偷去杀了。”丁四一使劲，郤富贵被卡得眼睛突出，脸色苍白。刘丽举起石头狠狠砸在锅里，“咣当”“哗啦”一连串的声响，惊呆了所有人。

郤富贵挣脱开来，瞪大布满血丝的眼，嘴里喊着：“我没偷——”

丁四从屁股后面拽出扳子：“我让你嘴硬。”刘丽喊：“砸，砸，往死里砸。”丁四眼睛都红了，变成了魔鬼。丁山惊叫着：“猪，猪没丢……”

丁四放开郤富贵，郤富贵蹲在地上，大口大口喘着粗气。丁四干笑了两声，比夜猫子叫都难听：“误会。”说着拉起刘丽的手就要走。马凤兰伸手把他们拦住了：“别走，你们把事情说清楚。”刘丽扬起麻子脸：“我们已经说误会了，这就够瞧的了，你们还想怎么着啊。”

马凤兰哭着说：“没见过你们这么欺负人的。只准你们吃肉，不让人家吃肉了，让乡亲们说说，有这种道理吗！你们这是硬把人往死路上逼啊……”

村民纷纷点头，都站在郤富贵一边。

马凤兰不管不顾地说：“没有孩子他爹，哪有你丁四的今天——”

郤富贵喊道：“让他们走，让他们走！”

马凤兰扶起丈夫，这对苦难的夫妻默默地收拾地上的东西，他们满眼都含着泪水。大家听得稀里糊涂，都觉得马凤兰的话里有话，可谁也不好问。

一连几天，郤富贵没出门，都窝在家里，拿着旱烟发呆。这场风波把他们推向命运的深渊，郤富贵在野地里从别人抛弃的死小猪身上割的肉，没想到竟带来这种后果。村民得知真相后，都可怜这位憨厚的老汉。

很快，另一件大事代替了死猪肉事件，郤大牛从石家庄来信说，他考上了军校，随信还寄来一张穿军装的彩色照片。

那一刻，郤老汉举着照片，高兴得眼泪都流出来了。天哪，考上军校意味着什么，全村人都清楚，那就不是义务兵了，将来可以当排长、连长、营长、团长，说不准还能当将军哩。金鸡岭都沸腾了，那场面不亚于中国原子弹核爆成功，卫星升天。

丁四对此表现得很冷漠，嗤之以鼻，考军校有什么了不起，如果自己当兵，说不定早就是营长、团长了。他一心想当村长之时，刘丽骑车在回娘家的路上，正赶上下大雨，被山上下来的洪水冲跑了，在十里之外发现了尸体。

丧妻的丁四，没有丝毫的难过，反而觉得彻底解脱了。不久，他如愿地当上了村长。从此，他更明目张胆了，每天喝得半醉，堵在花春香家门口，口口声声说花春香早就是他的人了，还说花春香为他堕过胎。谁敢劝他，他张口就骂，就连书记也不敢说半句。有媒人给花春香介绍对象，男方听到谣言，都骂花春香是破鞋。村里人都明白，丁四就是要把花春香搞臭，让她找不到婆家，最后，只能嫁给他。花春香担惊受怕，惶惶不可终日，寻死的心都有。

郤富贵偷偷卖掉了猪，把钱给花春香，让她去石家庄找郤大牛，暂避一时。一天夜里，花春香悄悄离开金鸡岭。第二天，丁四不见了花春香，联想到郤富贵处处与他为难作对，认定是他捣的鬼，天天堵在门口索要花春香。丁四瞪着血红的眼，丧心病狂地咆哮：“不把花春香交出类，就放火烧了他家。”

村民都说，丁四疯了。

七

丁四当上了村长，震惊了所有人，像一击重重的耳光，打在金鸡岭人的脸上，村民都糊涂了：丁四究竟做过什么突出贡献？他们哭丧着脸，像遇到了颗粒无收的灾荒之年，他们哀叹：什么时候才是个头啊。

公社突然收到来自石家庄的陆军第 38 集团军坦克第 6 师机械化步兵团政治处的信。信中说：卻大牛和花春香是恋人关系，金鸡岭的村长丁四调戏花春香，破坏军婚……

破坏军婚，这还了得，公社领导大吃一惊，忙派人处理。派出所闻风而动，派出两名得力干警，开着三轮摩托挎斗，一阵风来了，离金鸡岭老远，就引起人们注意，纷纷跑出来跟在后面，涌到丁四家看热闹。丁四一见干警，知道东窗事发，腿一软，瘫软在地上。

丁四被带走的那一刻，陈阿婆赶到了。陈阿婆在卻富贵家吃饭，听到消息，由马凤兰搀着，一溜小跑，边跑边哭，进门就给干警跪下了：“同志，我是他娘，我儿子犯什么法，让我这个老婆子顶罪吧。”

丁四到了派出所，自知罪孽深重，不说不行了，便主动供出了所有的犯罪事实，如何勾引陈胖子、二华子、九芬、金莲花、小芳……如何偷换电表，污蔑花春香偷电，如何造谣等等都说了出来。公社领导震惊了，没想到牵扯出一连串的案情。

丁四这匹害群之马被判二十年有期徒刑。让老村长想不到的是，自己处处袒护丁四，丁四居然连自己的老婆金莲花都不放过，连气带羞，大病了一场。

几年后，丁山把陈阿婆赶了出去。陈阿婆没处去，卻富贵把她接了去。村民感慨地说：“当年，丁四那么对你，你不记恨他。”

“不!”

陈阿婆想儿子，常偷偷掉眼泪。卻富贵带着她到三百里外的监狱去探望。卻富贵怕丁四生气，来时叮嘱陈阿婆千万别告诉他，丁山把她赶出门的事。

“造孽哟造孽。”陈阿婆核桃似的脸爬满了痛苦。

丁四见到母亲，表情木然。

陈阿婆说：“我老了，走不动了，要不是你卻哥，我恐怕见不到你啦。”

丁四冷冷地看了卻富贵一眼，没说话。

卻富贵知道他恨透了自己，把一条烟放在他手里，往后一退，什么也不说。

陈阿婆恨恨地说：“我真不明白，你卻哥哪点对不起你，你这么对他。做人要讲良心啊。”

丁四低着头装聋作哑。陈阿婆伤心地呜呜哭了。丁四头也不抬：“我这辈子算交代了，你别指望我了，权当没我这个儿子。”

陈阿婆抹着眼泪：“我下次还不知能不能来了，我得让你明白明白，不能糊涂一辈子。”

卻富贵说：“婶子，多年的陈旧往事，提它做什么。”

“不，我要不说，死了我都闭不上眼。”

“解放前，你爷爷是个商人，你爹长大后，你爷爷为锻炼你爹，让他也跟着。那年，你爹去缙州收账，他上妓院寻开心，遇到我。你爹见我长得有点姿色，为我赎了身。我们向你爷爷瞒着我的身世结了婚。我伤了身子，不能生育。你爷爷后来知道情况，连病带气死了。”

陈阿婆喘了一口气，又说：“三年困难时期，家里没吃的，草根树皮都吃光了，我们外出逃荒。有一天，我们遇到郤富贵，那时他才十三岁，抱着一个两岁的小男孩，我们见小男孩虽然面黄肌瘦，但模样很可爱，透着几分机灵。听郤富贵说，他随着难民逃荒，一对夫妇都死了，留下这个孩子，无依无靠，趴在一具女尸上哭。郤富贵见他可怜，倘若没人管，迟早就得饿死。郤富贵起了善念，抱着他一起逃荒。有了吃的，郤富贵自己不吃，先给那个小孩吃，他自己饿着。

“我和你爹没孩子，和郤富贵商量后，决定收这孩子当儿子。后来我们回到金鸡岭。郤富贵没处去，也在金鸡岭立了脚。

“孩子，你就是那个小男孩，若没有郤富贵你早死了。”

陈阿婆边讲边哭，郤富贵在旁边也陪着落泪。丁四脸上的肌肉动了动，待陈阿婆讲完，他轻轻叹了一口气，转身要走。

陈阿婆长叹一声，用拐杖点地：“你呀，真不懂人情啊，白活哟。”

“你知道郤富贵的腿是怎么伤的，也是为了你呀。你六岁那年，刚入冬，你到冰上去玩，掉进冰窟窿里。你郤哥跳进冰里去救你，冰薄禁不住他，刚爬上冰面，冰就塌了。他就驮着你，破冰走上岸。到了岸边，摔了一跤，胯骨磕在石头上……你大腿根的伤也是那时伤的，将心比心，你怎么对你郤哥的，人不能没良心啊。”

丁四望了卻富贵一眼，缓缓走开了。

回来后不久，陈阿婆病情加重，不久死了。临死前，她抓住卻富贵的手：“别记恨丁四，替我去看看丁四。”

卻富贵使劲点点头，说：“我把他当亲弟弟看待。”

丁山十八岁那年，去电鱼，电瓶坏了，他干脆甩掉电瓶，把电线插入水中，结果被电死了。

每年春秋两季，卻富贵都去监狱看望丁四。丁四的家成了荒宅，卻富贵经常去照看维修。

丁四出狱那年。卻富贵人老了，头发都白了，卻大牛在部队当了副团，转业到地方政府任副乡长，卻二牛在县医院当医生，卻三牛组建了自己的建筑公司，卻四牛是名教师。哥四个出钱，把卻富贵的老宅拆掉，盖起了三层小楼。丁四出狱后，没有回家，而是走进了卻富贵家。

那一刻，金鸡岭都轰动了。

第二天，卻富贵在前，一瘸一拐；丁四在后，驼背弓腰，两人一前一后，去了丁家坟院。丁四跪在陈阿婆夫妇的坟前，号啕大哭。

卻富贵视线模糊了，二十年前的往事化为一片烟云消失殆尽。在他眼前，只有一个孝子，像半截石碑，跪在长满青草的坟前。卻富贵身子微微颤抖，默默唠叨着：“叔呀——婶呀——丁四认祖归宗啦——他认我这个哥啦——他说要伺候我一辈子——叔呀——婶呀——”

冷　暖

我和张曼芸领证后，她就是我的老婆，这就意味着无论贫富贵贱，我都要和她患难与共，白头偕老。

我是这么想的，也告诫自己要这么去做，做个优秀的丈夫。

我和张曼芸相识不过三个月便结了婚，也算是闪婚了。这是我不敢想的，以我的性情，至少应等到爱情果实瓜熟蒂落，但事实如此，我对此也深感意外，以至于她明明和我躺在一张床上，我依然梦到自己单身，满世界寻找女朋友。三个月时间，要想了解一个人，特别是一个女人，谈何容易，何况婚姻要知人知面更要知心，何况恋爱中的人智商为零。在年龄上，我已三十出头，阅历也算丰富，但在婚姻这张答卷上，我还是一张白纸。

初听张曼芸这个名字，很容易和张曼玉联系在一起，名字相似，芸和玉发音又极其相近，她长得也酷似张曼玉。她后来说，她的姐妹都称呼她为张曼玉。如果早些年她会不会被星探发现，也成为明星？能娶个“明星”般的美女，我还有什么希求。

我曾谈过恋爱，而且经过七年的爱情长跑。七年时间应该能成为生命里的重要一部分，就像一个人的心、肺、肝。至于分手的原因，是件极不起眼、谁都不会放在心里、小得不能再小、简直比芝麻还小比蛛丝还轻的小事。但这件小事，却让七年恋情画上了永远的终止符。至今我还记得那天：我和前女友高高兴兴去图书馆，回来的路上，在绿化带里，窝着一只流浪小狗，一条极其普通的狗，像个十足的懒汉，懒洋洋地晒着太阳。我关心起它的命运，从它的毛色和那副懒洋洋的德性来看，它沦为流浪狗已经很久了。前女友包里有一袋新买的火腿肠，我便说："真可怜，估计有几天没吃东西了，给它一根火腿肠吧。"前女友看了一眼脏兮兮的狗，把包护得紧紧的，冲我做了个鬼脸："买火腿肠得两块钱呢。"

我心中不悦，不给就不给呗，干吗做鬼脸呀，怎么连点同情心也没有，将来在一起，会对我好吗。狗的命运与我紧紧联系在一起，在我心里留下了不可抹去的阴影。

分手时，前女友满脸沮丧，极力掩饰内心的苦楚，问我为什么。我说不为什么。前女友望着我的脸，过了好长时间才说："你太保守了……"我知道我让她失望了，她说得太对了，我接受她的批评，不然我们何以要经过七年漫长的爱情长跑，还没走到一起。都二十一世纪了，谁还会相信，我们居然都没拉过手。我也想把她拥在怀里，将我的嘴温柔地放在她的唇上，但我不能，因为我觉得一旦肌肤相亲，就要负责任，但我从不认为自己是错误的。

我知道自己需要什么样的生活。我脑子里从来就没有当官、仕途等观念，局里组织的副科选拔我一概不参加，习惯每天骑着自行车，按部就班上下班，我曾渴望也能找个类似的女友，一起上班，一起做家务，传宗接代，这必会让我幸福。我也很庆幸自己能供职于一个清闲的事业单位，更庆幸自己能遇到淳朴的前女友。

命运偏偏和我开了个天大的玩笑。张曼芸是自由职业者，她开了一家公司，完全是适者生存的取向，与我的理想大相径庭。很奇怪，我和她接触过程中，竟完全忽略了这一点，难道这也是命运的安排。如果换成前女友，我又会如何？过去的一切，我不想评判。我只想往前走。我现在是结了婚，是有妻室的人了，有了证，有了拥抱，有了亲吻，将来还会有孩子，这些都会成为一种牵绊、一种责任，我要做一个称职的丈夫，把家照顾好。张曼芸很忙，忙她的生意。她知道我性格使然，对生意一窍不通，也不感兴趣。她不希望我帮什么忙，她生意上的事，从不跟我谈。当然，我工作上的烦恼，她也不感兴趣。她只希望在一天的商战后，能有个温馨的家，一个体贴的丈夫，仅此而已。

结了婚，时间对我而言变得很充足，张曼芸从天而降，完全替代了我前女友，于是我完全忘记了前女友。现在，我有的是时间，把张曼芸和前女友进行比较，尽管我已没有任何选择，但我还是会比来比去，就像一个儿童在比较两个玩具。

我躺在九十平方米的楼房里——那是我和前女友分手后，我贷款买的。买房，意味着我开始想到要成家了，尽管我还没有女朋友。

张曼芸和我领证后，曾有一次很郑重地对我说要把房贷款还了。我知道她有积蓄，但我不相信她能一下把贷款都还了。

我说：“不用，月月还的贷款不会增加，而工资会增加。”

表面上我精打细算，心里却想，这是我婚前财产，是我个人的。张曼芸很大方地说：“还分什么彼此呀。”我说：“不急。你的钱留着做生意吧。居家过日子，哪能没个积蓄。”

张曼芸盯着我的脸，笑了：“你是担心以后离婚了，我分你的财产吧。”

我被说中了心事，红着脸说：“你误会了，你要替我还，我还求之不得呢。”张曼芸笑了笑，没说什么。我心海一片涟漪：她到底有多少钱。张曼芸是知道我买楼房20%首付，她既然提出要还楼房钱，手里有多少钱？谁都能计算出来。看来，楼房这点贷款，张曼芸是不放在眼里的。我还知道，她做生意租的房屋，一年要付房租二十万。乖乖，二十万，我这个靠薪水过日子的小职员是不敢想象的。我时常用怜悯的眼光看着张曼芸，她难道就不发愁吗？要怎么拼命做生意才能把租金挣回来，一旦有个闪失，后果难以想象。我很想帮她的忙，可我能帮她什么忙呢？

张曼芸看出我的担忧，笑我是杞人忧天：“这算什么呀，我还要扩大生意呢。”她跟我商量：“我手里有笔钱，你帮我拿个主意？”

我是做生意的门外汉，怎么让我拿主意。我很惊讶，犹豫了片刻，说：“你说说看。”

“我想把二楼租下来，扩大生意。我又想把房贷还了，可这样的话，扩大生意就没资金了，你认为呢？”

“房贷我慢慢还，你把生意做好就好。”

“我也这么想，你放心，不出三年，我保证能买一处楼房。”张曼芸说完，亲了我一下，算是对我的承诺。

认识我的人都说我找了个富婆，见面都问张曼芸有多少钱。他们太庸俗了，张曼芸有多少钱，都是她自己的，与我没什么关系。我并不图她的钱，而是她的人。我喜欢平平淡淡的生活，周六日休息时，也不去张曼芸的公司，因为员工都把我当老板，搞得我浑身不自在。我喜欢一个人独处，把自己关在屋里，或到图书馆去看书，或回家去陪父亲。

我母亲死得早，是父亲把我们兄妹三个拉扯成人。我家在山区，离县城有四十里的路。哥哥、姐姐都已成家，生活都不富裕。也就是说，我们家只有我有份稳当的工作，在县城安了家。

我买楼房时，家里并没什么积蓄。我平时很节俭，工资都按月存入银行，积攒下一笔首付钱。买房时，摆在我面前的有两种选择方案：买三层的七十平，或一层的九十平。我想得很遥远，父亲养我不容易且年纪越来越大。无论如何，也要让父亲住楼房，享受晚年生活。我买了一层九十平方米，三室一厅，我设计好了，三室，我一室，将来孩子一室，父亲一室。

父亲给了我两万块钱。他说："买房是一辈子的大事，你爸没本事，帮不了你什么忙。"

我知道钱是父亲借的，高低不收。父亲说："拿着，等我老了，去住也硬气。"

老子住儿子的房，还用什么理由呀。不拿钱，我也让住啊。父亲一再往我手里塞，我也的确需要钱，便收下了。两万块，帮了我大忙。

认识张曼芸，说来颇有戏剧性。我与前女友分手后，生活有种恐慌感。想我年已三十岁了，三十而立，可我还没女朋友，不免心里有些空落落的，对那只流浪狗恨之入骨，恨它就会想起它。我总产生幻想，它会不会饿死，会不会被车撞死，会不会被虐待？这一年，网上出现虐猫事件，我担心这只流浪狗也会有相同下场。

在去图书馆的路上，我特地去寻找那只与我毫无相干的流浪狗。

依然是那片草地，一个漂亮的姑娘正在旁边悠闲地看它吃一块骨头。狗吃得很野蛮，似乎不快吃就会变少。姑娘完全用对孩子的口吻说：“慢点，着什么急呀。”

午后的阳光格外明媚，衬托出她洁白的肌肤和优美的曲线，我看呆了。我第一次觉得美女是如此赏心悦目，让人心平气和。我苦恼而又焦急地思考如何与她搭讪。前女友说我保守，这时又暴露出来。

姑娘被看得有些不好意思，问：“你也喜欢狗？”

“我，曾经很喜欢。”

“现在呢？”

“有那么一点。”我完全不顾自己的违心。

“既然喜欢，你就把它带回去吧。”

我被她将住了，笑而不答。

狗吃完了，仍意犹未尽地反复撕咬着骨头。姑娘自言自语地说：“还没吃饱？我去买个火腿肠。”

我眼前一亮，真是千载难逢的好机会，我马上表现出男子汉的气概，喊叫一声：“我去！”

很快，两根火腿肠买来了。我和姑娘边看边谈论狗的归宿，到最后也没想出个好主意，狗依然继续流浪，却让我和她相识。

这就是我第一次见到张曼芸的情景，简直是我与前女友的翻版。

我和张曼芸进展神速，当然是背着前女友。父亲对此并不满意，表面上尊重我的意见，背后却常与我唠叨我的前女友。我知道父亲特别中意我前女友做我的媳妇。这几年，前女友来我家，对父亲一直很尊重，人又是百里挑一的贤惠。而张曼芸却不怎么做家务，婚后，我才知道她其实也会做家务，在老家不做，是因为她嫌家里脏乱。我猜想，父亲见到张曼芸的时候，也会把张曼芸和我前女友比来比去。或许，他心里早就比出了结果，只是不愿说出来罢了。

父亲对张曼芸充满了陌生感。这也难怪，张曼芸是外地城里人，生活在与我们没有任何关系的地方，现在突然要变成一家人，他难免有些不适应。张曼芸对父亲很尊重，属于敬而远之的那种，话也少，她与我的话也不多。

普普通通的毛坯房经过张曼芸之手，变成了温馨的小屋。我在三个屋里转来转去，都有些不信自己的眼睛。我特地到父亲的屋里，虽然是朝阴的，但面积不小。张曼芸似乎充分考虑了老人的不耐寒，增加了一组暖气，即便是三九寒冬，室温也不低于二十四度，绝对是父亲宜居之地。我仿佛看见父亲坐在舒适的床上，捧着沁人心脾的香茶，冲着我呵呵地笑，满脸的幸福。

儿子的房间自然是向阳的，虽然面积小了些，但布置得特别温馨，壁面是安徒生的童话故事，我想我的孩子会喜欢的。我和张曼芸的房间自然不必说了。

在谈婚论嫁时，我谈到房间分配的想法，张曼芸没有表态，看来是默认了。结婚后，我让父亲和我们一起住，父亲笑着说："我现在能动弹，在家里种庄稼，干点农活，待我动弹不了时，不用你让，我也去住。”父亲说得对，我只好作罢。

我和张曼芸的二人世界有滋有味。张曼芸的生意做得很辛苦，回家也晚。我下班回来顺便到菜市场买回新鲜的蔬菜鱼肉蛋奶，回家做饭切好菜，然后坐在沙发上看电视。眼看着电视，脑子里却胡思乱想，如果前女友和我一起下班回来，会是那种你担水来我浇园的生活吗。我脑子一溜号，马上强制自己从幻想中回来：这种想法是要不得的，现在前女友和我没有任何关系。于是，我关掉电视，到楼外去散步，或到小区外去等张曼芸。张曼芸是开车的，但我还是去等她，见到她，我就会放心。

我平时喜欢动笔写点小文章，偶尔在报刊上发表。张曼芸十分欣赏我的爱好，鼓励我说，现在都安定了，可以多写了。于是我一有时间，就闷在家里写我的文章。

张曼芸不在家的日子，屋里静极了，好像时间都凝固了。我写了一会儿，还是到小区外等张曼芸。她让我别去等她，笑着说她能找到家。我说：“我习惯了。屋里太静了，连个动静也没有。”我不爱与外人交往，见了左邻右舍也只是点头微笑而已。我常常想，如果父亲能在屋里该有多好啊，我就不会这么寂寞无聊了。

张曼芸大概也看出我的情绪，生意人的眼光比普通人敏锐。这天我在楼下等她。张曼芸下车后，从后座上抱出一只纸盒，我接在手里，纸盒在我手上忽地动了一下，我吓了一跳：“什么东西?”张曼芸说：“送给你的，打开看看就知道了。”

给我的?会是什么呢。我好奇地打开盒子，从里面忽地露出个毛乎乎的小脑袋瓜儿，原来是条小狗。大概被盒子闷了许久，突然见到阳光，冲我摇晃着小脑袋，汪汪叫着，似乎在对我抗议。

我一皱眉：“你怎么抱只狗来？”

张曼芸说：“你一个人在家太冷清了，它可以陪你，它叫点点。”张曼芸说完，轻轻用手推了狗一下，狗倒也识趣，讨好似的向我扑过来。说实话，我对狗的确很喜欢，毕竟我童年时曾养过几条狗，但我对宠物狗并不感兴趣，在我看来，宠物狗只是宠物狗，失去了狗的本性。

我用脚尖触它的小脑袋，问张曼芸：“哪儿弄的？”

狗对我的举止很反感，好似我鞋的味道刺激了它，冲我大叫。张曼芸说：“好朋友送的。”

我奇怪地问：“你怎么想给我弄条狗来了。”张曼芸问：“喜欢吗？”我小声咕哝道：“不大喜欢。”张曼芸调皮地说：“慢慢地你就会喜欢了。”

张曼芸让我抱着狗进楼，小家伙却极不乐意，围着张曼芸脚边转。看得出来，它并不喜欢我，就如同我不喜欢它一样。我想起小时候与狗在一起的情景，可惜，美好的童年再也回不去了。

我心里对自己说，这是张曼芸特地为我准备的礼物，我应该接受，不管我喜欢不喜欢，我伸出双手对着狗轻轻一拍，像哄一个小孩子，柔声唤道：“点点，过来，回家啦。”点点根本就听不懂我的话，仿佛我拿着凶器，要伤害它一样，一再躲闪。

晚上，张曼芸把点点关在卫生间里，点点认生，又叫又挠门，闹得人心烦意乱。狗虽小嗓门却大。本想它叫累了，自会闭嘴，哪知它叫个没完没了。我苦笑着说：“它也不嫌累，真以为能把太阳叫出来呢。”张曼芸格格笑着：“要不，把它放出来吧。”

我只得同意，不然我们也睡不好觉。点点一放出来，像受气的孩子，晃着小脑袋，用委屈的小眼，瞅瞅我，又瞅瞅张曼芸，然后叫了两声，似乎在抗议说，我又没犯错，为什么把它关起来。

我却没有睡意了，这房间本来是我和张曼芸的二人世界。点点仿佛不是狗，而是一个人，瞪着两只圆眼，不仅能把人的心思看穿，还想跳到床上来。我本准备与张曼芸亲热一番，此刻也没了兴趣。

张曼芸养狗的初衷是让它陪我，现在反过来了，我每天要花费大量时间来照顾它，每天早晚雷打不动地带它遛弯，训练它如厕，给它洗澡，给它剪指甲、刷毛……我受不了了，我简直成狗的保姆了。我瞅着张曼芸陆陆续续买来的宠物厕所、狗玩具、狗碗、刷子……看得我眼花缭乱。

我忽然有种不平衡了，点点是我的什么啊，不过是一条狗而已。我凭什么像伺候老人孩子似的伺候它。我是欠它的，还是亏它的？它能陪我说话，还是陪我聊天？我父亲生我养我，恩重如山，我从来没给他老人家洗过澡、剪过指甲，没陪他散过步，想到这里，我无比沮丧和失落，好似灵魂逃离了我的躯体。

狗来的当天，张曼芸还带来一小袋狗粮，上面印着非常漂亮的小狗，我以为是商标，觉得很好玩。后来，张曼芸开始给点点买狗粮，这才引起我的注意：从包装精美的袋子的标签上，能计算出这一袋狗粮顶得上父亲几天的伙食。我承认这是张曼芸花她自己的钱买的，并没花我的钱，可她在给我父亲买东西时，从来没这么大方过。没几天，张曼芸让点点住进了父亲的房间。我对点点更恨了，那是我父亲的房间，它怎么能住。它住过了，我父亲怎么住？

我再带它出去时，对它不理不睬，仿佛它与我没有一丁点关系，只是一条流浪狗罢了，我甚至产生了邪恶的念头，在给它洗澡时，希望它能淹死，或吃什么坏东西，生一场大病。不行，点点是个馋家伙，吃的都是好东西，若是生了病，张曼芸肯定会带它去宠物医院，听说，宠物医院的价格很吓人的。最好，在散步时，能被车撞死。

我垂头丧气地回到家，把狗丢在一旁，一声不响地躺在父亲屋里的床上，呆呆地仰望着天花板，不知父亲此时在干什么。明明父亲没住楼，我却偏偏把这间屋子称为父亲的屋子，真是自欺欺人。如果父亲能坐在屋里，那该有多好呀。

张曼芸看出我的不悦，走过来给我揉捏着肩："怎么了？你心情不好，是不是工作太累了。"我张了张嘴，不想说，只觉得心里很苦。张曼芸把手放在我额头上，我这才说："工作有点累，过几天就好了。"

张曼芸柔声说："你不是还没休工龄假吗？要不，你休吧，咱们到外地去旅游。"

我缓缓摇摇头说："没事，过几天就好了。"

点点蹦蹦跳跳追进来，我却不瞅它。

"看来，你不喜欢点点。"

我老实地说："有点儿。"

"那你喜欢什么动物？"

听张曼芸的语气，哪怕是国家保护动物，我一旦说出来，她也会满足我的。但她是不会让我父亲和我们在一起住的。

在谈婚论嫁时，我跟张曼芸谈过，她没有表态，但从她种种迹象来看，她是不会同意的。好在现在父亲身体还不错，我的经济条件也很紧张，虽然张曼芸有钱，但那是她的，不是我的。我不如等过些年，我房贷还完了，张曼芸的态度也会好转的。但我不能容忍一只狗插进来，于是没好气地说："我什么都不需要。"

张曼芸看出我有些言不由衷，说："你真的不需要？"

"我，我……"我突然结结巴巴起来。

"什么？你说嘛。"

话到嘴边，我又咽了回去，何不来个曲线救国。我抱怨说："你不是让我多写吗？我的时间都被狗占了。"张曼芸笑着说："你写不出来倒埋怨点点来了。时间是挤出来的，慢慢你就适应了。"

我无话可说了，开始转移话题，慢条斯理地说："这个周六我想回家……"言外之意是告诉她，我走了，点点怎么办。张曼芸马上说："你上个月不是回去了，怎么又要回去。"

听她的语气，回家看父亲还有期限不成，她的娘家在千里之外的小城，她回娘家我从来不阻拦，而且每次回去，都是我主动张罗的。而她呢？只要我一提回家，她就这种态度。

我坐直了身子，提高了声音："我一个月都没回去了。"

"你回去了，点点怎么办？"

我气坏了："怎么养了狗，连家都不让回了。"

张曼芸愣了一下，突然似受到了委屈，对我使起性子："谁不让你回去了，我养狗，还不是为了你。你真是狗咬吕洞宾——不识好人心，你回去吧，现在就回去……"说着，起身给我收拾东西。我搓着手没了主张，嘴里"芸呀，芸呀"

喊着，似乎要走的是张曼芸。

点点远比我懂人性，张曼芸走到哪里，它就跟到哪里。张曼芸每拿出一件东西抛在沙发上，点点以为女主人在与它玩耍，扑过去撕咬，轰也轰不走。张曼芸用脚尖轻轻挑它的头："去，找他去。"

点点颠儿颠儿地跑过来，抬起圆乎乎的脑袋，用无奈的眼神望着我，似乎在说，安慰安慰女主人吧。我轻叹一声，埋怨自己不如狗懂人的心思，于是转到张曼芸身后，轻轻抱住了她。张曼芸挣扎着："放开我，你不是要回去吗!"

我不说话，只是抱得越来越紧。张曼芸挣扎了几下，身子慢慢松软下来，回过身来，与我抱在一起。

周六这天早上，我早早遛狗回来，然后张曼芸开车送我到商场去买东西。她很大方地从包里抽出三百元钱递给我："该买什么就买什么。"我一愣，说："我有钱。"张曼芸把钱塞进我手里："拿着，多买点。"我高兴不起来，她让我多买点，言外之意不就是让我少回家吗？转念一想，或许我多虑了。

我希望她能和我一起去，如果她能挑选一两样东西，哪怕是我父亲不喜欢的，我和父亲都会喜欢的。我问了一句："你不和我一起进商场？"张曼芸瞟了我一眼，把车停好，说了一句："真麻烦。"

张曼芸把我送到车站，让我早去早回，到车站时给她打电话，她开车来接我。

我把重复说了几遍的话又端出来："你和我一起回去吧。"

张曼芸噘着小嘴："我都说过了，生意离不开。"

她这话半真半假，生意是忙，主要原因是不想回去见我父亲。唉，这也不全怪张曼芸。我老家在乡下，卫生条件差，父亲一个人在家，又不怎么会做家务，家里比较乱，张曼芸又有洁癖，对饭菜很讲究。这一连串的因素加在一起，让张曼芸产生了抵触。

父亲希望她能回去，哪怕什么都不买，只是回去看看，做做样子呢，但我让他失望了。父亲见我第一句话就问："你媳妇回来了么？"我不敢看父亲的眼睛，没底气地说："她生意忙。"整个世界在父亲眼里顿时少了些光彩："她有三个月零七天没回来了吧。"我把东西放在地上："这是她给你买的。"父亲没看东西，淡淡地说："以后别买了。"我带着一点火气，说："爸，你就不能把家里收拾一下，连个落脚的地儿都没有。"说完，我动手收拾屋子。

父亲搓着大手，嘿嘿地说："收拾它做什么，又没有人来。"

我故装糊涂："乱成这样，谁会来。"

父亲见我执意要收拾，而且说得在理，尴尬地问："中午在家吃饭么？"

我迟疑一下，决定报复张曼芸："我到家了，怎么不吃啊。"

父亲脸上露出笑容，在原地转了两圈："我去买菜。"父亲太兴奋了，临走时还忘了带钱。望着父亲孤独且消瘦的背影，涂抹着无尽的清凉。我忙把视线转移，默默地扫地、擦桌子、洗碗。我想喝水，拿起暖壶，发觉里面是空的。茶杯满是茶垢，许久也没洗了。唉，要是母亲活着该有多好啊。

母亲是个爱干净的人，屋里屋外向来收拾得利利落落。如今母亲不在了，父亲也苍老了，好几年也没添件衣服，我没尽到一个儿子的孝道。忽然想起前女友。她一来我家，一点也不拘束，跟在家一样洗洗刷刷，拾掇院落，把家里侍弄得亮亮敞敞，典型的传统贤妻。如果我和前女友结了婚，眼前就是另一番景象。难道这就是我想要的生活吗？我不能回答，也无法回答，更不敢回答。我怔愣了许久，使劲揉着酸麻的双臂，心底涌起一阵酸楚。

中午这顿饭，并不合我胃口，菜太咸了，米饭也有些硬。我端起碗筷的一刹那，又想起前女友。她烧得一手好菜。每次她来，都下厨弄几样精致的菜肴，冷热荤素，色味俱全。父亲特别希望她能来，每顿都能多吃一碗饭，多喝一杯酒。我勉强吃了一碗米饭，父亲因为我回来的缘故，吃得津津有味，一再劝我吃菜。

父亲突然抬起头问我："最近见没见她？"

"她"不用明言，自然是我的前女友，这敏感地触动了我脆弱的神经，心一阵翻滚，忙掩饰说："没。"父亲沉默了，望着照进房屋里的阳光里的浮尘发呆，我心如无根的浮萍，漫无目的地漂游着。

我回去时已是傍晚时分，我没有给张曼芸打电话。我像个有过错的孩子，忘了她所说的，中午回来喂狗。其实我并没有忘，而是故意和张曼芸对着干，也算是对她的不满和回击。

回来的路上，我满脑子都是那条小狗，不知会饿成什么样，我已准备好挨张曼芸的骂。出乎我意外的是，张曼芸并没有闹，但她也没有像往常迎接我，相反，那条狗却蹦跳着向我扑过来。我多少有些愧疚，我如此对它，它却宽宏大量不计前嫌。我蹲下去，拍拍它的肚子，鼓鼓的，我也就放心了。我心里发誓，点点是无辜的，今后绝不会再折磨它了，一定对它好些。

这时，从屋里窜出一个影子，我吓得倒退一步，又是一条狗。我大吃一惊，忙问张曼芸。张曼芸黯淡地说：“你不喜欢点点，我只好给它找个伴儿喽。”

“可我想把狗送人的。”

“送人？为什么。”张曼芸仿佛被触动了神经，冲我喊叫着。

点点似乎也听出与它们的命运有关，奋力向我扑打叫嚷。

我挠挠头说：“你也知道，你要做生意，我要上班，哪有时间照顾它啊。”

张曼芸说：“这不是理由。”

“我不喜欢狗。”

“你不喜欢，可我喜欢。”

我笑了：“你喜欢，不代表我喜欢呀。”

“可你说过，我喜欢的你也喜欢。”

我想了想，好像我的确曾说过类似的话，我像个无赖很不厚道地说：“我说过吗，我怎么不记得了。”

“反正你说过的，你不能否认。”

“好，好，我说过。可这两条狗你在哪里养？”

“在阴面屋里。”

“不行。”

“为什么不行。”

“不为什么。”

“既然不为什么，我就要养。”

我脱口而出：“这是我买的房，我有权支配。”话一出口，我马上就后悔了，埋怨说话不过脑子，房子是我的不假，但这话很伤人的，而且张曼芸花五万装修的房子。果然，张曼芸立刻闭嘴了，脸色异常难看。

我懊悔不已，可说出的话如同泼出的水，再也收不回来了。我忙好言安慰："对不起，我不是故意的。"如果张曼芸和我哭闹，情况会好一些，但她并没有如我想象的那样，相反，她异常冷静，我几乎能在她脸上看到隐藏的风暴。

晚饭吃得很憋闷。张曼芸把我的被子抱到北面的房间，也就是所谓父亲的房间。我关上了灯，躺在床上，屋里没有一点父亲的气息，我脑子一片空白。我在琢磨，想什么办法，能和张曼芸沟通，让父亲住进来。

一连几天，我们依然分居。倒是那两条狗高兴坏了，一会儿跑这屋，一会儿跑那屋，一副幸灾乐祸的样子。

张曼芸回来晚，狗整天与我黏在一起，没几天，两只小狗却堂而皇之住进父亲的屋里，赶也赶不走。我的心情也糟透了，恨不得一脚把狗踢死。我什么也不想，头发也乱糟糟的，胡须也不刮，看起来像年老了许多。

这天晚上，华灯初上，夜色迷人，张曼芸遛狗去了。我在屋里实在难受，便下楼出去走走。路过一家商场，忽然想抽烟。我从来对烟就很敏感很厌恶，但今天念头一上来再也挥不去，像老烟鬼一样，被牢牢控制。我递过一张十元钱，店员扔过一盒红塔山。

我拿在手里，转身欲走。忽然，前女友的身影闪进我眼帘，在黑暗之中，特别是在陌生的人群中，眼睛特别的敏锐，总能一下捕捉到熟悉的东西。我神经骤然紧张，但愿她没看见我。我现在这个邋遢样子，怎好见人？

我刚走几步，手机突然响了，我下意识地掏出一看，顿时惊呆了，是前女友。屏幕上虽没显示她的名字，但手机号我太熟悉了。我犹豫不定，前女友已笑吟吟地站在面前：“没想到吧。现在走还来得及。”

“没想到。”我一阵紧张，突然觉得自己很龌龊，我早把她的手机号删除了，她却还存着。

她盯着我手里的烟，惊讶地喊道：“你，怎么吸烟了？”我一阵慌乱：“我，我是给别人买的。”

“你不是结婚了吗，怎么还这个样。”

我不知她是说我保守，还是说我现在的落魄样，或许两者都有吧。我开始沉默，但我能感觉到自己心跳加快。我实在承受不了她的直视，想逃掉，可一时找不到借口。

前女友关切地说：“我叔还好吧。”

“什么？”我一时没反应过来。

“我叔——你父亲。”

我一拍脑袋，一股暖流从心底涌上心头，仿佛一下子又回到了从前。她的问候是那么诚恳，那么真切，让人感动。我心平静了许多，感激地说：“还是老样子。”

“你，你也好吧。”

“还可以。”我勉强一笑。

“你夫人没和你一起出来？”

“没有。”

我和她一前一后，毫无目的地走着。前女友说：“没想到你还找了个富婆。”我忙解释说：“别挖苦我了，我和她认识不到三个月。”

“不到三个月就结婚了，我们认识七年了吧。”

“这是两回事。我也不知道怎么回事，稀里糊涂地就结了婚。”

“婚姻大事，怎么能稀里糊涂呢。”前女友很纳闷，“我们七年时间，难道你就没认真考虑过。”

“我考虑了，可考虑太多了，钻了牛角尖，结果把自己绕住了。”

“我至今还不明白，你为什么要和我分手，你能告诉我，让我明白吗？”

我脸发烧，张着嘴残喘着，像条跃上岸的鱼。我怎说得出口哟，这颗苦果只有我自己往下咽了。

“你怎么不说话？”

“你别逼我了。”

“我没逼你，我只是想弄明白。”

我说：“网上有这么个故事，一对恋人谈了七八年恋爱，女孩也很优秀，男孩很满意。有一天，男孩见女孩在街上吃东西，觉得不雅，便分手了。”

“太可惜了。”

我仿佛在哭诉自己的故事：“是，太可惜了。”

“看来，我说的没错，你还是太保守了。”

我站住了，是呀，我太保守了，和她相处的日子里，我多少次想抱她、亲她，但都克制了。男女授受不亲嘛。我望着心爱的前女友，心都要碎了，任凭泪水流淌。

我目送她离去，直到她的身影消失。我反复告诉自己，自己是有老婆的人，既然结了婚，就要负责到底。想到这里，我把烟扔进垃圾箱，理了理头发，不由加快了回家的脚步。

和张曼玉芸重归于好的几天后，张曼芸回来得特别早，看得出她很高兴，人都快飞起来了。那几天，我对自己也进行了反思，自己遇事总是一个人瞎琢磨，为什么不能和张曼芸好好谈一谈呢。

我接过她的包，给她冲了一杯咖啡。

“你今天回来怎这么早？”

“今天我没去公司。”

“我有件事想和你谈谈。”

“我也有件事。”

我心中一阵喜悦：天哪，难道苍天开眼了，我们想到一起去了。

“什么大事，你说。”

“还是你先说吧。”

“那好吧。”我端正了身子，又清了清嗓子，郑重其事地说，“还记得吗，在结婚时，我曾跟你说过，北面的房间是我父亲的，我爸年纪大了，一个人在老家，我们也不放心。我想让他和我们一起住，咱们也省得往老家跑了……”

张曼芸满脸的喜悦仿佛融化在空气中，她说：“你爸的身体还硬朗，为什么非要和我们挤在一起呢。”

“不是我爸非要和我们挤，他不想来，是我个人的想法，这不征求你的意见吗？”

“你爸真的想来？”

“什么意思。”

“我不是不让他来，问题是，他在乡下惯了，在楼房他能习惯吗？”

我打断她的话：“开始肯定不会，慢慢就会适应的。不要说我爸，我只想问你的真实想法，你到底是怎么想的？”

“要我说实话吗?”

“当然，我们是夫妻，有什么需要隐瞒的?”

“我不希望。”

我看着张曼芸，简直不相信这是她说的话。张曼芸如给我当头一棒，把我彻底打醒了，也打绝望了。我再三琢磨这句话的含义，眼前出现一片曙光，我试探着问：“你的意思是，等我爸老了，可以的，是不是?”如果这样，我也只能退让一步，说这话时，我殷切地望着张曼芸，心都要跳出来了。

张曼芸摇摇头：“为什么非要和我们在一起，咱们可以给他租房呀。”

“如果他不能自理了呢。”

“雇个保姆。”

我痛苦地闭上眼睛，这与我想的完全不一样，最后一点希望也破灭了，我很失败地坐在床上，低垂着头：“还是有钱好啊，可以租房可以雇保姆。”

张曼芸说：“你今天怎么啦，怎么总是纠缠这件事。”

我双眼发呆，继续说：“早知如此，我何必买三居，我爸还借给我二万块钱呢。”

“你别钻牛角尖了，不就是两万块钱吗，咱们可以还给他，还二十万……”

“行了，没人跟你要钱，我真不明白，狗都能住，为什么我爸不能住。”

“如果你坚持，我也没办法，这是你的房。”

我站起来，摇摇晃晃地走向父亲的屋，把自己关在屋里。我忽然觉得自己的渺小和脆弱，人生很失败，连自己的老婆工作都做不了，我真是太无能了。漆黑的房间，漆黑的夜晚，融为一体，形成一团巨大的无形力量，向我挤压过来，让我感到窒息。

两只狗在不停地挠门，想进来休息，我死人般的无动于衷。我只有一个念头，我父亲既然住不进来，任何人也别想住。

几天下来，张曼芸果然不让狗进父亲的房间，我表面上胜利了，但我知道我彻底失败了，失败得一塌糊涂，怎么办？事情不能这样拖着。

这天，张曼芸走进我的屋里，递给我一把钥匙："我刚买了处房，这是钥匙，明天我搬过去住，你是我老公，当然你也可以。"

我惊愕地望着张曼芸，想起那天她说有件大事，难道就是买房么？钥匙握在手里一阵冰凉。我可以住，言外之意，我父亲是不可以的。

"难道你不过去和我一起住吗？"

我没回答，一时不知如何是好。

"难道你要与我离婚吗？"

我的身子一阵发抖，脸色苍白。

"不，我从没这么想过，从结婚的当天起，我就没想过。"我心在发颤，如果不养老人，我娶媳妇何用。

"我也是，我爱你。所以，我辛苦赚钱。我知道我很自私，你有哥有姐，他们不养你爸，咱们养，你可以让你父亲住这里，咱们给他雇保姆，这有什么不可以的，难道非要和我们住在一起。"

我不知该怎么说才好，只是苦笑。

"对了，那天我说有件事要告诉你，你不想听吗。"

我望了一眼张曼芸，心中疑惑，还有什么事能让我上心的呢？

张曼芸缓和了下语气，无限柔情地说：“我怀孕了，已两个月了。”

“当啷”一声，我手中的钥匙掉在地上，发出清脆的金属般的撞击声……

秘　方

一

在延城园林街，鲁全和张大发是人们谈论最多的两个人。

鲁全是外地人，年近三旬，其貌不扬，在园林街开了个早点铺。铺子不大，早点却齐全，特别是油条外脆里软，咸香可口，堪称一绝。买的人络绎不绝，生意很是兴隆。

每天，鲁全总是第一个把园林街从梦乡中唤醒，直至行人踏碎了园林街的宁静。在一片喧哗声和焦急的等待中，鲁全炸油条、拾包子、盛粥、端豆汁……忙得不可开交，满头的汗珠在阳光下熠熠闪光。

有人好奇地问："怎不雇个人啊！"

"十点钟就收摊了，雇人不值得。"

"你媳妇呢？"

鲁全憨厚地一笑："我缺的就是媳妇。"

这么精干的人，怎么会没人嫁？

离鲁全早点摊十几米远就是张大发的双庆饭店。张大发与鲁全截然不同，好吃懒做，油嘴滑舌，把饭店里的事全推给媳妇雨芹，自己只管与那些狐朋狗友打牌、喝酒，对饭店的生意不管不问，钱却把得很紧。

雨芹不仅漂亮，而且贤惠，是个持家的行家里手。狗日的，张大发这小子不知是哪辈子修来的福分，竟娶了个天仙似的媳妇。街坊们都说雨芹嫁给他，好比一朵鲜花插在牛粪上了。

张大发和雨芹是高中同学，大发胆子大，嘴也甜。高三毕业后，他在路上拦住了雨芹，说了些让人脸热的话，还突然上前抱住了雨芹，在她的脸上亲了几口。这一下，燃起了雨芹沉睡的感情，不顾家长反对，和大发处了对象。按说张大发也该知足了，但他也有不快，他和雨芹结婚近十年，总不见雨芹的肚子鼓起来，到处求医抓药，也不见效。他的脾气越来越坏，整天骂骂咧咧，摔摔打打。

双庆饭店是园林街最大的饭店，从不做早点。张大发一向瞧不起小商小贩的小生意，为一点蝇头小利，起早贪黑累得要死。鲁全生意红火，让张大发眼热，何况卧榻之侧岂容他人酣睡，于是他也做起了早点生意。炸油条看似简单，其实里面有很大学问。张大发一连换了三个大师傅，做出的油条还是外焦里生，吃着硌牙，光顾的人寥寥无几。张大发恨不得上街去拉人强买强卖。

有人给他出了个主意：放洗衣粉。

雨芹见大师傅没换，油条却突然间松脆了，很是奇怪。自己要吃，张大发却不让，说女人吃油条对皮肤不好。雨芹很纳闷，以前怎么不说呢？她观察后，才知面里加了洗衣粉。

雨芹说："这会吃坏人的。"

"洗衣粉又不是毒药，还能吃死人？"张大发振振有词。

“你怎么不吃?”

“我不爱吃!”

洗衣粉确实神奇，炸出的油条光亮松软，煞是扎眼。鲜亮的油条的确给双庆饭店带来不少客源。张大发睨视着鲁全的早点摊，一门心思想把鲁全挤走。

他想到一个绝好办法。

这天清晨，鲁全正在摊前忙碌，突然来了两个工商人员，对早点摊里里外外进行地毯式的检查，弄得鲁全丈二和尚摸不着头脑，连顾客也莫名其妙。工商人员拿起一块和好的面和一根松脆喷香的油条，反复仔细查看，看得人心里发毛。

工商人员检查完，又询问了鲁全，最后露出满意的笑容，对围观的人说：“我们接到举报，说他炸的油条放了洗衣粉，经过检查，没任何问题，放心吃!”

大家纷纷竖起大拇指：“他这么厚道，肯定不会干这断子绝孙的事。”

有人询问：“怎么判断油条放洗衣粉了呢?”

“方法很简单，掺有洗衣粉的油条，表面特别光滑，对着光看，上面可见浮着的闪烁的小颗粒，那是洗衣粉中的荧光物质，此外还能通过气味和口感来辨别……”

人群中等看热闹的张大发闻听惊慌失色，做贼似的匆匆逃走了。

工商人员临走时，对鲁全说：“你这油条不错，要不是我住得远，每天也来买!”这让鲁全受宠若惊，仿佛一下子飞上了天，比获奖还高兴哩。

二

张大发本想让鲁全关张滚蛋，没想到偷鸡不成蚀把米，反而让工商局给他做了回货真价实的免费广告。他不敢再在面里放洗衣粉，顾客并不买账，甚至对整个饭店都产生了怀疑，生意一落千丈。

张大发一计不成又生一计。

没多久，不知从哪儿冒出来几个地痞无赖，有的留着长发，有的横眉立目，有的满身刺青，满嘴污言秽语，横挑鼻子竖挑眼，白吃白拿不说，甚至从钱箱里拿钱。鲁全自知这伙人不好惹，穿新鞋不踩狗屎，只得满脸赔笑。

这伙人明显是故意捣乱，油条咬一口，便扔在地上，看得鲁全心疼，这可是他的血汗钱啊，他还指望着娶媳妇呢！他一伸手把这伙人拦住了："小兄弟，吃好了，谁结账啊？一共十二块五，给十二块钱吧。"

为首的是个红毛，上下打量着鲁全，阴阳怪气地说："你也不打听打听，大爷吃饭从来就没给过钱，跟我要钱，你小子活得不耐烦了吧！"

鲁全还要说什么，这伙人"哗啦"全围了上来，路旁的人见了，急忙上前拦住鲁全。红毛很是得意，飞起一脚，踢倒一把椅子，哈哈大笑，扬长而去。

一连几天，这些无赖都来捣乱，顾客明显少了，只有雨芹还来买。她看不下去了，说："报警吧！"鲁全摇摇头。雨芹又问："怕什么，我来报。"鲁全还是摇摇头，心里却满是感激。

鲁全思前想后，也不清楚哪里得罪了他们。报警？鲁全不是没想过，可这不能完全解决问题。鲁全似乎只有搬走这一条路了，他真舍不得搬走，毕竟在这里做了好几年了。

不用问，这些都是张大发策划的。

张大发本想找几个混混搅闹一番，鲁全能识趣走人，没想到鲁全还挺坚强，像棵大树在园林街扎下了根。要把这棵“树”移走，又不能砍“树”，还真有些棘手，他又担心那些愣头青不知轻重，万一闹出乱子来，反而不妙。

第二天，这伙人又来白吃白拿。红毛正在发威时，忽然衣领被抓住了，破口大骂：“谁啊，找死呢！”等他回头一看，见是张大发，顿时两腿发颤，矮了半截：“哎哟，原来是张哥，张哥——”

张大发举拳要打，红毛一再作揖说好话：“张哥，有话好说，有话好说。”

张大发骂道：“瞎了你们的狗眼，竟欺负我兄弟头上来了，滚！再让我看见，打折你们的狗腿。”

这伙无赖转身要溜。

张大发鼻子一哼：“就这么走了？”

红毛对着鲁全一抱拳，满脸赔笑：“鲁哥，兄弟不知您是张哥的朋友，多有得罪，望您多包涵。”

“还有呢？”

“还有？”红毛眨眨母狗眼，一拍脑袋，掏出二百元钱，硬塞进鲁全手里，“这是早点的钱。”

张大发一抬手，这伙人夹着尾巴狼狈而逃。

张大发路见不平拔刀相助，让众人刮目相看，纷纷叫好称赞。闹得张大发脸一阵红一阵青，一个劲作揖称谢。

鲁全和张大发虽是近邻，并无交情，甚至有些厌恶他。这次张大发帮了他的大忙，鲁全对他的印象有了些好转，拉着张大发的手：“晚上请你喝酒。”

张大发笑了：“还是我请你，就在我饭店，不见不散。”

傍晚，张大发备下一桌酒菜，还让媳妇雨芹敬酒。别看鲁全是个七尺男子汉，但在雨芹面前，总是有些眩晕。这次也不例外，鲁全脸泛着绯红，心口咚咚地跳。雨芹和往常一样，大大方方倒了一杯酒，双手递给鲁全：“鲁兄弟，来，喝一杯。”

鲁全慌忙离座，手不知怎么放了。

张大发说：“兄弟，你嫂子满的酒，你一定得干了！”

鲁全忙去接，正碰到雨芹白嫩柔软的纤手，像触电一样，立刻缩了回去：“嫂子，您放下吧。我自己来。”雨芹依言放下，微微一笑，转身进了里屋，

张大发看出鲁全的窘态，暗暗好笑，一个劲儿地劝酒。酒过三巡，菜过五味，张大发直奔主题：“兄弟，你我都炸油条的，我怎么总没你炸得好吃呢？”

“这简单，炸油条要好面、好油，关键还要有秘方。”

“噢，兄弟，这么说你有秘方。”

“有！”

“你的秘方是哪里来的？”

“我自己研究的。”

“兄弟，够意思，我没看错人。你能把秘方告诉哥哥我么？有钱咱哥俩一起挣。你放心，我绝不告诉别人。”

鲁全面露难色。俗话说，教会徒弟饿死师傅，何况是同行的冤家。都怪刚才说话太鲁莽，但话一出口，如泼出去的

水，再也收不回来了。他想了想，黝黑的脸上现出金灿灿的笑容：“张哥，我这秘方还不很成熟，等成熟了，一定给你。”

“兄弟，这是真的？”

鲁全脸更红了。

“你这是不相信我啊？我给你五百块，怎样？等喝完了酒，我请你洗澡、蒸桑拿……你需要什么特殊服务你随便选，包你满意！”

鲁全表情很不自然：“张哥，你说笑了。”

“这有什么呀，亏你还是个爷们儿！你好好想想。”

“我想想，天不早了，我该回了。”鲁全说罢，挣扎站起来，转身就走。

张大发急了：“要不，你说个数。”

鲁全像是什么也没听见，大步流星往外走，在门口撞见雨芹。雨芹轻轻叹了一口气，鲁全醉眼蒙眬，觉得雨芹如天仙下凡，娇美无比，一时有些呆了。雨芹说：“鲁兄弟，慢走。”

鲁全一惊，酒意全无。他走在街上，感觉特别凉爽，他发现今夜特别迷人。张大发的话都被风吹得无影无踪，只有婀娜多姿的雨芹总在眼前向他招手示意，撩人心扉，他似乎走上了金光大道，脚步也变得轻松起来。

这一夜，鲁全身子发飘，且越飘越高……他失眠了。

从那以后，鲁全见了张大发总觉得有些愧疚，倒是张大发一口一个兄弟，似乎什么也没发生。

三

鲁全的早点越来越火，相比之下，张大发的饭店却日渐萧条。张大发不得不裁掉服务员，只留下一个新进的服务员——小红。小红也是外地人，打扮得妖里妖气，穿得很暴露。大家都说她是“狐狸精”，是只“鸡”。

小红在市桑拿中心做按摩小姐，因为市里严打，便跑到延城避避风头。张大发一见小红，魂都没了，他俩一个干柴，一个烈火，很快就勾搭在一起。

小红对张大发说：“你把那只不会下蛋的鸡休了，我保准给你生个大胖儿子。”张大发欣喜若狂，单腿跪在地上：“我的姑奶奶，你要是给我生个儿子，我把你当菩萨供。”

小红用手一点张大发的脑门：“我可不当小三。”

“放心！小宝贝。我保证年底离婚，把你娶进门。”

张大发脾气越来越暴躁，经常无故闹事，踢桌子，摔椅子，指桑骂槐，辱骂雨芹是只不下蛋的鸡。还将雨芹不能生娃的事抖开来，闹得雨芹不敢出门，常躲在家里，暗自垂泪。

做女人难，不生娃的女人更难。

鲁全偶尔听说他们闹离婚是因生意不好，想起张大发曾向他索要秘方，暗想是否该把秘方给张大发呢。如果给了他，他们就不生气了。可万一他把秘方传了出去，那自己的饭碗岂不砸了。他犹豫许久，痛下决心，给！

深秋的傍晚，天空飘起了蒙蒙细雨，枯黄的树叶被风雨打得四下飘零。

鲁全路过双庆饭店，里面又传出张大发泼皮般的骂闹声。

他来不及多想，迈步进去解劝。他没有见到雨芹，只见到张大发和小红，鲁全见小红就像见了只苍蝇，恶心想吐。鲁全问：“张哥，发这么大的火？”

“还不是为了饭店的事。”张大发说完，冲小红喊，“去，炒几个菜。我和鲁兄弟好好喝几杯。”

“嫂子呢？”

张大发朝屋里一努嘴：“哼，连娃也生不出来，没脸见人了。”

鲁全说：“这事不能急，得慢慢来。”

“妈的，不说了，来，咱哥俩喝几杯。”

鲁全厌恶小红，转身要走。张大发把他按在椅子上：“怎么，兄弟，瞧不起哥哥，别看我生意不好，还管得起你酒喝。”

鲁全只好入座。张大发一脸奸笑：“这就对了嘛，咱哥俩不分彼此。”

很快，小红弄了几个菜。鲁全酒量本来就小，禁不住他们轮番敬酒，几杯下了肚，就人事不省了。

鲁全醒来时，发现身边软软的、暖暖的，揉揉眼睛一看，顿时吓得魂飞天外，原来躺在身边的竟是雨芹……

他惊得急忙坐起来，脑中一片空白，再看雨芹睡得昏昏沉沉，身上有几处伤痕，心一颤，传闻张大发打媳妇竟是真的。

突然，“咣当”一声，门开了。张大发怒气冲冲闯了进来。鲁全像堆烂泥瘫在地上，动弹不得。张大发上前揪住鲁全的衣领，啪啪扇鲁全嘴巴，骂道：“畜生，畜生。我拿你当朋友，没想到你是个猪狗不如的畜生！”

小红一阵冷笑："伤风败俗，恬不知耻。"

张大发疯狗似的对鲁全拳打脚踢，鲁全抱着头，像只绵羊一声不吭。张大发找来绳子，把鲁全捆在椅子上，拽出皮带劈头盖脸猛抽。张大发打累了，搬来椅子，坐在鲁全面前："给你两条路，要么报案，要么私了。"

鲁全知道被人陷害了，如果报了案，他一个大男人经得起风言风语，可雨芹今后怎么做人。他挣扎着睁开双眼，嘴里吐出两个字："私了——"

"交出秘方，外加两万块钱！"

雨还在下，风还在刮，天地一片迷茫……

四

冬去春来，万物复苏，城北熙熙攘攘的莱茵街上，一个年轻女子远远地站在拐角里，像尊石像出神地张望着一个早点摊，脚步慢慢地向前移动。

"雨芹，怎么是你？"摊主又惊又喜。

雨芹瘦了。鲁全心安了。

鲁全知道，她当时跳了河，幸亏被人救起。

雨芹望着水杯里缠绕着的水汽，想着心事，良久，悠悠地说："我离了。"

"我知道。"

"你知道？"

"我什么都知道。小红卷走了大发的钱，我的秘方他也给卖了，他聚众吸毒被抓了……"

"可惜了你的秘方。"

“不，不可惜。”

“我想找个活儿——你这里需要帮手吗？”

“需要，我一直想找个帮手。”

“是吗？”雨芹说这话时，脸有些红。

半年后，鲁全无条件地公布了自己的油条秘方。

有人说鲁全傻，自己研究的秘方，说公布就公布了。

我傻吗？鲁全轻轻地抚摸着雨芹鼓起的肚子，柔声地问。

雨芹没有回答，而是将目光投向了日趋繁荣的莱茵小吃一条街。两人相视一笑。

牌楼塘

“啊，多像一个牌楼啊！”张林远远望着土塘，一声惊呼。

张玉民听了儿子的话，越发觉得儿子与众不同。土塘存在了二十年，一直被人叫“土塘”，今天正式有了名，还是儿子起的，又形象又贴切。

张林眯着眼睛，打量土塘。焦黄的土塘在阳光的照耀下，仿佛是一个巨大的馍，深深诱惑着他。现在他要在这里，刨土运回去盖房。村里比他年长十岁考走的，几乎都在县城贷款买了楼。像他这样年纪的，却没有那么幸运，想当房奴也只能是空想。近几年，县城的楼价发疯地猛涨：五年前他参加工作时，月工资两千，楼价是四千一平，如今他能拿到三千元了，可楼价一路攀升，达到九千一平。这让他望楼兴叹，谈楼色变。

张林并非想刚一工作就能有房，但他的工资增幅远远落后房价的增幅。张林的希望被无情地剥夺了。

张林已经二十八岁了，还没有女朋友，家的概念让他恍惚，另一半不知身在何处，自己却在广袤的农村刨土盖房，三十而立的古训捅到他的痛处，让他困惑、迷茫、惆怅……

拖拉机车轮蹚过黄土地，卷起一股黄土尘沙，借着风势升腾弥漫，久久不散，钻进耳眼鼻孔头发里。车停靠在土塘跟前，张玉民抛下镬头和铁锹，抓起镬头时，自言自语地说：这把镬头爱掉头，我回去拿一把来。

张玉民嘱咐：“记住了，你别去刨土，等我回来！”

张林答应着，心里却想跃跃欲试，一显身手。土塘在二十年前曾是荒野，后来不知谁发现了黏土，一传十，十传百，越传越多，这里便成了土塘。每年，拉瓦房土、活煤、垫猪圈、垒墙头都来这里。经二十年不断挖掘，土塘以巨大的半圆形壮观场景呈现在张林面前。

村民们企图四面出击，但中途终因土质不好而放弃，留下瓢一块，碗一块，大小不一不规则的坑，里面年复一年地积满了密不透风的枯草。土塘以不可阻挡之势向东推进，地势越来越深，现如今达到了五六米深。土塘除了留有一条土路供车行走外，两边挖空的坑反而做了垃圾的填埋场，破瓶破罐、废塑料袋、臭鞋烂菜叶子，更多的是建筑废料，源源不断地补充进来。垃圾场只填不埋，全都露天暴露着，一到夏天，蚊蝇成灾，散发着馊臭刺鼻的味道。

此刻，土塘立在张林面前，像一堵高大前倾的山墙，巨大的墙面横七竖八密密麻麻地布满了各种利刃残留的痕迹，让人心惊肉跳。整个土塘空空荡荡，阵阵西北风吹来，裹卷着黄沙尘土在荒野洋洋洒洒，枯草被吹得东倒西歪，还将废塑料袋悬挂在树梢上，示威似的哗哗地抖动着。

张林说它像牌楼，并不为过。不知是谁大手笔用挖掘机来铲土，因够不到地面，所以最上面五十厘米的土层遗留下来，像额骨一样高高突起。可以想象，当时挖掘机奋力挖掘，想将土塘像切豆腐块，从上到下，一层层切掉，结果力不从心，只是在土塘上留下一排排爪痕，像条条瀑布悬挂着。

还有人别出心裁，将拖拉机车斗紧贴在土塘，人站在拖拉机车斗上刨，土块借势落在车斗里，因达不到挖掘机的高度，所以在牌楼下面又留下了一个牌楼。更多的是站在地上刨，像土拨鼠挖洞，于是第三个牌楼又形成了。

冒着危险刨下来的土都被清走了。整个地面只留下一碾盘大小的熟土块，孤零零地躺在那里，像个大秤砣，压在挖土人的心里。

张林拎着镬头，迟疑了片刻，选择了一处他认为比较安全的地带。边缘地带的土塘上面裂开了一道龟纹般麻绳粗细的缝隙，上面的枯草摇摇晃晃，那裂开的土块像冰川一样随时都要断裂，让人头晕目眩。

张林仰起头，那突起的牌楼突然被放大了，仿佛整个土塘都要挤压过来。张林倒吸了一口冷气，举起镬头，试探性地刨了一下，镬头在落下时，他眼睛却盯在上面，做好了逃生准备。土塘这个庞然大物居然没有任何反应，似在嘲笑他自不量力。张林奋力刨去，用尽全身之力，但在土塘上，只是多了一道白印，手臂却被震得生疼。

张林戴上手套，像土塘发起猛烈进攻，砰砰砰，十几镬头下去，手臂又酸又麻，刨下来的土却少得可怜。他缓了口气，正要发起冲锋时，脑海中闪现一个小女孩的身影，让他顿然生畏。

张林上初一时，听北庄的同学冬青说，村里一对夫妇在拉活煤土时被砸死了，留下一个十岁的女儿，跟着爷爷奶奶生活。女孩家里很贫困，张林所在的班发起捐款活动。他作为代表，还去家里看望。小女孩穿着破旧的衣服，很懂事地和他们打招呼、让座、倒水，俨然一个大人。张林看到女孩年迈的爷爷奶奶，心里凉了半截。他们都是老实巴交的农民，没有经济来源，只靠几亩田生活，而且老人的身体不好，长年吃药。张林悲痛地想，等小女孩考学后，老人已经七十多岁了，怎么生活啊！

张林每年都要去看望小女孩，每去一次，女孩便长大一些，而她的爷爷奶奶便苍老一些。小女孩虽然穷，但很好强，学习成绩在全年级始终保持在前三名。张林又高兴又难受，尽管他并不富有，仍竭尽全力帮助她。张林高三后半年，小女孩也面临中考，学习都紧张，便没了联系。后来，听人说小女孩中考时为不给家里增添负担，没有上高中，而是报考了技校。

张林黯然神伤：如果小女孩的爸妈还活着，如果在她填报志愿时，自己能抽时间去看她，小女孩的命运或许会被改写。

这不仅对小姑娘是个损失，对张林也是个遗憾。张林从中吸取教训——善始善终。

人生啊！总是那么变化莫测。当人们想回头改变它时，却发现已经于事无补，无力回天。

张林在为这个小女孩痛惜的同时，他的父亲也在为心事而愁苦。

张玉民是个典型的北方农民，朴实厚道，性子比较软弱，少言寡语，对人不分老少都是客客气气，一般不爱出头露面，遇事有理也让三分，是出名的老好人，在村里有些威望，村民都很尊敬他。

张玉民回忆自己的一生，只做了两件事，一是将三个孩子拉扯成人，供他们考上了学，都有一份稳定的工作，这是多么荣耀的事啊。另一件是赶上了改革开放，在一九八五年盖起了六间亮堂堂的红砖瓦房，后来又压了两间配房。如今两个女孩都已经结婚，添了两个可爱的外孙。眼下还有块心病，儿子张林今年已经二十八岁了，对象还没着落，村里像他这么大的，都抱上孩子当爹了。老两口一有空闲就盘算，谁家的姑娘与张林般配，但他们的生活空间有限，即使有来提亲说媒的，他们也没相中，便回绝了。

老伴背着他托媒人问邻村一姑娘。那姑娘听说张林没楼房，一口回绝了。张玉民知道后很郁闷，不知她嫁的是人还是楼房。后来张玉民打听到那姑娘高中文化，模样不咋地，脾气暴躁，咋咋呼呼，跟野小子似的。他抱怨老伴做事欠考虑，幸亏女方不同意。老伴也后悔了，恨自己有病乱投医，真要把她娶进家，还不多了个活祖宗。

他们看着儿子一个人孤零零地出出进进，心里很焦急，他们想不通，儿子长得人高马大，英俊威武，怎么就找不到女朋友呢？

还让他想不通的是，村民们一窝蜂似的盖房，有儿子的盖，没儿子的也盖，有钱的盖，没钱的也盖，好像盖房不要钱似的。张玉民不想盖房，二十多年前的那次盖房，全家吃苦受累，东挪西借，简直脱了一层皮。何况他只有一个儿子，用不着盖房。他一门心思想攒钱，给儿子攒个首付，让儿子在县城买套楼，做个城里人，但这离他越来越遥远了。

那些盖房的村民反复地劝他：“想想吧，不给你批房场了，县城的楼房九千一平。现在什么都涨，就是钱在跌，有钱就盖房，等过几年，咱村一拆迁，就你家那块地，若盖成四合院，少说也能分四个楼门，外加二百万。笑什么，你别不信，你能保证不拆迁吗？县城南的烂泥塘，十年前，还是烂泥塘，现在怎么样？建了好几个居民小区。那些拆迁户，哪个不分几个楼门。材料在涨，工钱也在涨，现在瓦工一天一百二，小工一天一百。盖吧，听我的，没差，不吃亏。”

张玉民终于开窍了，倘若儿子有楼房，还愁媳妇？楼房成了儿子没有女朋友的主要障碍。但张玉民还是以一个过来人的身份对儿子说：楼房是重要的，但两人感情更重要。过去有的女人因男方有拖拉机就嫁，可几年后，拖拉机算个啥。楼房也一样，几年后，算个啥，两人感情是第一位的。

楼房买不起，那就盖南房，即使不拆迁。儿子结婚好歹有个窝啊！租房终归不是长久之计。

张玉民是瓦工，但他身体不太好，几年前生了一场病，身子骨一直很差。他曾抱怨自己的命运不济，自己能干时，多是给别人帮工，现在瓦工一天能挣一百二十元了，自己却干不动了。为了省钱，张玉民也豁出去了，瓦工的活都是自己干，老伴打下手。有时，老伴去买东西，张玉民自己供自己，和灰，铲灰，运砖，在架子上，上上下下，手忙脚乱。张玉民想起二十多年前盖房情景：那时，打个招呼，呼啦来了二三十个壮劳力帮工，工钱不用开，饭是必管的。二三十人围坐着，吃着肥肉片子，喝着二锅头，抽着官厅烟，神仙的日子。从开春拉地盘子，第二年入住，多热闹啊。现在呢？哪里还有什么帮工？哪里还讲什么人情？工钱涨了，人情没了，张玉民心里感到无限悲凉。

张玉民扛着镢头出来时，看见老海一瘸一拐走过来，冲他打招呼。

张玉民站住了。老海是村里的无业游民，整日无所事事，东游西逛，一人吃饱全家不饿。但张玉民对他很好，经常帮衬他。

老海年轻时曾坐过牢，出来后，和一寡妇勾搭过了十年。寡妇死后，老海打工时认识了一个四川女人，两人没领结婚证，在一起生活了十年。张玉民劝他领证，老海不听：人都过来了，要证没用。女人惦记家里的孩子，将老海存折的钱卷得干干净净，回了四川老家，再也没有回来。老海又恨又悔，当初为啥不领结婚证啊，如今连养老钱也没了。他想去寻，可连女人是哪里人都不知道，何况人生地不熟，如何去寻？即使寻到了，女人也不会跟他回来。

事到如今，老海如梦方醒，老家有女人的孩子，那是她的根啊，而自己也有根，那就是证，可自己……老海追悔莫及，伤透了心：一日夫妻百日恩，十年夫妻说没就没了。老海冷了心，只是在喝酒后，满脸的悲伤：女人心狠啊！女人心真狠！

张玉民见老海鼻梁上多了一道血印，奇怪地问："你这是怎么啦？"

"别提了，前两天，我去土塘刨土，从上面掉下来了。"

"掉下来了？什么时候？怎么回事？你刨土做什么？"张玉民脸上现出忧色，一连问了几个问题。

"盖房。"老海的话让张玉民有些吃惊，他摸不清经常要他帮衬的老海竟也要盖起房来了。

"你盖房啊？"张玉民琢磨，如果老海盖房，怎么也该给他帮两天工。

"我不盖，房去年漏雨，重瓦一下。"老海说完，憋红了脸，鼓足勇气说，“玉民啊，到时候，还得你帮我瓦房。”

张玉民点点头。

老海说：“还是老规矩，不管饭，也没工钱……”

张玉民从没想过收他的钱，更没想在他家吃饭，老海的家还是个家吗？四川女人一走，老海心凉透了，横草不沾，竖草不拿，家里那个烂摊场，谁见了都说不如猪窝。如果不是房子漏得厉害，他才懒得修哩。

张玉民疑惑地问：“你的鼻子……”

老海这个大活宝，活灵活现地显摆：“前天，我去土塘刨土，我站在上面，用撬棍撬，哪知道大风把我刮下来了，撬棍正戳着鼻梁。”

张玉民吸了一口气，怒其不争地说：“你呀，六十多岁的人了，怎不加小心，多危险啊！要是伤了眼……”张玉民不敢去想，只是不住摇头。

老海满不在乎地嘿嘿笑着，连说自己福大命大砸不死。

张玉民突然想起了什么：“前天？那么大的风，你还去土塘？天气预报说有九级大风！”

老海无辜地说：“我哪知道啊。要不怎么说我福大命大呢！”

张玉民看着可怜的老海，怎么也看不出他有什么福。老海这一辈子，就交给三个女人了。没想到，到头来，身边连个亲人都没有。老海自己怎不愁呢，还说自己福大，真是麻绳提豆腐——提不起来。

老海恨恨地骂道：“老天爷呀，专门和我作对啊！”张玉民突然想起儿子，心里一抽：这孩子，毛手毛脚的，千万别出什么差池啊！张玉民给了老海一盒烟，匆匆向土塘赶去。

张玉民看见了土塘，却没看见儿子，不由慌了起来，心一下子提到嗓子眼，眼睛四处搜寻着，突然看见儿子正坐在地上晒着太阳，他放下心来，看着干净的土塘，又添了几分焦躁：这孩子，到底缺乏磨炼啊！这么长时间，只刨了那么一点土，还没燕儿叼得多哩。

张玉民举起镬头，来到土塘跟前，他想不明白，儿子干活从不惜力气的，今天是怎么了？难道他忘了，这是为他盖的房啊！张玉民把对儿子的不满全都发泄在土塘上，像一台发动机，不知疲惫地运转着，驼着背一直一弯的，奋力挖动着。刨土对张玉民来说不算什么，当年在生产队，寒冬腊月倒粪才叫厉害呢？粪便冻在一起，比铁还硬三分，用镐刨，十几下也未必能刨下一块来。大家跟比赛似的，热情高涨，粪渣四溅……

张玉民又想到自己，在儿子这么大时，已是两个孩子的父亲。那时，正赶上联产承包责任制，人人都把全身的能耐投入土地上，精耕细作，恨不得种出花来，一年下来，饥饿了多少年的村民肚皮，终于吃饱了。那时张玉民垒锅灶，盘炕，上树砍树枝，做瓦工，打席，刨草药……全村人谁不夸他能啊！现在，他却老了。

张林见父亲像头老牛呼呼喘气，说："爸，您歇歇，我来吧！"

张玉民后退几步，将镬头交给儿子，捶打着腰叮嘱说："别只顾弯腰刨，看着点上边。"

张林没有说话，闭着嘴巴，免得尘土蹦进嘴里。

张玉民盯着上面的牌楼，丝毫不敢怠慢。在父亲的监护下，张林反倒无畏无惧了，格外卖力气。

爷俩正装土时，老海推着双轮车穿着张玉民给他的风衣，像只无头的苍蝇在垃圾堆翻捡垃圾。

从张林记事时起，老海就瘸着一条腿，像头瘸驴，如今老海瘸得更厉害了。老海又黑又瘦，浑身干巴巴的，巴掌大的脸，眼珠滴溜溜地乱转。那件宽大的风衣穿在老海身上，活脱一个邋遢老道，又似骑着扫把的巫婆，仿佛一阵风就能将他刮上天去。风衣是张林的姐夫给岳父买的，张玉民觉得穿不出去，便给了老海。张林始终想不明白，他家姓张，老海姓郭，两家八竿子打不着，但张玉民视老海为亲弟弟，弄得家人都有意见。

张林忍不住问："爸，老海……"

"没大没小的，叫叔！"张玉民瞪了儿子一眼。

张林尽管不愿意，还是改口说："老海叔的腿是怎么瘸的？"

张玉民脸阴沉得似要下雨，没有回答，只是麻木地装着土，过了好久，缓缓地说："不知道。"

车装满了，张玉民说："你开回去，我刨土。"车是翻斗的，卸车容易。儿子的车技，他心里有数。要儿子刨土，他不放心啊！

车扬起滚滚尘土，远去了。

张玉民拍打着身上的土，正要刨土，老海凑上来，脸上挤出一种难受的笑，掏出张玉民给他的烟，抽出一支，恭恭敬敬地递给张玉民："呵，还是拖拉机装得多啊！"

张玉民点上烟，问老海："你的土拉够没？"

老海脸上现出愁苦的表情："还没拉呢，刚去土塘就掉下来了。"

张玉民明白老海的意思，是想让他拉土，只是不好意思开口。张玉民非常痛快地说：“下午吧。你是三间房，拉五车土足够。”

老海乐得手舞足蹈，如捡了金元宝。张玉民脸上浮现满不在乎的表情，他之所以这样说，是怕儿子张林闹意见。他在想，怎么把儿子支走呢？这孩子，他怎知自己的苦衷哟！

是的，张玉民也有苦难言，而且是一种无法往外倒的苦。

那是三十多年前的一个下午。张玉民到土塘拉土，那时，土塘还在砖厂，黏土几乎用尽了，留下一座空空荡荡残破不堪的砖窑，多年风吹雨淋，雨水不断地从破窑上冲刷下来，窑南出口上面的砖被扒光了，土塌下来，堵住了半个洞口，洞口杂草丛生。

土塘离村有二里远，平时连个人影都没有。

张玉民在窑北挖土时，天空涌来一片黑云，下起了瓢泼大雨。张玉民丢下车，拎着铁锨跑进砖窑避雨。一阵冷风吹来，张玉民打了个喷嚏。意想不到的事发生了，砖窑洞里一对野鸳鸯，慌乱中抓起衣服就往窑南跑，跑到洞口时，窑塌了，男的跑得快，一条腿被砸断了，一声凄厉的惨叫震得窑洞都在颤抖。而那个女人连叫喊声都没喊出来，当场被砸死了。

全乡在村大队开批斗大会，老海被判了刑。

这就像块石头压在张玉民心里。老海回来时，家徒四壁，一无所有，张玉民想弥补自己的过失，送来柴米油盐，还张罗着为他介绍对象。老海的底子实在太臭，对方一听是老海，都说宁可上吊抹脖子也不嫁给他。

后来，老海与邻村一寡妇勾搭在一起。老海从没报复伤害他的人，甚至从没提起这件事，把这烂在肚子里，为此，张玉民感激万分。

张林来了，还带来了撬棍和一兜苹果。老海口中说走，眼睛落在苹果上，脚动不了窝。张玉民摸出两个苹果，抛给老海。老海乐呵呵地走了，临走还不忘提醒：“玉民，别忘了刚才说的话。”

张林拿出撬棍，主动请缨：“我去把上面的土撬下来。”

张玉民认为此法可行，让他注意安全。

张林拎着撬棍，绕到土塘出口，向土塘走去。在垃圾上东翻西找的老海望见了，大声喊：“张林，危险，快下来。”

张林才不会理老海胡咧咧哩。老海只好没趣地远望着，倘若告诉张林他从上面掉下来过，这岂不让张林笑话，何况今天并没风。

土塘上面是片玉米地，临近土塘边的浮土和玉米茬不知被谁清除了。张林惊讶不已，从入秋到开春，竟挖了这么多的土。张林想不通：种田的人怎会眼睁睁看着自己的田地被挖空呢！

张林站在牌楼上，举起撬棍。脑里想到一幅漫画，一老农反坐在树杈上锯树。他担心自己也会重蹈覆辙，力气自然小了许多。他想得过于简单，认为只需几下，就能将厚厚的牌楼撬下来，但这个牌楼实在太厚了，紧紧连在一起，形成一个整体，比岩石还坚固，连个缝隙都没有。张林处在危险地带，腿不由得微微发颤。

张玉民看出儿子的胆怯，忙喊：“儿子，下来吧。”

面如土灰的张林下了土塘。张玉民没有怪他，好言安慰说：“咱们就在下面刨，你先歇歇！”

张林的计划失败了，不好意思地笑了笑："咱们得拉几车土？"

这都装在张玉民肚里哩："九车土足够。"

张林想九车土是什么概念，堆在地上肯定像小山似的。从牌楼下面挖走一座山，得多大的洞啊！村民们都只顾拉土，从不想法子将牌楼弄下来，都把危险留给后来人。张林想弄，却又束手无策，一筹莫展。他想起小时候玩的一种小游戏：用冰棍棍儿插在一捧土上，轮流从四周挖土，将木棍挖倒者为输。大家都小心翼翼，如履薄冰，生怕碰倒木棍，只要游戏不停止，木棍总会倒的。谁碰倒木棍，心情都无比沮丧，仿佛天塌地陷。

童年的游戏被移植运用到现实生活中，可悲的是，人们习以为常，熟视无睹。这个土塘二十年来伤了多少人，已无从考证。村民们只想着刨土盖房，谁会想起这些晦气的事。

张林很纳闷，田地的主人怎会坐视不管，任其挖掘呢？只要他出面阻拦，土塘就不复存在了。

张玉民道出原因：这是荒地，开荒白种的。

刨土是件苦差事。干农活对年轻人来说，几乎是个陌生的行当。家家都是独生子，娇惯得很，现在农活也不是很多，又都望子成龙，孩子务农被视为不务正业哩。张林却是例外，他从小就帮父母干活，对农田的活，尽管不是很熟练，但干起来，还是肯卖力气的。但他无法忍受农活的脏，刨土更是尘土飞扬，更何况北方正是多沙尘暴的季节，但他还是忍了。

张林中途意外接到一个电话，让他激动不已。电话是冬青来的，冬青这家伙，中学时就和张林同桌又是好朋友。他们平时没什么联系，电话也很少打，但他们的交情依然如故。

冬青寒暄几句，便直奔主题："你还记得英子吗？"

"英子。"张林绞尽脑汁，调动亿万脑细胞搜寻半天，还是没印象。

"你上学捐助的那个女孩啊……她父母被土塘砸死了……你还去过她家好几回呢……"冬青剥茧抽丝地给他提醒。

张林的记忆之门"轰"的一下被打开了，眼前又浮现出那个又美丽又可怜的小女孩，连声叫喊起来："记得，记得。她后来上了技校……"张林很兴奋，因为学生时代的纯真、友情如潮水涌来，让他猝不及防，激动万分。往事尽管杂乱无章，但都充满阳光，载满青春，怎不让他热泪盈眶，充满激情。可惜，千金难买的美好嘉年华，他却再也回不去了。

"技校？谁说的！她考上宏志班，上了首师大，去年分到二中。"冬青的话大出张林意外。张林愣了一下，简直不敢相信自己的耳朵："真的吗？太好了！"

"昨天，我见到英子，她向我打听你哩。"

张林"哦"了一声，呵呵地笑了："是吗？当初，我就觉得她有出息。还有事吗？我正在拉土。"

"等等，我还没说正事呢。"冬青话锋一转，严肃认真地说，"我看你们俩挺般配的……"

张林哈哈大笑："老同学，你怎拿我开涮啊。"

冬青急了："拜托，行不行？你倒是回个话啊！"

"不行，我比她大三岁呢。"

冬青板起面孔，用长辈的语气教训起来："有什么不行，她哪点比你差，你有什么呀！没房没车没背景，穷光蛋一个，要不是她看你有点良心，会嫁给你啊！"冬青的一顿炮轰让张林脸红脖子粗，哑口无言。最后结结巴巴地说："你误会了，我……”

“英子不图你别的，就图你心肠好。英子从小没爹没娘，也没兄弟姐妹，她一直把你视为大哥哥，学习的榜样。”冬青顿了顿，又说：“这是你的缘分，你要珍惜。”

张林没有说话，平静而认真听着。

“我也知道你比她大，但我看出她是真心喜欢你。你放心，我不会乱点鸳鸯谱的。你小子要不想打一辈子光棍，下午就来找我，你们见一面！”

张林知道冬青比较稳重，从来不做没把握的事，但自己这形象，灰头灰脸的，怎么去？冬青笑了：“行了，你简单洗洗脸，换件衣服。差不多就行，又不是当新郎……”

张林挂了电话，才想起父亲说要拉九车土，这是一天的活，如果下午去赴会，父亲一个人怎么拉，总不能让母亲去吧，这也太不像话了。就算上午加把劲，最多也就拉六车，自己还要留出吃饭、洗脸、换衣时间，何况到北庄还有十几里路哩。饭可以不吃，脸不能不洗吧。他现在为浑身的尘土懊恼了！

父母不顾年迈体弱，拼死受累盖房，还不是为了自己，自己虽说每周六日回来，能帮上一点忙，可自己平时不干活，干不习惯，父母心疼他，也不让他多干。自己还要去约会，天下哪有这种道理。

临近中午时，张林还在犹豫着，他实在张不开嘴。但如果不去，岂不伤了冬青的脸面，也显得自己不近人情，何况已经答应了的，不去不合适。

张林胡思乱想，吃饭也没胃口。坐在他对面的父亲也在为下午的事犹豫着，他对张林说：“下午，你忙自己的去吧。”

张林吃了一惊，眨着眼睛，以为父亲看出了什么，害臊地问："不拉土了?"

张玉民胡乱扯个谎："下午还有当紧的事要做。"

张林追问着："用我吗?"

"不用。"

谢天谢地，张林差点跳起来，三口两口吃过饭，收拾干净，推出自行车，像风一样跑了出去。

父母看着儿子的背影，心生一种宽慰。他们太了解儿子了，从小就没让他们操心。儿子出去没说做什么，但肯定是和他的终身大事相关。

张林去赴会，并不抱多大希望，更多的是不想冷落冬青的心意。他这样想，并不是不认真对待，他做事从来不毛毛躁躁，拖拖拉拉，他信奉尽人事而后信天命。张林的心态很好，态度也极其诚恳。他上学时帮助别人，完全是一片至诚，对弱者的同情，并不图回报和感谢，因为他从小就受父亲的影响，尽管他讨厌老海，但对弱者的同情和帮助，他一直在践行。

事实完全按冬青设计的那样，向着美好圆满的一面前进。

张林不经意间种下一粒善念的种子，如今正要收获一颗硕大而甜蜜的爱情果实。

在英子的盛情邀请下，张林再次光临英子的家。令他想不到的是，英子的爷爷奶奶尽管已七十多岁了，有些眼花，有七年没见张林，但还是一眼就认出了他。老人高兴得无法用言语表达，满脸堆笑，哆嗦着嘴唇，眼里滚动着浑浊的热泪，英子的爷爷拉着张林的手，一个劲地往屋里让，英子的奶奶倒了一杯水，特地放了两勺白糖。

张林从没受过如此待遇和殊荣，倍受感动，心里暖融融的。

冬青推波助澜，锦上添花，让张林下周领英子回家去看看！

张林被突如其来的幸福冲昏了头脑，傻呵呵地笑着。

愉快的时光总是短暂而美好。张林离开时，英子搀扶着爷爷奶奶，依依不舍，送了一程又一程。

西斜的阳光暖暖地照着，路边嫩绿的小草欢快地生长着，散发着美妙的春讯。张林浑身轻松，感觉像在彩云里飘。

一进家门，张林欢天喜地喊："爸！妈！"

母亲见张林兴高采烈的样子，问："什么喜事，看把你美的。"

张林的脸红红的，害起羞来。他没见到父亲，便问："妈，我爸呢？"

母亲说："拉土去了。"

张林不解地问："不是说不拉了吗？"

"给老海拉去了。"母亲的话让张林顿时气鼓鼓的，怨声载道地说："自己身体不好，还给人家干，图什么呀？"

张林越想越气，便对母亲说："我去看看。"

一路上，平地而起的怒气在张林心头熊熊燃烧着，怎么也无法熄灭。他想不明白，他家和老海一不沾亲，二不带故，三不亏欠他的，父亲这是为什么呀！就是帮助，也应该相互的，而不是单向的。远的不说，单说上午吧，老海明明看见我们在拉土，都没有帮忙，我们凭啥帮他啊！张林觉得老海是被父亲惯坏了，老海腿残疾不假，但他更是个头号大懒蛋，帮助他，简直是在填无底洞。张林心里很不平衡，这种平衡由来已久，但从没像今天这样猛烈。他担心父亲的年纪，身体吃不消，老毛病又犯。

张林火急火燎地赶到土塘，父亲正干得热火朝天，连上衣都脱去了，有节奏地抡起镢头，如同落在张林的心坎上，每落一次，都揪心地疼。而老海呢，穿着那件风衣，拄着铁锨在旁悠闲地扯着闲话，偶尔铲一下，也是在做样子。

老海见张林气势汹汹，兴师动众的样子，像做了亏心事似的，露出谄媚的笑，向张林讨好说："明天你尽管去上班，我帮你家拉。"

张林一眼看穿老海的狡猾伎俩，狠狠瞪了他一眼，带着怨恨的语气冲父亲喊："爸——"

张玉民憨厚地笑着说："你老海叔用不了多少土……"

张林睃着老海，生气地质问："你几间房，还没拉够！"

老海耷拉着脑袋，想了想说："五车。"老海说完，又解释说："瓦房的土拉够了，我还想坨土坯盘炕……"

张林气得肚子痛，冷嘲热讽地说："真会盘算啊！"张林转身对父亲说："爸，您穿上袄，当心着凉。"

张玉民挥舞着镢头，气喘吁吁地说："没事，我正热哩。"

老海厚着脸皮嘿嘿笑："您身子胖，汗多，不像我……"突然看见张林对他怒目而视，充满了鄙视、侮辱，甚至是敌意，心中一寒，把后面的话又咽了下去。

张玉民对张林的话很不满意，冲儿子喊："愣着干啥，过来装车啊！"

张林站着没动窝，他本想让父亲回家，但他了解父亲脾气秉性，绝不会听他的！

老海嬉皮笑脸地说："可不敢让张林装车，他是耍笔杆子的。”

张林不以为然地哼了一声，发觉老海像只癞皮狗，越发觉得他讨厌。

黄昏的土塘，显得更加壮观，晚风吹在身上，有了几分寒意。老海被张林看得浑身不自然，手都不知怎么放了，趁着张玉民吸烟时，抢过镢头，像疯狂了的挖掘机，不分好歹地乱刨起来。

张玉民累坏了，一天的苦熬，身子像散了架，现在又累又饿，但他宁可心甘情愿受累受苦，让筋骨难受，也要让心里好受些。三十多年来，他自己也说不清帮了老海多少忙，如今快干不动了，心里反觉得越还越多。他在想，将来自己干不动了，让张林还。

父债子还，天经地义啊！

张玉民叹了口气，见老海不顾危险，玩命地乱刨，喊了一声：“别只顾刨，注意危险。”

老海想在张林面前证明自己是干活的主力：“没事，我福大命大。”

张玉民总觉得老海不稳重，便站起来，想穿上衣服后替下老海。

老海用力过猛，镢头刨进了土里，而他的力气消耗殆尽，两臂酸麻，左摇右晃，怎么也抽不出来。上面的牌楼因承重过大，加之下面被掏空，失去了支撑力……

天空中响起一声霹雳：“闪开！”紧接着，一条身影扑过来，老海的腰被扑过来的张玉民狠狠推了一把，老海被推了出去，牌楼呼啸着俯冲下来……

尘烟中，碾盘大小的土块被摔得四分五裂，重重地压在张玉民胸口。他一动不动，昏死了过去，胸口的血染红了黄土。

张林只觉天黑地暗，大叫一声，扑了过去。哭喊着，给父亲做人工呼吸。张玉民缓缓地睁开眼，疼痛难忍，看着儿子，断断续续说："儿子，别哭，爹不行了……爹没给你盖好房啊！"

张林疯狂地用手挖着父亲身上的土，对惊魂未定的老海吼叫："快叫救护车。"

老海急得团团转，张林把手机抛给了他。老海手忙脚乱不知如何拨打。张林一把抢过手机，眼前一片模糊。

老海跪在张玉民面前："没事的，你福大命大……你为什么要这样啊，我早就该死了。"

张玉民愧疚地说："是我对不住你，还记得三十年前，在砖窑，我咳嗽一声……"

"咳嗽？"老海仿佛又回到了三十年前，惨白的脸上扭曲着，"我那是咎由自取，怨不得旁人……"

张玉民残喘着，气若游丝，脸上现出安详的神色，终于可以安心地去了。

车来了，闻讯的乡亲们也来了。

张玉民还是没有坚持到最后。张林和他的母亲哭得死去活来。老海抓住医生的手，声泪俱下地哀求："医生，您救救他，医药费我出。"

天黑了下来，模糊的黑夜，像一位沉默的母亲，默默地承受着子民们的悲痛，任由眼泪在她胸口流淌。险恶的土塘静静地矗立着，像是一座石碑，向死者默哀，那残缺一角的牌楼塘，吞噬了一条活生生的生命，依然张着大嘴。也许几天之后，上面又会出现一个完整的牌楼。

张玉民的尸体被搭上了车，随着马达声渐渐远去了，车轮滚动的声响，如同碾过人们的心口，唱着一首生命挽歌……

桥

后庙村因村后面半山腰上有座小庙得名，由于年代久远，漆也剥落，辨不出是什么神佛。每年开春，那些外出打工的纷纷到小庙去烧香，求财求平安。到了雨季，跪在庙前烧香的老人们，祈求别发洪水。

村前有条涓涓细流，平时河不大，可一到汛期下大雨，从山坡上滚流下来的雨水掺杂着泥土石块顺着山沟汇集成一条万马奔腾、波涛汹涌的大河，像暴烈的野马。

这年夏天，下着雨，韩莉骑着电动车往家赶，到了河边，河水已暴涨，她抬头看看天上的雨，想着院里晒着的衣服，心里焦急，不顾一切发动车子，哪知到了河中央，电动车碰到冲下来的石块，车子一侧歪，人和车跌倒在河里，转眼被冲得无影无踪。

韩莉的死讯传到在县城建筑队打工的丈夫张建山耳朵里，他哭着处理完妻子的后事，像中了邪，不声不响来到河边，眼睛红红的，望着温顺的河水呆呆发愣：平时这么不起眼的小河，下起雨来，竟能夺走人命。他后悔死了，要是有桥妻子就不会死了。

他坐了许久，决定建桥。以前村里也建了几次木头桥，可刚一建好，村民高兴劲儿还没散，遇到大雨不是成了漫水桥就是冲得没了影踪。后来，村里也没心思建桥了。随着年轻人纷纷涌向城市，村里只剩下老弱病残，更没人提出建桥了。

张建山清楚桥建好了，妻子也不会活过来，但他还是要建。他围着院里的几棵树转了几圈，又放弃了，不行，不能建木头桥，木头桥一遇发大水又被冲垮了，要建就建水泥桥。

张建山是泥工，一盘算钱数吓了一跳，盖房时借的亏空还没还完，儿子还上大三，哪有这笔钱啊。张建山想这是全村人的事，全村老少谁不过河啊。于是他拿着笔本厚着脸皮一家一户去募捐，他想好了，不管捐多少，都记下来，刻在桥上，多么荣耀啊，大伙肯定积极响应。

事情远没他想得那么简单，遇到脾气好的，装没听见，遇到嘴皮厉害的，连损带骂：国家连农业税都免了，你还搞乱摊派。你有钱就修，没钱就别充大尾巴狼。我们凭什么相信你。拿人格担保，人格值几个钱……

几家跑下来，张建山弄得筋疲力尽，灰头土脸。捐款走不通，他就找亲朋好友借。大家一听他要建桥，都把头摇成拨浪鼓，开始哭穷，有的干脆挑明：钱不是没有，如果你盖房娶媳妇干正事，我们没钱去借也借给你，建桥填海——没钱！

建桥怎么不是正事啊，这怎么是填海呢？我又不是精卫，我又不是不还。任凭张建山磨破嘴唇，一分钱也没借到。

张建山没辙了，看着亡妻韩莉的照片，满眼含泪：建桥怎么这么难，他捶脑袋，揪头发，恨自己太窝囊，没本事，把自己折磨得死去活来。他把计划想了一遍又一遍，自己是个手艺人，泥工瓦工都行，为什么不自己动手建桥，反正自己有的是时间，地不冻，天天种，总有建好的那一天。愚公都能移走两座大山，我一个堂堂七尺男儿难道还不能建一座桥。

张建山倔脾气上来了，哼，我一个人建，谁也不用，看我能不能建，你们就是主动来帮忙，我也不用。我只当给自己盖房了，等桥建好了，我一个人走，名字就叫张建山桥。

气话归气话，一个人建桥谈何容易。正这时，村里集资要唱戏。全村都踊跃捐款，连收破烂的瘸腿孙得利老汉也捐了十元钱。张建山泄气了，蒙头大睡，梦见韩莉笑吟吟地坐在大桥上向他招手。张建山醒来，流下了眼泪：这是妻子在鼓励他啊。于是，他爬起来去找村长："庙太小了，烧个香连人也进不去，难怪咱们受穷。该扩建了。"

村长面露难色："是早该扩建了。如果早点修，多烧点儿香，哪能发大水——这是神佛惩罚咱们呐！可是年轻有能力的都在外面，不好办啊。"

张建山见缝插针："我来，我自带手艺，绝对能行。"

村长盯着张建山："你真想修？"

"想！"张建山点头似鸡啄米。

"那你来修，现在村里正唱戏，有钱有能力的都回来了——募捐。"

大伙一听说要扩建庙，热情高涨，一天几十拨人往张建山家跑，这个捐五十，那个捐一百，有的相互攀比，暗中较劲。在外打工赶不回来的也给亲友送信，让他们垫上钱，生怕被落下没积德。戏一唱完，张建山一扒拉算珠子，好家伙，一共捐了三万八千元。张建山苦笑一声：看来，还是神佛道行深啊。

张建山对捐款的人打哈哈：“你们就不怕我卷钱跑了……”

大伙都笑了：“我们不信你，也得相信神佛吧。神佛的钱谁敢动，损德折寿啊。”

张建山就跟着乐，随后他又犯难了，自己又不是神仙，在乡亲们眼皮底下，能瞒得过吗？去他的，我又不是用来赌、抽、嫖。

张建山踌躇满志正要动工，临时又改变了主意：不行啊。百年大计，质量为本。这么一大笔资金，我得建一座能禁得住大货车的桥，不能建成豆腐渣让人戳脊梁骨。怎么办？他猛然想到在县城搞建筑的表哥，对呀，何不把工程包给他，他有车有人有资质，他连大楼都能建，还建不起一座桥？

张建山担心表哥撒手不管，编了一套瞎话：“表哥，我不能一辈子打工，我包了一个工程，建一座桥，投资五万。可我什么也没有，你得扶我一把，成功与否，全靠你了。”为吸引表哥，张建山把价格使劲提了提。

哪知卢伟根本没看上，还说张建山这是瞎捣乱。张建山傻眼了：“那怎么办啊，我都签字了。”

卢伟气呼呼地说：“你呀你，包工程怎不事先跟我说，我给你把把关，你这不是硬往火坑里跳吗！”

张建山央求说：“还不是怕被别人抢去吗！表哥，你得帮帮我呀。”

卢伟问清了桥的位置，说：“这点钱连料都不够，看在我姨妈的面子，我包了。”

没几天，公司的货车运来了水泥、砂石料、钢筋。大伙一看这场面，都惊讶了：这要建多大的庙啊。

有人知道卢伟和张建山是表兄弟，觉察出不对劲，又找不到张建山，就找村长论理。

村长说："这是卢伟建桥，跟张建山没一点儿关系。"

"真的？"

"我堂堂一村之长还能骗人？"

大伙觉得也有理，你看看我，我看看你，那就再等等，反正他张建山跑了和尚也跑不了庙。

眼看桥快建好了，张建山觉得不能再隐瞒下去了，便对表哥一五一十说了出来。卢伟说："我早就知道了。"

"你怎么知道的？"

"是村长告诉我的，村长已向镇里打报告，镇里挤出一万五千元用于建桥。再说当初我也是包点小活，靠修修补补才起来的。要是没国家政策，我也没有今天，这是回报社会的大好机会。"

三个月后，桥建好了，又结实又气派，大伙走在桥上，低头看河水从桥下流过，都说这桥不赖，还把桥比作后庙村的长江大桥。

要不是有人提醒，大伙早就忘了修庙的茬儿。对呀，张建山呢？正说着，公司货车拉来一块石碑，副驾驶座上坐着的正是张建山。车一停来，大伙围拢上来，追问建庙的事，有的干脆逼他要钱。

张建山嘿嘿一笑：我干了一件比建庙还重要的事。

还有什么事比修庙更重要呢？张建山光笑不说话，待把石碑卸下来，大伙这才发现上面刻满了村民的名字，更糊涂了：这到底是怎么回事呀？

村长走过来对大伙说："咱们都误会了张建山，他要建桥又没钱，大伙又不乐意捐，他就想出这么个主意……卢伟的人搭人工，真难为他们了。张建山没忘记大伙啊，个人出钱，把捐款人的名字都刻在石碑上，为了建桥他可受了不少委屈呀。"

张建山说："只要能建成桥，我个人受点委屈算什么。这都是大伙齐心协力凑钱建成的桥。咱们后庙村，叫了多少年，年年有羊被水冲走，我媳妇也……咱们年年烧香许愿，怎么年年不变？连山货都运不出去，孩子们上下学得光脚蹚水……"

张建山越说越激动，大伙看看张建山又看看桥，又感动又惭愧。看着石碑上的姓名，都觉得无上光彩："这积德行善的好事，比整天烧香强万倍。"

这时，一个建筑工过来问："这剩下的水泥，沙子怎么办？"

张建山说："钱是大伙出的，大伙说呢。"

大伙纷纷说："送到学校去吧，教室该加固保暖了，钱不够，我们捐！"

如水铁证

小暑的上午，村长金德骑着摩托车，威风凛凛地奔驰在通向集市的路上。摩托车是乡里半年前发给村长的，车身又高又大，威猛强劲，开起来像牛吼，通身猩红，像泼了一桶血，耀眼霸气。金德还嫌不够气派，安装了高音炮，响起来像敲鼓，咚咚震得地动山摇。

金德喜欢开快车，车身似受了风寒般抖动着，发出刺穿耳膜的声响，惊得村民提心吊胆，担心会散了架，零件乱飞。村民老远就惊慌失措地靠路边躲避，那些呆头愣脑的鸡狗，直到临近，才察觉命悬一线，惊得魂飞魄散，鸡飞狗跳，仓皇逃窜。

爱屋及乌，金德喜欢上了网上一种摩托车小游戏，任凭道路崎岖艰险，一路风驰电掣，跳跃颠簸，无论什么款式的汽车，在轮胎碾压下，发出咔嚓咔嚓金属断裂的声响，瘫痪成一块废铁。金德骑车还喜欢喝两口，略有醉意更好，更能发挥出潜能，随心所欲，达到极致。

集市离村三里外的公路一侧，是三个村的汇集地域，通向县城的公路由此经过，吸引了十里八村的村民，每周六日开集。集市的占地属于金鸡岭，摆摊当然要交一笔不菲的摊费。

金德很少到集市上来，最近，听说有新来的商贩，没交摊费，他突发奇想，想让乡里录像曝光，震慑一下不法商贩。转念又想去看看这人是谁，敢在太岁头上动土。

王铁锤就是要曝光震慑的对象之一。王铁锤祖上都是铁匠，他打铁本事远近闻名，可惜，早些年，铁匠和许多行业一样都被社会淘汰了。如今的王铁锤满头黑白相间，铁疙瘩样的肌肉也松弛干瘪了。

王铁锤对最吸引村民的集市格外排斥，他与金德较劲。那年，金德要找十个人顶替单位献血，每人给一千。王铁锤的儿子上高三，老伴有病，家里没钱，便报名献了血。事后才知道单位给一千二，金德每人扣下二百。

王铁锤气炸了，他卖了那么多的血，才挣了一千块，连红糖都舍不得买，金德只动动嘴，跑跑腿，就挣了两千块。呸！真不是人。王铁锤义愤填膺，去找另外几个人，想把钱要出来。被劝住了，金德当时说给一千，咱们都答应了。如果没有金德，咱们的血，一百也没人要，咱不能吃饱了就骂厨子。王铁锤傻眼了，仿佛成了恩将仇报的小人。话虽如此，金德做得太不地道了。金德的吸血鬼外号，就这样被王铁锤叫开了。没想到，金德平地一声雷，当村长了。王铁锤抱定一个宗旨，我不去摆摊，就不用交摊费，就不给金德这个吸血鬼添膘了。

这天，王铁锤的老伴从地里采摘下青菜，整理清洗后装了两筐，让王铁锤去赶集。

王铁锤说："我不去。去还得交摊费，都贴给那个吸人血的家伙啦。"

老伴说：“小点声，别让别人听见。”

王铁锤故意提高声音：“怕什么？我又没指名道姓。”

“谁不知你说金德啊。人家又没得罪你，你干吗和他过不去？”

“怎么没有。”王铁锤伸长了脖子喊，“二百块。那是从血管里流出来的血汗钱呀。”

“你不去我去。”

王铁锤见老伴犯了拧劲儿，心疼她的风湿病，劈手夺过筐去了集市。小黑也蹦蹦跳跳跟了去，小黑是条刚满一年的小狗。他想好了，去也不交摊费。王铁锤在集市的最北端找了个地方，紧挨着的摊主，是他的同族兄弟王铁栓。他家开着商店，每逢开集，都赶来卖货。他是老商户，货物全，在摊上分好了类，跟办展览一样，买的人络绎不绝，他忙得团团转。相比之下，王铁锤的摊位却冷清极了，无人问津，人流在摊位前涌动，到了王铁栓的摊前，见前面没了摊位，王铁锤卖的又是几种可怜巴巴的蔬菜，像潮水般退了回去。

王铁栓告诉王铁锤：“张嘴三分利，死买卖活人开，你不吆喝，谁会买啊。”

王铁锤在人群中看见邻居小林，举着录像机录像。小林有个同学明天结婚，让他录像，他今天来集市上练练手。小林把镜头对准了王铁锤，说给他拍电影，王铁栓也想进入镜头中。小林乐呵呵地迈步来到王铁锤身边，撺掇他最好到人群中去拉客。

王铁锤迈过蔬菜摊，来到公路中间，大声吆喝：“来看看新鲜的蔬菜，有豆角、黄瓜、西红柿……”小黑在主人身旁，汪汪叫着，替主人着急，卖力地推销。

大家见小林举着录像机，像见了枪，远远地便站住了脚，唯恐不小心被录进去，再也出不来了。

金德骑着摩托车，沉迷于金属被碾压断裂的声音。金德看见了王铁锤，愣了一下，王铁锤曾扬言，死也不去摆摊。呵呵。金德嘲笑他没有骨气，向他投降了，又为他没打招呼就来摆摊而生气，车速没有减。王铁锤听到刺耳的马达声，本能地回头，金德血腥的摩托车，已到了跟前。他产生一种错觉，公路那么宽，汽车都能过得去，摩托车更不在话下。

金德发现王铁锤没躲，拼命一扭把，摩托车撞在王铁锤小腿的侧面上。王铁锤像装满稻谷的袋子，慢吞吞地倒在地上。小黑跃到王铁锤身旁，焦急地想把他扶起来，王铁栓也扑了过去。金德喷着酒气："你，你怎么不躲啊。"

"赶紧送医院吧。"

金德否决了这个提议，因为他没有听到游戏中的那熟悉的声音，如果王铁锤像根木棍扑通倒在地上，或是发出小木棍嘎巴折断的声音，或抱着腿嗷嗷痛叫，他肯定送医院。王铁锤倒地时很缓慢，似乎有些犹豫，而且没有强烈的痛感。金德打着哈哈说："你们看，他不交摊费，还要无赖。"

"撞了人，还不扶起来？"

"我去扶他，他要讹我呢？"金德抛出这个难题，难住了大家，脸上都涌现出不可思议的表情。金德捡起前泥瓦碎片，像法官举着证据："看看，摩托车被撞坏了。"金德扭头看了王铁锤一眼："别装死了，赶紧把摊费交了。"说完，骑上摩托车，小黑冲过来，挡住去路，瞪着眼瞅着金德。金德伸腿踢了一脚，小黑一躲，摩托车旋风般从人们眼前消失了，小黑发狂追了出去……

下午，村里有人知道王铁锤腿骨折了，是被金德的摩托车撞的。金德的老婆，得知消息，气呼呼回到家，金德正对着电脑，瞪着眼珠玩摩托车游戏。金德的老婆拔掉插销，金德跳起来，涨红了脸喊：“你要疯！”

“你就是个疯子。你骑摩托车跟疯子一样，你撞死鸡，撞死狗，现在你又把人撞了。”

金德瞪大了眼：“放屁，我哪儿撞人了。”

“你才放屁！王铁锤，今天上午，在集市上，都骨折了。”金德的老婆想到骨折要赔好多钱，心疼得直哆嗦。

金德笑了笑：“轻轻碰了一下，就骨折了，王铁锤是纸糊的？”

“人在医院里躺着呢，还能有假。”

“别信那一套，他没交摊费就摆摊，我让他交，他没辙了，才想到这出戏，这都是我玩腻的，不用理他。”金德仿佛看透王铁锤的诡计，得意地笑了，又插上插销，玩起了电脑。

连续几天传出王铁锤骨折的消息，金德的老婆让金德去医院看王铁锤：“你提箱牛奶去看看，也许王铁锤就不让咱赔钱了。”金德说：“我钱烧的，我凭什么去看他。”

“你撞了他啊。”

“放屁，谁看见了。”

“集市那么多人，你能赖掉。”

“是他先违规没交摊费，还站在马路中间，这不是找撞吗？而且我的车也坏了啊。”金德想起车，心疼得似被针扎了一下，他突然一拍脑袋，骑着摩托车去了乡里修车铺，换了个泥瓦，开了张发票，要求多开金额。

修车人一咧嘴：“我还要上税哩。”金德说：“那是你的事。”修车人苦笑：“干脆，我撕下来，你自己填吧。”金德说：“你不怕税务查?”修车人说：“我更怕你呀。”

金德有自己的小算盘，收据就是证据，铁证如山，王铁锤得赔，而且收据还能下账，一举两得。

王铁锤躺在病床上，无神的眼光盯在泛白的墙壁上。老伴为凑齐医药费四处借钱。他的裤子脱下后，老伴想拿去洗，王铁锤一眼看到裤脚上清晰的轮胎印，像临终前交代后事：“叠好别洗，车印朝上，放在一个盒子里，那可是证据。”老伴说：“你呀，还怕金德不承认。”王铁锤想，只要金德能来看自己，也就算了，谁让他是村长呢，自己自认倒霉。住院已三天了，肇事者始终没露面。王铁锤的内心涌出了无限的悲哀与荒凉，继而又充满了愤怒。来看望的人安慰说，放心吧，都一个村的，金德虽然蛮横，还是懂点儿人情的，他绝不能赖账——他也不缺这俩儿钱。王铁栓拍着胸脯说：“放心，他要不承认，我给你作证。”时间一天天过去，王铁锤的心情凉到了极点。回到家，王铁锤想，金德总该露面了吧，但他还是失望了。

金德没料到王铁锤会骨折，不过很快，就忘得干干净净。本来嘛，一个村民死活在他眼里算个什么呀。

既然金德不来，王铁锤决定找他去。金德撞了他，不能白撞。王铁锤拄着拐，慢吞吞地走向金德家。路上，有人问他做什么去。

他像地主年底讨债一样，没好气地说：“找金德要账去!”

“他没给你送去?”

王铁锤嘿嘿一笑，心里忽然涌出苦涩的味道。一低头，小黑不知什么时候跟在后面，他站住了，对小黑说：“回去!”

小黑晃着头，反而跳到前面去了。王铁锤生气了：“回去。当心把你吃了。”小黑不知主人说的是金德还是金德家的大狼狗，疑惑了一阵，又悄悄跟在后面。

事情并非想象中的那么简单，王铁锤望见金德家高大的门楼，胆怯了，两扇气派的朱漆大门虚掩着，宽大的台阶令人生畏。王铁锤不清楚大狼狗是拴着还是散养，他小心地上了台阶，从门缝往院里瞄，看见一双露着寒光的眼，龇着尖刀般雪白的牙，侦探样盯着门外的风吹草动。他从没见过驴驹大的狗，大狼狗神经质似的，又蹦又跳，发疯狂吠，脖子上的铁链发出瘆人的响。

王铁锤不敢贸然而动，万一被狗咬伤，更得不偿失了。他摆弄着拐杖，想一拐棍能不能击碎它的头颅。念头仅是一闪，打狗还得看主人，金德是村长啊。小黑不在乎，跳着冲门里迎战。

王铁锤慢慢往后退，大狼狗不依不饶，要挣脱铁链的架势，怒吼咆哮。小黑精神抖擞，隔门对叫，似乎与大狼狗酣战。

王铁锤在街口的青石上坐下来，讨债如此落魄，感到无限悲哀。王铁锤向村民展示那条伤腿，讲述集市上的遭遇。金德终于沉不住气了，背着手，晃着身躯，来到王铁锤面前：“来交摊费了？”

王铁锤为自己被冷落感到羞辱，他摇摇头。金德问：“不交摊费，你怎么坐这儿？”

“我应该坐在炕头上。”王铁锤气愤地嘟囔着。

“这儿不是你家炕头啊。”王铁锤站起来，又停下了，如果拍屁股走人，那什么都没有了，伤筋动骨一百天哪。受点罪也没什么，看病借了一屁股账，金德总得给个说法。

“腿不行了，站不起来了。”王铁锤说。

“你怎么走来的？不会是抬来的吧。”金德嘲笑着，仿佛面对濒临死亡的人。

“保不齐我会死在这儿的？”王铁锤奄奄一息的样子。

“那你就在这儿吧。”金德转身要走。有人嘟囔着说：“铁锤，你不是找村长要赔偿么？”

“赔偿？赔偿什么？”金德惊讶极了。

王铁锤：“你撞了我的腿。”

“我，我撞了你的腿？开什么玩笑。”

“村长，做人得讲良心。”

金德火了：“我没撞承认什么，你不能拿屎盆子往我头上扣啊。”

王铁锤愤怒得快要喷出火来，金德说：“你有证据吗？”王铁锤用拐杖指了指伤了的腿：“这就是证据。”金德笑了：“嘁，这算哪门子证据。空口无凭，你得赔我名誉损失。”

狗日的，这龟孙子还有屁名誉。王铁锤面似瓦灰，站起来就走。小黑突然一跃而起，发狂似的冲到金德面前。有人喊：“看住狗。”王铁锤说：“放心，小黑不咬人。”话音未落，小黑咬住金德的裤脚。金德又气又怒，踢了小黑一脚，小黑发出一声惨叫，翻滚着摔了出去。金德喊：“王八蛋，你不说不咬人吗。”王铁锤举起拐杖冲小黑喊：“回去！”

小黑满眼委屈的泪水，低声呜咽着。金德凶神恶煞地冲过去，小黑慌忙逃跑了。金德挽起裤脚，见肉皮毫发无伤，裤子也没有损坏，怒气未消：“下次见了，我非杀了它。”

金德大胜而归，对老婆说：“我给你省下一大笔钱。”

“你就作吧。”

“我怎么作了？”

“我说得不对么？你总开快车，喝酒还开车，你撞人，别人不敢说什么，要是撞了大石头……”金德的老婆说不下去了，好像金德真的撞了大石头。

金德眼前浮现撞大石头后的头破血流的惨状，后背冒凉气，电脑里的摩托车，不光能碾压汽车，更多的是车毁人亡。他觉得自己没那么倒霉。就是寻死，路上也没有足以致死的大石头。

金德咬牙说：“死娘们，记住，对外不许说我撞的。”

王铁锤差点被愤怒屈辱压垮了，他举着手，想打谁两耳光，手在空中晃了晃，还是落在自己脸上，火辣辣地疼。他恨自己软弱无能，他把快要流出来的眼泪咽回肚里，马善被人骑，人善被人欺呀，自己太窝囊了，应该理直气壮地去要，那是自己应该得的。他不仅要说法，还要赔偿，这都是金德逼的。金德不是要证据吗？就给他拿证据。裤子上的车印，就是铁证。

金德以为王铁锤彻底被他打完蛋了，再也不来了，没想到第二天，王铁锤又坐在石头上，静坐示威似的，膝盖上放着那条整整齐齐的裤子，就像他身体的一部分，上面那道车印格外显眼，他向每一个人讲述车印的来龙去脉。

金德骑着摩托车回来，见村民围着王铁锤。他骂了声，王八蛋，便阴沉着脸挤了进去。王铁锤把裤子上的印迹举到金德面前：“看看吧，铁证如山。”

金德捏着鼻子喊：“什么破东西，快拿开。”

大家对金德骑的摩托车的车轮怒目而视，仿佛那才是罪魁祸首，与金德毫无瓜葛。

金德像个办案的警察，查看王铁锤的证据。王铁锤盯着金德，证据确凿，看你有何话说。想想吧，一向一言九鼎的村长，在大庭广众之下，丢了面子，可悲呀。金德说："铁证？嘁，狗屁。我的摩托车轮胎窄，裤子上的车印这么宽，明显是汽车轮胎的痕迹。"

大家都看出裤子上的车印比摩托车的车轮宽。王铁锤解释说："你是蹭着撞的，当然宽了。"

金德这个经验丰富的伪警察有条不紊地分析着："蹭着撞的？车印能这么清楚，比我盖公章还清楚，喂，喂，是不是我的车停在那儿，你自己盖的印吧。哈哈哈……"金德笑了起来，笑得眼泪都快掉下来。王铁锤被金德无懈可击的逻辑推理说得哑口无言，他咕哝着说："就是你，你赖不掉的。"

金德说："你这是胡搅蛮缠，我不和你争，我这人最讲理了，咱们用事实说话。"金德引用一句《焦点访谈》开头语，让人心头一震，知道下面的话有多重要，都静下来听。

"我摩托车是越野型的，轮胎的花纹是人字形的，你裤子上的轮胎花纹是条形的，你怎么解释……"

事情发生了戏剧性的变化，对王铁锤极其不利。王铁锤一阵头晕目眩，等他冷静下来，大街上只剩下他一个人。他想是不是被撞糊涂了，拿错了裤子，问题是自己只挨了一回撞，穿的就是这条裤子，裤子上的车印可以作证。王铁锤回到家，生闷气，骂金德是王八蛋，没人味，良心被狗吃了。老伴劝他："咱们现在是求他，有话好好说。"王铁锤气愤地说："求他？是他把我撞了。"

王铁锤认真回忆当时情景，金德确实是撞了自己，自己还看见零件散落一地，看来只有一种可能，金德换轮胎了。王铁锤慢慢理清了头绪，决定去修车铺。

修车人对拄拐的陌生人突然造访生出厌恶表情，他只对送上门来的生意人感兴趣，拄拐的会有什么车。王铁锤笑着说要问金德修车的事。修车人听到金德两个字，马上机警起来："你是什么人？"

"一个村的。"

修车人乜斜着眼，"哼"了一声："你是警察？"王铁锤摇摇头，不明白这和警察有什么关系。修车人说："我凭什么告诉你。"王铁锤走进了死胡同，他只好拉下脸皮诉了一大堆的苦。修车人伸出两只满是油渍的手，打断他的话："出去，别耽误我干活。"

王铁锤买了一盒红塔山，返回修车铺。修车人接过香烟，打开抽出一支塞进嘴里，喷出一团烟雾，骂了一句："他妈的，假烟。"说完，像和香烟有仇似的，狠狠吸了几口，露出两颗焦黄的牙："我跟你说，我这都是商业秘密。看你人老实，我就破例一次。"王铁锤忙说："我没别的意思，就是想看看金德几号修的车。"

修车人从抽屉里拿出发票，飞快翻找着。发票，绝好的铁证。金德啊金德，这回你完蛋了。王铁锤盯着他，生怕他翻得太快，出现遗漏。修车人翻出一张："找到了，7月5日，换的泥瓦。"王铁锤愣住了："5号？不对呀，他是7号撞的我呀，是不是写错了。"修车人合上发票，不满地说："你什么意思，这是从税务局领的发票，我能随便写？"王铁锤忙说："你误会了，我是7号被撞的，他5号修的车，这逻辑不对呀，难道他7月修了两回车。"

修车人斩钉截铁地说：“就一次。肯定是你记错了。你看看，这张前后都是5号，我要写错了，税务局不干，修车的也不干呀。”王铁锤恍惚了，难道真是5号，可那天是小暑，7号呀，医院开的住院手续也是7号啊。修车人笑了：“医院也有弄错的时候。”

“他会不会在别处修车？”

“绝不可能，这一带修车的只有我一处，再说，我修车技术绝对这个！”修车人对自己挑起大拇指。

王铁锤本想复印发票带走，日期不对，还不如擦屁股纸呢。王铁锤陷入疑惑之中，金德矢口否认，难道我真冤枉了村长，撞我的不是村长，世上还有和金德长得一样的人，能吗？王铁锤走出铺子，修车人喊：“下次，别再买假烟糊弄人了。”

王铁锤走到村口，意外碰见金德。他现在一门心思想找到证据对付金德，不想与他说话。金德却破天荒地迎上来问：“你去修车铺找发票了，怎么样啊？”

王铁锤大吃一惊，心咚咚剧烈地跳：他怎知我去修车铺了，难道会妖门邪法。金德笑着说：“你呀，白费劲儿了，就算我修过车，难道就能证明我撞过人。”王铁锤紧闭嘴巴，生怕一张口，他就会知道自己所想。金德喊：“你还是回去躺着别动，伤筋动骨一百天呐！”王铁锤心里发狠：呸，我死了，不正趁你的心！

王铁锤脑袋都想疼了，也没想明白证据是怎么让他难堪的。不幸的是他现在已找不到任何证据了，这意味骨折只能怨自己倒霉。他蔫头耷脑地往回走，路过小林家时，猛然想到一个证据：那天，小林在集市上录像，还录了自己。小林说，电影就是这样拍的。

这么有利的证据，自己怎么没想到呢。

王铁锤好几天没见到小林，小林似从他的视线消失了。走进小林家，问起那天的录像。小林神色就不太自然，结结巴巴地说：“那天我是录了像，我根本就不会录，我录的是集市，没录你呀。”

王铁锤提醒说：“你怎么没录我，是你让我看镜头……”

“是么，我跟你说实话，我都 25 了，还没女朋友，那天，我光顾着录漂亮的大姑娘了……”

“小林，我是看着你长大的，你从没说过谎啊，我现在就要你一句实话。”

小林脸“腾”地红了，低头不说话。

“录像带呢？”

“那天我只录了几分钟。第二天我同学结婚录像，录完就给他了。”

王铁锤“哦”了一声：“我想看看录像。”

小林为难地说：“那是人家的结婚录像带，能借出来吗？”

王铁锤说：“你去试试。”小林不敢得罪金德，又不好拒绝王铁锤，就说：“就算借来了，你也没处放啊。”村里只有金德家有录像机，但王铁锤不会去他家放的。他想了想说：“你只管借。”

小林编了个谎，总算把录像带借来。王铁锤如获至宝，小林不放心，和他一起到一家录像厅。王铁锤给了老板十元钱和足有一车的好话，又给大家散了烟，老板才勉强同意让他放。

屏幕上出现集市上的情景，大家看到马路中间的老人正是放录像的，他在公路上扯着破锣的嗓子喊叫卖，嘶哑而又拗口，难听死了。大家抗议说他精神上有问题，花钱放这破玩意。王铁锤如获至宝，激动得心都快跳出来了。继而，出现了金德，他骑着摩托车向老人冲了过来，大家骤然紧张了。他们看着拄拐的王铁锤，猜测是那次撞的。王铁锤感觉骨头隐隐作痛，他发现小林表情极不自然。录像带小林已经看过了，小林和朋友们观看同学结婚录像，下面的片段就是金德直接把王铁锤撞倒在地，当时，大家都说这太逼真了，电影都这么拍才好看。小林头上冒了汗，金德追到他头上，他怎么办？

可奇怪的是，画面在最关键时刻却消失了，直接跳到金德扬长而去的场面。大家都觉得没意思透了，一点也不刺激，还骂拍摄者脑子进水了。突然，画面出现一个年轻漂亮的新娘，顿时爆发出尖叫声、响指声、拍巴掌声。

王铁锤忙问小林："怎么没撞上？"小林挠着头，一脸的迷茫："我也不清楚啊。"大家都奇怪了：这老头是不是疯了，怎么还盼着撞上啊。

难道同学嫌画面太血腥，处理了？小林见王铁锤满眼都是愤怒，知道自己满身是嘴也说不清了，便说："我没捣鬼，真的，请相信我。我发誓，我要捣鬼，早就把这些都删除了。"

老板说："录像没有动，你们看上面显示的时间是连贯着……"

王铁锤痛心地说："没了，没了，我怎么办啊。"

关于王铁锤被金德撞骨折事件却持续发酵，村民几乎一边倒倾向于王铁锤。毕竟当时村里有多位目击者，只是碍于金德的淫威，不敢站出来罢了。金德明显感觉到自己的威信大打折扣，他说的话不再顶用。更要命的，乡里已知道此事，让他妥善处理此事，别影响他社提。言外之意很清楚，金德撞伤王铁锤在乡里已经坐实。金德检讨自己，不该不去医院看望，更不该不承认，结果把人逼上绝路。看来还是老婆有远见，王铁锤要的只是一个说法，这是无伤大碍象征性的东西，说白了，对自己没有丁点损伤。他更没想到绵羊似的王铁锤又犸又认死理，到处找证据，逼自己就范。现在，开弓没有回头箭，他只有肉烂嘴不烂咬牙死不承认。他恨死了王铁锤，不就是骨折吗？为什么不到我家来求我，非要在大街上，见谁就跟谁说，跟受多大委屈似的，把我搞臭，真想撕烂他的嘴。还是乡里说的对，尽快处理好。

金德让老婆出头。金德的老婆说：“你拉屎让我擦屁股，不管！你又不是三岁的孩子。”

金德碰了钉子，他说：“老子自己去擦。”

这屁股怎么擦啊。金德头疼了一阵，突然大笑起来，笑得老婆浑身发毛，瞪眼骂他神经质。金德说：“王铁锤几天没见动静，肯定没证据，不会来了。”金德的老婆冷笑一声：“想要证据，多得是。”

金德揶揄地骂了句：“放屁。”

“村里好几个人在集市都看见了，他们都会证明的。”

金德打了个冷战，是啊，人证比物证更有说服力，人证会咬人啊。他怒气冲天：“放臭屁，我怎么没听说。”

“你都臭大街了，谁会跟你说。”

“放狗臭屁。”金德像条炸了毛的狗，要扑上去咬几口，“都有谁？”

“你要杀人灭口呀!”金德的老婆一阵冷笑。

王铁锤也想到了人证，但比金德晚了一天。他是晚上看电视剧《包青天》，看到包拯判案都有人证物证，他才想到了人证。金德不知当时都有谁在场，但找到一个人，就能扯出另外一个人。仅仅一天时间，金德就把金鸡岭的天捂得严严实实。

王铁锤去找人证，对方都有各种理由，或没在场，或没看见，或其他什么原因，人家不愿作证，他也不能勉强。他像无头的苍蝇，乱飞一气，结果处处碰壁。没有不透风的墙，他隐约听到一些风言风语，气炸胸膛，却又无可奈何，他最后找到同族兄弟王铁栓。在医院时，王铁栓曾打保票要给自己做人证。

王铁锤一见兄弟，大发牢骚：“变了，变了，白的变成黑的，黑的变成白的。良心都没了。这世道……”王铁锤用拐杖使劲点着地，好像从地下能把良心抠出来。

“嘿嘿，良心值多少钱一斤。”

“人没良心，还算个人?”

“金德有没有良心?”

“他良心早让狗吃了。”

“可他活得比谁都滋润、自在。”

王铁锤噎得直翻白眼，他费好大劲才把气顺过来。他觉得没劲透了，兄弟总呛着说和自己唱反调，便说：“我被撞骨折时，你在场，你给我做个人证。”

王铁栓卡壳了：“我是在当场，可我什么都没看见，怎么做人证。”

“你怎么瞪眼胡诌呢!”

“我没胡诌，集市上那么多人，我离你那么远……”

“当时你就在我身边啊。”

“啊，是在……可我没看见啊，那么多人，挡着我的视线……”

“我住院时，你可不这么说的。”

“我说什么了？”

“你说要给我作证。”

“我说了吗？哦，我是说了，我那是给你宽慰，怕你着急上火啊。”

“你的良心也被狗吃了。”

王铁锤气得脸红脖子粗，大声数落兄弟，王铁栓耷拉着脑袋，一声不吭。王铁锤骂累了，长叹一声：“我命该有此劫，我认了。”

“哥，我给你出个主意，目击者有外村人，你到外村人去找。你在本村找不到人证。”

“哦。”王铁锤不明就里，瞪大了眼睛，突然一拍脑袋，“原来你是怕得罪金德。”

“金德是村长哟……”

金德连续下妙棋，先是以村长的威严封住众人的嘴，接着，他又让村会计去找王铁锤，鉴于他的腿伤，让他去看林场。为下好这步棋，他让会计去和王铁锤的老伴说。

王铁锤的老伴一听，喜笑颜开，满口应承，生怕答应迟了，煮熟的鸭子飞了。那可是白来的钱，是多少人梦寐以求的美差。能看林场，说明金德没把王铁锤当外人。

王铁锤一回来，她就把这一特大喜讯告诉了他，没想到王铁锤根本就不领情，反而跺脚大骂：“羞死人啦。”

“谁羞死你了。”

“你老头儿的命就值个这?”

“你还要怎的?”

“杀人偿命，欠债还钱。”

“谁要你命了，不就是受点伤么，还没完没了。再说，咱小胳膊能拧得过大腿?你找那么多人，谁肯帮助咱啊……”老婆坐在炕上哭起来。

王铁锤本来想去外村碰碰运气，老伴这么一哭，他心里彻底凉透了，回想起这些天的遭遇，他深深体味到人情冷暖，世态炎凉。

金德的一箭双雕之计达到了预期效果，他就是要王铁锤的老婆拖住他的后腿，让他后院着火。

王铁锤心还没有死，整天在村里漫无目的地走着，小黑跟在后面，不离左右。村民见了，都讪笑着躲开了，偶尔想起被金德撞死的鸡鸭狗，心里五味杂陈。小黑远远见了金德，或嗅到他的气息，立刻竖起耳朵，闪电般地冲过来，仿佛金德抢走了它的骨头。金德火冒三丈，追着咒骂，小黑很灵巧，总能快速逃脱。金德气急败坏地大骂：畜生，畜生，我杀了你。尽管小黑总是逃遁，下次，见了金德依然不顾一切，抖擞精神冲过去。村民都说，金德前世肯定做过对不起小黑的事，小黑追到今世来讨。

一次，王铁锤来到集市，这天不是周六日，集市上空荡无人，一片寂静，地上遗落着一片片垃圾，诉说着集市上的繁华。王铁锤站在他摆摊的位置，他就是在这个地方被金德撞骨折的。如今，那里干干净净，什么也没留下。王铁锤眯缝着眼，打量曾经热闹的集市，心里阵阵伤痛，那么多的人，没有一个人肯作证，他实在心有不甘。

王铁锤回到家，找木板做了个牌子，不管开不开集，每天天一亮就到集市上，举着写有“寻找目击者”的启事，直到太阳落山才回家。他的旁边跟着小黑，如影相随。集市上这个雕像，格外显眼。人们纷纷打听，知道真相后，又像风一样，把真相吹遍四面八方。大家背后都咒骂金德不是人，骑车出门就被撞死。金德受不了了，他真想去央求王铁锤，别去举牌了，饶了我吧，不就是钱嘛，我认了。可他没有这个勇气。他也不敢去集市抛头露面，怕引起众怒。更让他冤魂缠腿的是，小黑见了他，总是扑过来。金德苦恼极了。

时间一长，人们都习以为常见怪不怪了，反而认为王铁锤精神不正常。金德长出一口气，他要气气王铁锤，他到处说：“王铁锤骨折了，日子过得恓惶，我想帮他，又怕有人说闲话，说我撞了他，才帮他。好人难做啊……”

王铁锤终于感到疲惫了，举牌找目击者也行不通了。他心如死灰，坐在地上，摸着小黑的背，突然，他发现一件奇怪的现象，小黑的眼睛竟然出现金德骑摩托车撞倒自己的一瞬间，金德模样异常清晰，他惊得大叫起来。他把小黑牵到别的地方，让它看水，看树，看墙……小黑眼珠上的影像不是水、树、墙……依旧是金德撞人的图像。他扑通跪倒磕头：老天爷呀，你终于开眼了，我有证据了。

小黑的眼睛出现金德撞人的影像消息，不胫而走，传得沸沸扬扬，而且越传越神，甚至被传为像放电影，如果仔细去听，还能听到金德说话……县、市、省的好奇者都赶过来探个究竟，人们都议论骑摩托车撞人的人是谁。搞得金德心惊肉跳，连门也不敢出，整天窝在家玩游戏、喝酒，喝多了就骂人。

这天，金德喝了酒，浑身燥热。他骑上摩托车出去兜风。在路上，他遇到小黑，醉眼蒙眬中，小黑变成了庞然大物，两只灯笼般的眼睛上，出现他的影像。金德如遇鬼魂，向一条荒废的山路疯狂逃窜，撞在一块山石上，车毁人伤，差点成了植物人。

小黑长大后，王铁锤早已恢复了，儿子也复员回来，在乡里任副乡长。金德早已不是村长啦，那场车祸让他变得老态龙钟，拄着拐伛偻得像只大虾。从不信佛的金德天天到山上的小庙去烧香，王铁锤的家门口是必经之路，每次往返时，小黑都冲他叫。

王铁锤拍着小黑的头说："你呀，心眼比我还小，都这么多年了，我都忘记了，你还记得。瞧你的眼上，还有那个图像哩。"

三上金鸡岭

石磨乡乡长贺忠一到单位，就通知民政科科长林强同他去蛇地沟慰问贫困户。

林强心里老大不高兴：蛇地沟是石磨乡最偏远的，要翻几座山，山路又陡又窄，基本上都是土路，布满密密麻麻的坑。那里经济落后，没什么资源。林强在石磨乡待了十几年，从没去过蛇地沟。新调任的乡长贺忠一上任，就要去蛇地沟，简直是自讨苦吃。更让他生气的是，贺忠还不让照相摄像，说那是作秀。

车像在波涛中行驶的小船，小心地绕开大大小小的坑，林强睃了一眼身材修长、器宇轩昂、透着少年老成刚毅的贺忠，被颠簸得快要吐了，暗自得意：该，让你逞能，让赵大海来乡里把慰问品拉走多省事啊。

林强咕哝着抱怨："这条路都能进博物馆了。"贺忠冷峻的脸始终板着，他在想如何尽快改变这里落后的面貌。让林强满意的是，蛇地沟村主任赵大海得到消息，早已通知贫困户在村委会集合，还拉起横幅。车一露面，赵大海带头热烈鼓掌。

贺忠眉头紧蹙，他最烦这些形式主义了。按照他的本意，把慰问品送到贫困户家中，嘘寒问暖，送去祝福帮助解决困难。都集中起来，像什么啊，节前慰问不单单是送慰问品呐。

赵大海向贺忠请示："让他们把东西搬走？"

贺忠打量着贫困户，都是老弱病残："用车帮他们送家里去。"林强嘴角一翘，笑嘻嘻地说："乡长，他们早就等不及了，你就是给他们一座金山，他们扛上就跑。"贫困户们纷纷说："我们能行。"

事已至此，贺忠只好同意。林强脱去外衣，麻利地把东西拎到地上，贫困户排队领取，赵大海在旁逐一介绍情况，贺忠和他们握手问候，送去祝福。

事情很快办完了，林强冻得瑟瑟发抖，突然发现地上还有一份，把火气撒向赵大海："怎么搞的，还有一户呢。"

贺忠也愣住了，是啊，上报乡里的是六户，拿走的是五份。赵大海顿时慌了手脚："不可能呀，怎么会少呢。"

林强穿上衣服，说起风凉话："给东西都不积极，是不是嫌少呀。"贺忠瞪了林强一眼，问赵大海："谁没来？咱们给送去。"林强插话说："乡长，金魁没来。"

"金魁？"贺忠想起报上来的名单没这个名字。

林强提高了语气强调说："他是低保户。"

在旁看热闹的贫困户咂舌轻呼，纷纷交头接耳，流露出不满。赵大海急了："林主任，给了金魁，万一没来领的来了，怎么办？"贺忠不以为然地说："他不来，怨谁！"贺忠问："谁没来？"

"赵满富。"

"赵满富？"林强跳起来喊，"怎么是他。"赵大海看了看乡长，壮着胆子说："林主任，赵满富贫困，在蛇地沟保证找不出第二个来。”

贺忠问：“赵满富呢？”

有个贫困户回答：“他等不及了，回去啦。”赵大海一跺脚：“这个赵满富，让我说你什么好啊。”

“咱们给他送去。”以往走访慰问，都是深入贫困户家里，坐在炕头，拉着老人的手，嘘寒问暖，这才是送温暖嘛。更让贺忠决定要到家里去，是因为他觉得这里面肯定有什么问题。赵大海生怕乡长反悔似的，抓起慰问品搬到车上，这才说：“赵满富在金鸡岭。”

金鸡岭离蛇地沟七里远，路倒不远，却是在半山腰上。十几年来，金鸡岭的人不断往下搬，三年前，只剩下赵满富还在山上。林强手指着赵大海，呛着火说：“你怎么搞的，这不是要人嘛。”

赵大海结结巴巴地说：“乡长，要不我给送去吧。”

贺忠说：“咱们一起去。”赵大海像做错事似的，低声说：“汽车只能开到老虎岩，老虎岩离金鸡岭还有二里多远。”贺忠说：“你平时怎么去？”

“开三轮车。”

“咱们坐三轮车去。”

赵大海吓了一跳，以为乡长开玩笑，哪儿能让乡长坐三轮车呢。再看贺忠严肃的表情，知道乡长是认真的，忙把三轮车开来。

山峰陡峭，碎石小路曲折逼仄，多年不走车，雨水把山路冲刷得面目全非。山风打在身上，针扎一样。林强阴沉着脸，心里烦透了。

金鸡岭蜷缩在山坳之中。赵满富家依然是土坯房，又矮又小，木栅门上挂着一把锁。赵大海心凉透了。

林强幸灾乐祸地说：“怎么样？呵呵，东西放在门口算了。”

贺忠没理会，隔着门缝往院里瞧，什么也没瞧见，见东墙边上有棵树。他爬上去，双手攀住墙头，向里张望，院落干净利落，寒气逼人。

林强背着手，脸拉得很长。赵大海以为贺忠要把东西从墙头顺到院里去，忙喊：“乡长，放在门口绝对丢不了，金鸡岭就赵满富一人。”

贺忠从树上跳下来，拍掉身上的土，忧心忡忡地说：“金鸡岭只他一人，这怎么行，得让他搬下来。”

赵大海大倒苦水：“老头儿很倔，我们劝了他好多次，有一回，趁他不在家，把东西搬下蛇地沟他儿子的家。他知道后，大发雷霆，又搬了回去。”

“他儿子呢？”

“死了。他儿子在外地工厂打工，出了事故，厂里给了十万块钱，都被媳妇卷跑了，家里的东西也都拉走了。”

贺忠心翻上翻下，很不是滋味，他想起上午还有个会，便把东西放回车上，对赵大海交代：“我过几天还来。你想方设法做通老人工作，让他搬下来，过个暖冬。”

贺忠刚上车，赵大海突然对远处一个拄拐的老头喊：“赵满富，赵满富……”

贺忠忙回头，看见一个老头朝这边望了一眼，然后一瘸一拐地拐进小胡同。贺忠满腹疑虑：他明明听到了啊……

一离开蛇地沟，林强把不满都发泄出来：“乡长，您都看见了，就不该慰问赵满富。他是乡里出名的上访户，蛮横不讲理。”

贺忠问：“他为什么上访？”

林强冷笑一声，说：“那年他申请低保户，他儿子儿媳都在工厂上班，乡里没批，他不符合条件，他就来乡里闹。”

“赵大海不是说他儿子死了，儿媳跑了么？”

“那是后来的事了。”

“他现在是低保户吗？”

“不是。”

“为什么？”

“他没申请啊。”

贺忠正要发火，转念想到自己刚来，情况不太了解，于是把火气压下了。

经过调查和走访，贺忠对赵满富有个全面的了解，给他办了低保。这天，贺忠独自来到蛇地沟，质问赵大海：“赵满富这么困难，你怎么不替他申报低保？”赵大海委屈地说：“他儿子死后，我年年上报，林主任说名额有限……”

低保哪有名额限制啊。贺忠不由怒火冲天，又问赵满富是否下山了。赵大海一咧嘴，像吃了苦瓜：“乡长啊，我嘴唇都磨破了，他就是不搬。他说就是死也死在山上。”

贺忠也为难了，看来问题很棘手，他决定上山去请。

俩人到了金鸡岭，赵满富家的院门开着，赵大海兴冲冲地喊：“二叔，二叔——”

赵满富穿着破大衣，戴着老羊皮帽子，拄着一根拐棍，颤巍巍来到门口。赵大海热情地介绍：“乡长，这是赵满富。二叔，乡长看望您来啦。”

贺忠几步上前，伸出大手，紧紧抓住赵满富的手。赵满富冷若冰霜，身子一动不动，倏然，老人用力抖开贺忠的手，转身进了屋。

赵大海急了：“二叔，你这是干吗，乡长给你送慰问品，低保也给你办了，你这是什么态度。”

贺忠稳了稳心神，掏出低保单，和蔼地说：“老人家，山上太冷，还是搬下去吧。”

赵满富看也不看，噘着嘴，拄着拐棍进了屋。

赵大海一个劲解释：“乡长，您别见怪，山里人见识少……”赵满富举起拐棍发狠地敲打炕沿，怒声吼：“你才见识少……”

贺忠没想到事情会这样糟，每年慰问，都很高兴。可这次，唉。他无奈地挥挥手，垂头丧气地走向三轮车。

回来的路上，冷风一吹，贺忠冷静了下来。到了蛇地沟，贺忠和气地问：“赵满富是怎么了?”赵大海含糊地说：“山里人，脾气倔……”

“这里面肯定有什么文章?”

赵大海笑笑，笑得比哭还难看：“嘿嘿，一个山里人，能有什么文章?”

贺忠严肃地说：“老赵，你是老党员，要说实话。”

“赵满富的儿子有些窝囊，儿媳非常刁蛮，对老人也不孝顺。那年，赵满富生了病，儿媳把着钱，不给老人看病。赵满富申请低保，又不符合条件。后来，他听说金魁吃低保，就到乡里去上访……

贺忠记起林强提到这个人，好奇地问：“金魁是什么人?”

“金魁是县里一个副部长的老丈人。常年不在村里，跟着女儿住在县城。这也不怪林主任，基层工作不好做，要和方方面面搞好关系……”

“乱弹琴，低保是贫困群体的生命线，为了讨好部长，把低保搞成了关系保人情保，还要送贫困慰问品，简直是天大的笑话。石磨乡这种现象肯定还有吧。”

“林强的父母也吃低保。”

贺忠震惊了：“什么，难怪百姓要上访，难怪咱们给百姓送慰问品，百姓都不理睬，还给咱们甩脸子。赵满富这种心死的冷漠，对党对政府的不信任，这比上访还要可怕呀。”

经过清理，石磨乡把不符合低保的都取消了，把百姓意见很大的民政科科长林强撤了职。

年底二十八这天，下了一天的雪，下班后，贺忠打扫车上的积雪时，看到后备厢里的慰问品，心生惭愧，决定上金鸡岭去。

没多远，夜晚降临了。凛冽的风从树梢吹过，呜呜作响。贺忠却感到浑身热血沸腾。

贺忠顶风冒雪出现在赵大海的面前，赵大海吓了一跳，当他得知要去金鸡岭时，头摇成了拨浪鼓：“山上的路太难行了，等天亮雪停再去。”贺忠说：“有车灯怕什么，看一眼我心里早踏实。”

赵大海苦笑着说：“我无能啊，如果我能让他搬下来，何苦劳乡长三番五次上金鸡岭啊。”贺忠自我检讨说：“责任不在你，是乡里的工作没做好，如今乡里清理了低保，赵满富该下山了吧。”赵大海激动地说：“肯定能下山，他赵满富就是块石头，也被乡长焐热了。”

贺忠半开玩笑半认真地说：“他再不下山，我就在山上陪他过年啦。”

寂静的金鸡岭山路上，发出突突的声响，让整个山岭都为之一颤。两道光线在黑夜里蜿蜒而行，像两条暖流在寒冷中涌起。

此时的赵满富，因前天受了风寒，身子发沉，躺在炕上冻得发抖。他心里早就自责起来，不该对乡长那种态度，伤了乡长的心。

突然，门被撞开了，赵大海裹着风雪踉跄着冲进来，带着哭腔喊：“都是你，害得乡长又上山看你。车在老虎岩翻了，乡长腿摔伤了……”

赵满富抓起拐杖，敲打着说：“你不去救人，来我这儿干什么呀。”

“乡长不放心你，让我来看看。”赵大海眼圈发红，“他都这样了，心里还想着百姓，你怎么就不为乡长想想啊。”话音未落，又跌跌撞撞往山下跑去。

“等等，我也去。”赵满富挣扎着要站起来，腿软得没一点气力，眼泪扑簌簌往下掉，是那么的热，又是那么的痛……

桑

上小学的儿子作文不太好，总是干巴巴的，没一点灵气。陈志捏着儿子的作文本，心也跟着拧巴：儿子的观察力哪儿去了。看来应让儿子学会观察，最好找个变化悬殊的动物，比如青蛙、蝴蝶之类。青蛙幼时是个长尾巴、大脑袋黑乎乎的小蝌蚪，长大后，变成丑陋不堪的绿色青蛙。蝴蝶小时是个让人作呕的毛毛虫，后来变成了美丽的花蝴蝶。

总不能在家里养蝌蚪、毛毛虫吧。

同事刘莉莉郑重其事地说养蚕，小嘴机关枪似的介绍养蚕好处：养蚕好啊，蚕不只简单好活。不用洗不用刷，不用换水不用遛，也不用花钱买猫粮狗粮鸟笼子，放一点桑叶，什么都解决了。蚕还会变，经过四个阶段，泾渭分明，卵、蚕、蛹、蛾，还有什么比养蚕更适合孩子观察的？

当天下午，刘莉莉就带来一个酸奶纸盒。陈志却犹豫了，妻子当家，这么大的事，妻子不点头，恐怕不好办。人犹豫，手却打开纸盒，里面缠着几十条蚁蚕。

刘莉莉把纸盒放下，像卸下千斤重担。陈志为难了，儿子是不必说的，养老虎河马他都高兴，但妻子这一关，难啊。他又不是没吃过先斩后奏的苦头。按理也不会反对吧，蚕不会像狗那样在屋里跑来跑去，弄得满屋都是狗毛，不用办养蚕证，打预防针，更不会担心咬伤别人，得什么病，它们那么小，还不占什么空间，还有比蚕更廉价省事的吗？他实在找不出妻子拒绝的理由。

陈志做贼一样闪进儿子的书房，与儿子形成统一战线，一致对外，当然还要征求妻子的意见。儿子明白老爸的用心良苦，扬起头略带怒其不争的语气，将了一军：老爸，你就不能男子汉一回？

陈志受到鼓励，说什么都多余，拍拍儿子的头，决心无论如何也要说服妻子。陈志很少进厨房，每次都是妻子做好了饭，摆上碗筷喊他，他才慢条斯理地走进厨房，吃完饭，放下筷子一抹嘴，抬屁股就走。最初，陈志见妻子做饭辛苦，也想伸手帮忙，妻子总把他推出来：厨房是你们男人进的？陈志振振有词：厨房大师傅可都是男的。妻子可不管，就是不准他上厨房。

妻子系着围裙，有韵律地举手投足，扭动纤细腰肢。女人真了不起，如此小的空间，也能舞弄得活力四射，青春洋溢。陈志从没见妻子跳过舞，眯缝着眼看得入了迷，搜肠刮肚也没想出赞扬的词语，妻子似被发现了秘密，不跳了。

陈志想帮厨，却不知干点什么，就像民乐团，突然放了一件西洋乐，偏偏还想弄出声音来：儿子作文不好，我觉得主要是观察欠缺，我想给他养两条蚕。

蚕？妻子似乎对蚕很敏感，切菜的动作也慢了下来。

养蚕还跟我商量，要养就多养，养两条，万一都是公的，怎么繁殖！你当养猫养狗呢……

当！妻子用刀使劲剁了一下案板。

本以为磨破嘴皮，妻子也不会同意，没想到妻子居然如此开明。陈志没反应过来，笑着出了厨房。妻子更生气了，这么说他，他居然还能乐出来，无药可救了！

陈志托着酸奶盒子返回厨房，让妻子看。妻子气得鼓鼓的，一个破酸奶盒子，没鼻子没眼又不会笑，有什么好看的。陈志眼神充满了诱惑，怂恿说：看嘛？打开看看。妻子气不过：真麻烦，能有什么好东西，还挺神秘。陈志在旁嘿嘿乐，妻子摸不清陈志什么意思，小心打开，突然，欢笑起来：蚕——这么多，哪儿来的，你净骗人，刚才还说要养两条呢，你看，这小家伙吃得真欢实。蚕听了妻子的表扬，根本就没往心里去，只顾低头专心致志地啃着桑叶，似乎在说：我才不听这一套呢，我填饱肚子再说。

儿子乐颠乐颠地跑到厨房，陈志来了神：儿子，背一首蚕诗。儿子张口就来：春蚕到死丝方尽，蜡炬成灰泪始干。陈志点头：行，好好观察蚕，回头写篇作文。儿子心领神会，非常痛快答应了。

陈志很得意：怎么样？养蚕没坏处吧，儿子爱写作文了。妻子捧着蚕盒悠悠地说：听说蚕浑身都是宝。养吧，这些有三十条吧，雌雄对半分，平均产二百条小蚕，三十条就是三千条，后年就是三十万条，哇，不出三年，我保准给你们一人做一个蚕沙枕头，一条蚕丝被，一瓶眼药水。蚕尿能清火明目，比眼药水要好使。听她的口气，好似她害过眼病用蚕尿眼药水治愈。陈志倒吸了一口凉气，这计划太伟大了，妻子的规划严重偏离了原来的设想：养蚕只是为了培养儿子的观察能力，又不是为养蚕而养蚕，搞蚕丝被，蚕沙枕头。他眨着眼，似乎眼睛抹了蚕尿。

陈志明白气可鼓不可泄的道理：好，做吧。妻子把奶盒推给他：你也这么想，先给蚕摘桑叶去。

陈志愣住了：哪儿有桑树啊。妻子说：三中的路边。陈志更迷惑了，天天上下班从三中路过，怎没见到有桑树，妻子是怎么知道的。他调集所有的脑细胞，把这段不到五百米的路段一段一段地搜索，也没想出来。妻子说：亏你还戴着眼镜，连那么一大棵桑树都看不见。咦，你别不认识桑树吧？

陈志笑着说：我也是农村出身，能不认识桑树？小时候，我家房后就有一棵。妻子指点迷津：就在三中十字路口，要不你做饭，我去。妻子的语气明显怀疑他的能力，让他做饭，笑话，哪儿有她做的香？陈志马上无条件选择摘桑叶。真不相信在他的眼皮底下居然有棵鲜活的桑树。

陈志骑上自行车兴冲冲出了小区，沿着公路骑了下去。小区门是冲西开的，往北通往三中，西边是建筑公司几年前圈占的一大片空地，一直没有动工，捂着等地价上扬，四周围着冷冰冰的铁栅栏，里面土地荒芜，树木成林，乱草杂生，是否有桑树，不得而知。即使有，公司大门常年紧闭，有个怪老头看门，从不让外人进。人都进不去，妻子也自然看不到的。路边虽然种着树，但都是柳树，他每天散步，从没发现有桑树。转过弯，公路尽头便是三中，路的两旁都是红砖墙，除了几棵柳树外，连草都少见。走到十字路口，陈志迷失了，不知该往哪个方向。按妻子所说，桑树就在附近，可树在哪儿呢。听妻子的语气，桑树应该很大，难道长腿跑了。路的西边不远处是一条河流，漂浮着水葫芦，看不出水是否在流动。一到夏天，水葫芦肆虐繁殖，蚊蝇滋生，臭味熏天，鱼虾绝迹，桑树总不会生长在水里吧。莫非是妻子认错了，把别的树当成桑树，害得他白跑一趟。

他信步到河边，到河边要下一个很陡峭的斜坡，没走几步，突然像发现了新大陆。紧靠斜坡底部生长了一棵桑树。他哑然失笑，嘴巴都快掉了，这就是妻子所说的大桑树，树干还没拳头粗，站在斜坡上，够不到叶子。他觉得站在下面或许能够到。可越往下走，树却往上蹿，斜坡太陡，鞋子都扭曲了，不得站，到了下面，桑树高高在上。爬树？桑树奇形怪状，枝枝叶叶，没法爬。一想到那么多的蚕张着嘴等着他采桑叶，也顾不得了。他正考虑从哪儿爬上去，一抬头，又泄了气，稀稀疏疏的桑叶打着卷，爬满了密密麻麻瘆人的白粉虱，还摘不摘？蚕吃了会不会得病，采回去，会不会满屋都是白粉虱。陈志拿不定主意，在附近转遍了，确信只有这一棵，只好选摘了十几片桑叶，白粉虱像蜘蛛丝粘在衣服上。

明天怎么办？陈志遇到了新课题。

妻子脑瓜灵活：明天问你同事在哪儿摘的。

对呀，同事既然能养蚕，肯定有桑叶。第二天，见到刘莉莉，刘莉莉说在青龙镇三岔口，有一大片桑树林。陈志刚升起的希望又破灭了。青龙镇离县城四十里，他家没有汽车，骑车去想都不要想。

尽管没有桑叶，妻子还沉浸在蚕丝被、蚕沙枕头的幻想中，但她也知道没桑叶，就没有一切。她一改往日去广场跳舞的习惯，拉着陈志去找桑树。

出了小区，往哪个方向走，陈志夫妇发生了矛盾。陈志主张往南走，理由又简单又充分：他们散步经常往北去，北面没有桑树，只有往南喽！妻子却截然相反，认为往北走，既然北面没有，难道南面就有桑树？陈志强词夺理：没听过采桑城南隅吗？妻子说：书呆子，北面至少还有一棵生虫的。

于是，他们沿建筑工地的一侧往北去。许久没一起出去散步了，为找桑叶，两人手牵手，遵彼微行，爰求柔桑。妻子柔声说：咱们可许久没牵手散步了。陈志没说话，只是把妻子的手握得更紧了。柳树和铁栅栏之间种着侧柏，地面上挤满了绿意盎然的野草，郁郁葱葱。陈志的心比杂草还乱，抱怨妻子脾气拧，明知北面没有桑树，偏向北行，难道还去摘那棵生虫的桑叶？妻子见了白粉虱，不跑掉才怪，还敢采摘？他对妻子的抱怨只能在肚子里翻腾，对蚕可就没那么客气，大肆指责：蚕有什么了不起，不就是毛毛虫吗？还挺娇气，这么多叶子不吃，偏吃桑叶。你又不是国宝熊猫，你看毛驴，什么都吃。

妻子突然甩开他的手：你去养驴吧。驴会吐丝吗？驴毛被你盖吗！驴屎枕头你枕吗！

陈志噎得说不出话，仿佛眼前全是驴粪，嘴巴闭了一会儿，又开始念叨：咱们还是往南去吧。这里除了草就是草，要有桑树，你摘多少我吃多少。

妻子找得更仔细了，似乎弄丢了珍贵首饰。陈志彻底没了信心，信心丧失了，压力没了，心情反倒轻松悠闲了，干脆放弃了找桑叶，变成了监工，等着看妻子的难堪！

快看——

妻子突然大呼小叫起来，陈志一惊，急忙跑过去看个究竟。原来是棵桑树，这棵桑树生长在工地院里，仿佛害羞似的，紧贴着墙根，生怕被人看到，从栅栏伸出几枝桑枝，犹抱琵琶半遮面，用侧柏遮挡着，伸着娇嫩的叶子，仿佛举着一双双稚嫩的小手。妻子小心地摘下一片叶子，让陈志吃。陈志紧闭嘴巴：我吃糟践了，我又不吐丝。妻子说：你吐象牙。陈志爆笑：那得多大的嘴……陈志倏然意识到自己上当了：好啊，你拐弯骂我。妻子忙说：你吃，我还舍不得呢！

妻子小心翼翼地掐断一片叶子，桑叶柄上溢出乳汁。你说，它会不会疼？这让陈志很难回答，应该会吧。植物也有情感，也怕痛，尤其他这么小，这么娇嫩。不像是秋天时叶子自然飘落，就像人掉头发，即便是一把一把地脱，也不会觉得痛，如果一根一根地硬拔，谁也受不了。明明是揪、掐、撸、扯……人却偏偏文明替代野蛮说采说摘，就像摘葡萄、苹果、梨这么轻松，以为桑叶不摘，过几天就会腐烂掉下来。

妻子采桑叶，很文雅，像绣花，这枝摘几片，那枝采几片，似在给桑树间苗。在她看来，这哪是桑叶，分明就是一块块蚕丝。

儿子下学回到家，神秘地说：你们猜，我书包里是什么？难道儿子得奖状了。陈志夫妇喜眉笑眼的。儿子拿出一个盒子，神气地说：蚕，同学给的。

陈志“嗡”的一声，头大了，这真要命啊。妻子却不知愁滋味，认为蚕越多越好，她的计划就能尽早实现，她真把自己当成多多益善的韩信了。

儿子是学校乐团成员，每周六下午都到学校合练。这天，沙尘暴天气，又刮着四级风。陈志把儿子送到学校，没地方去了。如何打发这漫长而煎熬的三个小时，的确很头疼。忽然，他想到了青龙镇三岔口桑树林，何不骑车去采桑叶。他盘算了时间，来回用两个小时，采摘一个小时，时间足够。他忙掉转方向，赶奔青龙镇。他怕误了接儿子，骑得很快，沙尘悬浮空中，一个劲儿往鼻子、眼睛、耳朵、头发里钻。风也怪，往哪儿边骑都逆风。

听桑树林这个名字，似乎是很大一片，像林海，一眼望不见头，哪知只是十几棵桑树。

陈志浑身燥热，支好车，就去摘桑叶。这时，才想起来得太匆忙，没有带袋子，只好往衣袋里装，四个衣袋里塞得满满的，又火急火燎地往回赶。到了县城，咽喉火炭般难受，眼睛干涩。路过一家水果摊，卖水果的是个年轻妇女，旁边有个四岁左右的小女孩，小嘴叽叽喳喳正和妈妈斗嘴，把妈妈说得哑口无言，突然见了灰头土脑的陈志，吓得嘴巴紧闭，一个劲往妈妈身后躲。陈志咧嘴露出一排小白牙，小女孩以为他要吃人，打了个寒战。陈志忙买了一袋梨，到了学校直奔水房，先漱了漱口，又洗了洗脸、脖子，然后用手当梳子，理顺了立起的头发，最后一口气吃了三个大梨。回到家一连喝了三大杯茶水。梨性寒，茶水是温的，虽说两者都生津止渴，但一冷一热经过半夜发酵交替刺激胃肠道，坏了，肚子胀得叽里咕噜响个不停，去了厕所五六趟。第二天，身子发沉，脑门发紧。上医院开了药，又在脑门上拔了三个火罐。过了一星期，摘的桑叶吃完了，陈志身体还没康复，一声叹息：唉，要是我有汽车，该多好啊。

陈志脑门顶着三个紫包，在单位晃来晃去，似三盏矿灯，晃得刘莉莉眼晕，第二天给了陈志一塑料袋桑叶。陈志开始有些不好意思，哪有授人以鱼，又授人以渔的。回家打开袋子，陈志和妻子都惊呆了，里面塞得满满当当，连枝带叶，有的连着树皮，简直把桑树当成香椿树掰了。他们决定不能再要刘莉莉摘的桑叶了——太野蛮，太残忍了！陈志暗自将刘莉莉和妻子做一比较，刘莉莉虽然年轻，但远没有妻子文静。妻子采桑叶都是一片一片的，展平得像夹在书本里的糖纸。

陈志拧劲儿上来了，“山有灵芝海有珠，土有太岁地有桑”。桑树有5000多年的历史了。维桑与梓，必恭敬止。可见古代桑树遍地都是，不然怎么会用桑梓比喻故乡呢？难道在这座县城就找不到桑树？陈志像得了魔怔，上下班专选没走过的路，希望能遇到桑树。

几天下来，陈志一无所获，难道找棵桑树比发现一个物种还难吗？儿子不以为然，说在小区就有。很快，儿子摘回许多叶子，哪儿是桑叶啊，是破坏草，学名叫紫茎泽兰，听这名字，就不是好东西。桑树浑身都是宝，用桑叶喂蚕，蚕才能吐丝。桑叶又叫“神仙草”，制成桑叶茶，日本人称桑叶茶为长寿茶。桑木古代用来做弓、农具、家具、乐器；当年岳飞所用的“射三百步，透重札”神臂弓，就是用山桑制成。桑皮还能造纸，桑皮纸就是用桑树皮做的。桑树的叶、果、根、皮都可入药，桑果能吃，可以酿酒，叫桑子酒。怎么就找不到桑树了呢？破坏草又是哪来的呢？陈志想不通。

别看蚕不起眼，却是十足的吃货，个个跟比赛似的，难怪有鲸吞蚕食一说。为找桑叶，陈志似丢了魂。儿子也大发宏愿：等我长大了，把柳树都换了，换成桑树。陈志一惊，儿子志气不小，若出生在古代，一定“以桑弧蓬矢六，射天地四方”。

那棵生虫的桑树，能够得着的桑叶都被摘光，而中间的叶子像烤焦一样打着枯黄的卷，附着黏糊糊网丝，瘆人的惨白，仿佛病入膏肓。树冠的叶子风光无限，因为阳光充裕，没有受到白粉虱的入侵，桑枝亭亭玉立，桑叶随风摇动着，哗哗地响，似乎在格格地笑：我已经长大了，上来摘我呀。

陈志打它的主意好几天了，却束手无策。这天，陈志远远望见打药车缓缓驶来，车上攀着个全副武装的人，抱着喷头，喷出弧形药水，陈志顿时有了主意，给桑树打药，让桑树重焕青春活力。救人一命胜造七级浮屠，救桑树不知算几级浮屠。陈志不为造浮屠，只为救桑树。他用衣袖捂着嘴，迎了上去。司机以为遇到什么情况，探出头莫名其妙地看着他，似乎观察他是不是神经病患者。举喷头的则一脸迷惑，竟然忘了关喷头。陈志一阵紧张，生怕他分心，将自己当作害虫。

陈志喊：那边有棵树生虫了。举喷头的人晃动着喷头，意思很明显，你傻呀，没见我正打药。陈志指着河边说：那边有棵桑树生虫了。司机盯着他看了好一会儿，觉得他不似精神失常，翻着白眼，爱答不理地说：我们只管路两边的树……

陈志说：桑树就在路边啊。举喷头的说：我们一会儿就去。陈志当真了：距离有点远，车得开到河边。司机确信这家伙不正常，存心是让我往河里开：快让开。陈志有些不甘心，傻乎乎地问：你们有喷壶吗？

快让开。

司机认定他是个精神病患者，越理他越缠人，索性不理他。

快让开。举喷头的喊。

我去找个喷壶。

陈志跑了没几步，又站住了，上哪儿去找喷壶呀，而打药车已开走了。

浓烈的农药气息扑过来，弄得陈志满头满脸，脖子似被人掐住，呼吸不畅，脸色惨白，没有人色。妻子说：你傻呀还是缺心眼，农药这么浓，你真不要命了。陈志唏嘘不已：那棵桑树命赖，在哪儿不好，偏偏远离公路。

陈志有个同学在园林，他跑去借来喷雾器，就是赵本山在小品《红高粱模特队》里说的背在后背的那种。陈志虽说是农民世家，但背喷雾器打农药，还是头一回。别看赵本山总结得那么容易，可实际操作就不那么简单。

喷雾器终于背上了，不知是喷雾器坏了，还是他不会使，漏了陈志一后背。妻子又疼又气，老家有个妇女打农药，淋了一身，灼伤了皮肤，最后植皮才捡回一条命。

陈志吓坏了，赶紧换衣服，狠狠洗了一回澡，几乎都快把皮肤搓破了，俨然成了红萝卜。

陈志在付出一番代价后，看着桑叶一天天好转，抑制不住内心欢喜。明天预报有雨，后天就能采摘了。陈志下班路上打好了如意算盘，当他去看那棵桑树时，却发现有个光头男人举着树铲在铲树枝。

陈志心一哆嗦：你铲树做什么？胖子没好气地说：喂蚕。

你这是竭泽而渔啊。

什么意思？不明白。

陈志无法解释，改口说：这树打药了。

打药？打药了还生虫子。

刚打没几天。

胖子根本就不信，像《熊出没》里的光头强又倔强又愚蠢。

真打药了，我打的。

你是干什么的？“光头强”的语气像盘问犯罪嫌疑犯。

我家也养蚕，没桑叶了，见这棵桑树生了虫……“光头强”举着他的树铲一下一下地铲，陈志的话让他心烦意乱。

真的，我不骗你，我真打药了。别采回去，把蚕都药死了……

不让我采，你好采，是吧。

不是，你听我解释。

我不听——

你不听，我也要说……

滚——“光头强”恶狠狠地向一叉树枝铲去，由于用力过猛，身子前倾，他慌忙站稳身子，桑树枝像标枪一样，直着戳在他的肩膀上。

“光头强”报复式地铲树枝。

不知陈志真的是被农药烧坏了，还是为找桑树精神有些失常。没事时，就隔着铁栅栏往里看，总觉得里面的树像桑树，但距离有些远，看不清楚。说也怪，越看不清楚，越想看清楚，越肯定，心里越放不下，牵肠挂肚的。他围着铁栅栏转，发现有一处少了两根，他能钻进去，但他不想钻，要进就光明正大地从大门进。听说看门的是个脾气怪异的老头。据说有一次，有个孩子的风筝落在院里，想进去捡风筝，老头死活不让。陈志觉得自己有十足的把握，不就是进去找桑树吗？妻子不让他去，说老头人不好，她亲眼看见过老头和别人吵架，骂得可阴损了。你笨嘴笨舌的，非吃大亏。儿子跑来要跟着陈志去，说要帮着他打架。打虎亲兄弟，上阵父子兵。陈志觉得儿子长大了：放心，我是采桑叶，又不是去打架。让进我就进，不让进我转身就走。为采桑叶，争吵不值得。

妻子说：吵架事小吗，争个桑叶还发生过战争呢。儿子不明白怎么回事，缠着要听。妻子给陈志下死命令：宁可不养蚕，也不许你去，你就在家给儿子讲故事。陈志没辙了只好乖乖在家给儿子讲故事：这事发生在春秋末年，吴国和楚国这两个大国爆发了一次大规模战争，说起这场战争的起因非常简单。吴国边境上有一个小镇叫卑梁，这个小镇和楚国的边境小镇钟离挨着。两个小镇的小孩子经常一块玩。有一天，吴国的一个小孩和楚国的小孩因为采摘桑叶发生争吵，这本来是小孩之间的小吵小闹，两家大人听说后随即赶到，相互指责对方，继而大打出手，结果钟离的人打死了卑梁的人。卑梁的百姓很气愤，守城的长官带兵扫荡了钟离。楚平王接到报告后，立即调拨军队攻占了卑梁。吴王不甘示弱，派兵攻打楚国，直逼楚国的腹地，楚国害怕，急忙撤军。

故事讲完了，儿子满意了，陈志却纠结了，到底进不进园子？如果不去，里面到底有没有桑树呢？他翻来覆去想好的一番说辞岂不白费了？陈志望着那棵只剩下最顶端的桑叶发愣时，突然响了一个炸弹：鬼鬼祟祟，又打什么坏主意。

陈志吓了一跳，只见一个子矮小、其貌不扬的老头不知从哪儿钻出来，下巴下面仿佛长着肿瘤，形成一个漏斗，像个大嘴怪。难道他就是传说中蛮横不讲理的看门老头。听他口气，好似陈志干过什么坏事。

陈志想好的说辞全都忘了：桑……

丧，什么丧，真他妈的丧气！

是桑树，我看桑树……

没有，走，赶紧走。

我觉得那棵是桑树。

你能听懂人话吗？我说没有就没有。

我摘桑叶……

那棵桑叶是你摘的吧？

养蚕……

谁让你摘的，经我同意了吗？要是高压线，你也动。

不就是棵桑树吗？

少废话，里面很多桑树，回头我把它们都砍了。

你怎么能砍呢。

你管呢，我院里的树，我想砍就砍，谁也管不着，我还想砍人呢！

老头大喊大叫，不时挥舞拳头，若不是有栅栏挡着，真会跳出来打人。

大嘴怪整个一牲口。陈志听明白了，院里有桑树，大门不让进，只有从断栅栏处钻进去，可旁边站着个年轻漂亮姑娘，长发披肩，无限柔情，大概是在等人约会。陈志突然想到桑间濮上，古代人约会真有情调，陈志心里默念一首古诗：将仲子兮，无逾我墙，无折我树桑……

陈志想等姑娘走了再钻。现在是信息时代，手机随时都能联系，而且现在的人自尊心强，耐心却下降。陈志以为用不了两分钟就能把姑娘熬走。女人嘛，脸皮薄，哪知姑娘好像故意与他作对，或是老头雇来看守铁栅栏的。这么一想，原来小资情调的想法被冲淡了。一个危险的问题突然冒出来，这离小区这么近，万一遇到熟人，添油加醋告诉妻子，就大事不妙了。陈志心一乱，开始烦躁，无心耗下去了。这时，一只流浪狗从破洞跳出来，然后，转身抬起后腿，在墙底不知羞耻地撒了一泡尿，然后乐颠乐颠走了。狗每天跳来跳去，轻车熟路，不知撒了多少回，把这里当成路标了。陈志正犹豫要不要钻时，姑娘却转身走了。

钻要低头，难免闻到狗尿。陈志不想钻了，又一想，韩信曾钻无赖裆，自己又算什么呢。陈志瞬间就找到了平衡，捏着鼻子兔子般从狗经常钻来钻去的空隙钻进去，里面树木绿叶婆娑，地面上依然是冬天的迹象，遍地是干枯的蒿草、带刺苍、蒺藜、葎草、苍洱草。他不顾一切，满心欢喜向心仪已久的树奔去，心想一定要满载而归，这次，他可是有备而来，带了两个塑料袋子。等他到了树前，才看清不是桑树。他正要继续寻找，突然，脚下一条褐色的小蛇爬来，对这位陌生入侵者晃着头，似在示威：这是我的领地。陈志最怕蛇，吓得魂飞天外，急忙逃了出来。

气温陡升，满世界柳絮飘飘，春天本是个多情烂漫的季节，现在被雾霾和柳絮搅得一团糟。柳絮长着白色茸毛，像蒲公英的种子，满天飞舞，落在地上，也不随遇而安，调皮地四下翻滚。地上聚集着一层厚厚的白色“棉花糖”。惹来淘气的孩子用火烧，柳絮立刻化为一团火焰，跳跃的火苗嗖嗖蹿动，像条贪吃的火蛇。

不知谁点燃了柳絮，火蛇钻进侧柏，把里面的枯枝燃烧了，侧柏、桑树都未能幸免。用不了多久，死去的侧柏会被运走，然后补种上新的，很快，这里又会恢复勃勃生机，年复一年，柳絮飞不尽，侧柏烧又种。但那棵桑树只能凤凰涅槃，在烈火中重生。

陈志为找桑叶愁坏了，当年找老婆也没这么愁过。他坚信这座县城还有桑树，只是他没有发现罢了。他猛然想到网络，对呀，何不发动群众力量。陈志在县城信息网发了寻找桑树的帖子，没想到帖子还很火，回帖的五花八门，更多的是要把蚕送给陈志，让他一起养。最后帖子被县报记者发现，写了一篇《小学生热衷养蚕，寻桑叶愁坏家长》新闻报道，几天后，县报记者在帖子下留言，让陈志到县报领五十元线索费。

这叫什么事。

稿费？陈志如梦方醒。自己养蚕原本是为让儿子学会观察，提高作文写作，现在被桑叶搞得晕头转向，彻底改变了初衷。养蚕不能白养，得让儿子有所收获。陈志回到家还没喘口气，妻子却捧出一沓桑叶向他显摆。陈志喜出望外：哪儿来的？妻子美滋滋地说：在咱们小区，从咱家窗户就能看到。陈志来到窗前，顺着妻子指的方向望去，果真在楼旁看到一簇绿。

这棵桑树太小了，像一棵含羞草，委屈地从楼的旁侧硬生生地挤出来。仿佛盖楼人特别恨桑树，竟然用整座大楼压住，但它还是倔强地探出头来，将憋屈化为烂漫的绿叶，迎风招展。

儿子又惊喜又心盛，说这棵桑树归他采摘。没人教儿子采摘，儿子采摘桑叶的样子和妻子一般无二，只是采摘时更专注更投入。

儿子正采摘桑叶，过来一个比他大的男孩子，说这是他家的树，不能采摘。儿子说：你家在四门，怎么会是你家的。男孩狡辩说：甭管我住几门，这就是我家的。你要给我几条蚕，我就让你摘。儿子问：几条？男孩想了想，伸出一巴掌：五条。儿子说：我给你十条。

陈志不想看到儿子无故上当受骗，说：儿子，你知道这棵树并不属于他。儿子说：我知道，我觉得用蚕交个朋友，值。儿子回来时手里拿着一只龟，说是那个男孩给的，叫巴西龟。

用十条蚕换来一个好朋友，儿子了不起，比那些吴王楚王强多了。

第二天，儿子脸憋得通红，似受了什么委屈，一副要哭的样子。爸，那棵桑树被剪断了。

别哭，慢慢说。谁剪的？为什么要剪？

是个阿姨。我看她剪断了，说了一句，桑根会不会发芽。阿姨说为防发芽，要用水泥封上。爸，你给我讲过伯仁之死的故事，你说，桑树是不是我害死的。

你没有伤害它……

可我提醒了她。

陈志想了想说：她不是没有封上吗。咱们盯着她，她封，咱们就给扒开。

陈志庆幸窗户正对着那个楼侧墙底，而对面的楼房侧面恰恰没有窗户，具有隐蔽性。可是这个阿姨长什么模样，是胖是瘦，是高是矮，是靠墙皮一门一楼的，还是因为忌讳桑同“丧”音？出发点不同，直接影响行动。更不确定的是，不知她什么时候采取行动，她也未必真去封，或许只是说说罢了。

陈志话一出口，就有些后悔了。她想封就封，自己要上班，要睡觉，总不能天天盯着她吧。儿子说是阿姨，她未必亲自去封，也许是她丈夫或是她的什么人，都不得而知。

陈志和妻子达成一致，每天早晚陈志利用散步时机去侦察，中午妻子去查看，一旦发现情况，寻机破坏。一连几天，桑树安然无恙，就在陈志认为她不过是随便一说，已经剪断了桑树，没必要赶尽杀绝，放松警惕时，她突然偷袭行动了，弄了一点水泥，灌进了桑树根的缝隙。女人不知是用什么工具，居然抹得溜光水滑。幸亏陈志发现及时，迅速用棍子将水泥豁开，然后回家找个塑料瓶，灌满水，将桑树的水泥碎块冲洗掉。桑树因祸得福，不仅重见天日，还喝足了水。

那个女人大概做梦都没有想到，在她眼皮底下居然出现这种事。她认定是四门那个顽皮的男孩干的。于是，她马上又找来水泥封上，这一幕正被妻子发现，女人前脚转身刚进家门，妻子后脚就马上出击给扒拉开。

女人更认定是男孩所为，站在楼前嘟嘟囔囔地骂男孩是小杂种，还要剁他的手。

妻子心软了，觉得男孩无辜受冤，说算了吧，别因咱让人家不和。陈志经过一番折腾，原先时的心盛已经褪去，何况他还有许多事要做，虽说与天斗、与地斗、与人斗，其乐无穷，但乐的背后如果有人蒙冤受屈，就乐不出来了。何况这棵桑树长得不是地方，谁能容忍房子旁种树呀。而且在十里外桥北河滩又找到几棵桑树，但每次去摘时，必须蹚过一片绿油油密聚成丛的大米草，它们疯了似的扩张，似乎想把大地变成了草原。

但要彻底放弃，陈志有些不甘。妻子决定亲自出马。第二天，妻子在窗户侦察到那个女人出动了，拉着陈志大模大样走上去。陈志以前没见过女人的庐山真面目，也怕见面，也不想见面。现在不同了，见面只是心一颤，就像一道波纹一漾而逝。

女人正用陈志扒开的泥土重新封桑树，仿佛在缝补一条心爱的裤子，旁边还准备了碎玻璃碴。女人头也不抬，恨恨地说：我刚封上，就被四门的小兔崽子扒开了，我塞上玻璃碴，扎烂他的爪子。

陈志心一痛，眼前仿佛晃着一双血淋淋的手。看来这事非常棘手，还是走为妙。陈志使眼色，妻子装作没看见：那个孩子我看见了，好像是后排的一个孩子干的。

不管是谁，下次让我逮住，剁手！

妻子慢悠悠地说：你别弄了，那个孩子临走时，在泥土上撒了一泡尿。妻子说得漫不经心，对女人来说却不亚于一枚炸弹。瞅着手上的泥土，真像抓了屎，又像夹了手，恨不得把手剁下来：真倒霉，恶心死了。

女人大概有了心理阴影，再也没有封桑树。

儿子写的一篇题为“寻找桑树”的作文被老师推荐到市报发表了。陈志很欣慰，尽管不是写蚕的，但也说明儿子学会观察了，会写作文了。儿子都把找桑树写进作文了，陈志找桑树的劲头更足了。

既然小区里有桑树，说不定里面还会有，陈志夫妇像科学家找到了另一种途径，信心倍增，全家三口总动员。

小区原来是工厂，十几年前，工厂倒闭了，盖起了住宅楼，但南端是个斜角，楼房没法盖，便保存下来，里面生长了许多树，又因这里偏僻，三面围墙爬满了密不透风的爬山虎，更显得幽静。

经过找寻，终于找到五株桑树，其中一棵有大拇指粗，上面结满了绿色的桑葚。陈志指着桑葚说：现在是绿色的，等变紫时，就能吃了。桑葚就是桑树的果实，也叫桑果，有花生米那么大，味甜汁多，可香甜啦。古代还用桑葚当饭吃，南北朝时，因为北方战乱，有大批人口逃到江南，北方人口减少，但桑林没有少，北方老百姓都积贮大量桑葚吃。

儿子说：等它熟了，我给同学们吃，他们都没见过桑叶。陈志隐约有些担忧，桑树都砍了，恐怕只能在网上看图片了。儿子非常喜欢这里，还给这里取了个诗意的名字——桑乐园，引起陈志无限遐想，向往起开轩面场圃把酒话桑麻的田园生活。

爸，桑树结桑葚和孕妇肚里怀小孩是不是一样？

嗯。

我见孕妇走路都难受，桑树肯定也难受。

嗯？

爸，咱们别摘它的叶子，它会疼。

好。

田园生活被破坏了，有人拎着铁锹闯进桑乐园，站在桑树前，像拳击手打量对手一样。这个人长得五大三粗，天生就是砍树好手，三下五除二就把那四棵小桑树连根拔出来，扔在太阳底下暴晒。陈志出现了，一看桑树没了，急了：这是谁干的？

怎么啦。

谁让你挖的，你知不知你挖的是树。

桑树也叫树？

桑树不叫树？你上过学吗？你识字吗？会写桑字吗？

真把人看扁了，我也是高中毕业呢。砍树人拿起树枝在地上写了个“桑”字，抬起头，洋洋得意地说：我没有写错吧。

嚯，学问不小啊。桑字怎么解释？

砍树人难住了，冷笑一声：一个破桑有什么好解释的。

桑字上部为树冠，下部是树干，多像一棵树。古人多会起名，古人都说桑树是树，你怎么说桑树不是树呢。

好好，桑树是树，又能怎样？

是树，就不能挖。

我是为了绿化。砍了桑树，种火炬树，火炬树好啊，你听这名字，绝对好看，还是外国树，果穗跟火炬似的，鲜红鲜红的，叶子一到秋天，红彤彤的，漂亮极了。以后，你不用到香山看红叶，这里就能看到，多好啊。

你种罂粟我也不管。砍树就不行，园林批了吗？

这么小也批，还不够捣乱的！走开，别妨碍我公务。

我妨碍你，笑话。我这是保护树木，你要挖也行，把园林批文拿来。

两人说僵了，砍树人被陈志缠着，没法干活，开始打电话。陈志有些发怵，会给谁打，会不会真妨碍他公务了，来了人打我怎么办？管它呢，这一百来斤交给他了，随便吧。

我去过你们物业，公司还供了关公，人家关公的马啃了桑树，还补种一棵桑树呢，你就知道砍树。嘴上一套，心里一套，还拜关公？丢人呐！叫人是吧，叫吧，来多少人我也不怕，是不是把园林叫来，把警察也叫来，你敢吗？叫来，非罚你千八百的，再把你拘留十天半个月的，让你天天吃啃窝头。

前不栽桑，后不栽柳，当院不栽鬼拍手，你懂不懂。现在都引进国外树，连草都是国外的，谁要桑树？我要当了经理，小区里的树都刨了，全种上国外树……

你再引进个外国妈——

砍树人气坏了，举起了铁锹。陈志一惊，这家伙咋咋呼呼，是个愣头青，真要拍我，怎么办？我这脑袋是肉的，比西瓜强不了多少。陈志豁出去了，不横装横，伸着脖子，晃着脑袋：你拍，往这儿拍，我从小就练过气功，油锤砸都没事，今天让你见识见识，你可拿住了，别把手腕震断了。

砍树人举了举铁锹。陈志更来了劲儿：你拍，还没王法了，乱砍滥伐还行凶打人……

陈志步步紧逼，把头一低，一个劲儿往砍树人怀里扎，非让人家拍他脑袋。

去你妈的！

砍树人扔下铁锹，用力一推，陈志猝不及防，往后退了几步，摔倒在地，脸被树枝划破了，血流了出来。

陈志脑袋嗡了一下，嗡不是因为疼，而是他没想到砍树人真动手了。他暗自庆幸，没用铁锹拍，逃过一劫难。怎么流血了，陈志伸手一抹，弄得满脸血，好像从战场上下来。

砍树人打电话叫来的经理出现了，吓得差点没了魂，以为出了人命，抢上前才看清楚，要扶陈志。陈志奄奄一息，嘴里含糊不清地直哼哼：别动，腰扭了。我腰椎间盘突出好些年了，经理，我跟你说，这一辈子恐怕就在物业上班了。我有八旬老娘，妻子没工作，儿子上小学，都靠物业了。

经理回头对发愣的砍树人吼：叫120。

没用，我这腰哪儿也治不了，我这辈子就瘫在床上了。

砍树人蔫了，耷拉着脑袋。经理骂砍树人：业主不让砍，你非砍。

陈志伤心地说：都挖出来了。

经理说：我们马上就栽。

能活？

能活！

你放心，树一定栽上，我送你去医院。

我不走，我走了，他又挖。

放心，你要相信我，我不发话他不敢砍。

我信。他不浇水，树能活？

砍树人见到曙光：我一会儿就浇水。一棵树浇一桶水。

一桶水哪儿行，得两桶。他浇水，我真不放心。桑树都快干了——

陈志真急了，一骨碌爬起来，揉着腰：我去提水。

你的腰？

陈志半开玩笑半认真地说：我腰折不了。我腰有个毛病，看见桑树就好。你不信，回去查，桑叶、桑果、桑根都能入药，专治腰疼。你们不能再砍桑树了，再砍就等于砍我腰。我儿子写桑树的作文，在市报发表了，你们砍树，就等于砍我儿子的作家梦。

不砍，不砍。

陈志直起了腰，好像做了个梦，桑树也好像做了个梦，也许又经过一个梦，桑树就长大了，想起儿子种桑树的愿望——满城尽是绿桑叶，陈志陶醉了……

审 判

阴雨连绵的一个下午，远山近树都笼罩在蒙蒙雨雾之中。

金英、金秀两姐妹，把书包紧紧抱在怀里，用身子护住，一路跳跃，像两只赛跑的袋鼠。嬉笑着跑进家，却见母亲谢迎春坐在角落里，泪流满面，号啕大哭，身子过电似的抖动。父亲金占奎脸色铁青，眼睛冒火，两只手攥着拳头不停地挥舞，想砸碎什么东西。金秀胆怯地看了父亲一眼，乖巧地脱鞋上了炕，轻轻拍打母亲后背。谢迎春紧紧搂过金秀，哭得更伤心了。

金英毕竟大两岁，见灶膛冷清，很懂事地抱柴、添水、烧火。她也不知道做什么饭，觉得先把水烧热，又惦记小妹金兰，就知贪玩，不知回家。金英想，爸肯定打妈了，不然妈不会哭。想到父亲愤怒的样子，心突突发颤。心想要不要去找姥姥？姥姥住在十八里外的蛇地沟，以前随母亲走小路去过，现在一个人去，她不敢，也不记得路了。

金占奎喘着粗气："我去一趟。"谢迎春抹着泪："你不能去，他们人多……"金占奎一拳砸在炕沿上："他敢？还没王法啦。"金占奎身材魁梧，浑身有使不完的劲儿，五六百斤的石碾子在他手里像个听话的玩具。

谢迎春还是不放心："咱俩一块去。"

"你去干什么。"金占奎突然高声怒骂，"那个畜生，把他亲爹打死了，连个扁屁都不敢放。——裆里没卵的囊货。"

谢迎春痛苦地喊："我怎么也得回去看看啊……"

"我去就行了。"金占奎不耐烦了，脸扭曲着，"我去把他的头割下来。"

金秀吓坏了，跳下炕，鞋也没有穿，不顾一切往外跑。金英一把拉住金秀，大声喊："走，找姥姥去。"她们故意让爸妈听见，以阻止他们争吵。

谢迎春哭得更厉害了："你姥爷走啦。"

两个孩子不明白"走"是什么意思，都愣住了，见母亲哭得像哭丧，有种不祥之兆，哇的一声都哭了。

金占奎饭也没吃，冒着细雨走了。

谢迎春买来黄纸，翻出纸钱板，全家齐动手，裁纸、上墨、印、晾，屋里顿时弥漫起浓郁的墨水味，压抑的悲痛灌满心头。谢迎春在屋檐下放一个瓦盆，跪着烧纸哭得撕心裂肺。孩子们确信姥爷真死了，父亲是哭丧去了。她们围跪在瓦盆旁，学母亲的样，往盆里放纸，眼泪扑簌簌地往下掉。

金占奎走后，谢迎春精神恍惚，似丢了魂，没着没落的，头也不梳，更无心下田，除了烧纸哭，就是到村头张望，嘴里不住地叨念：怎么还不回来呀，真不该让他一个人去。

孩子们却松了口气，她们希望父亲多走几天才好呢。在她们眼里，父亲脸上的肌肉是僵硬的，整天板着脸，家里人都怕他。她们不明白母亲在他面前，为什么软弱得像只羔羊，更不明白父亲的脾气怎么这么大，总是无故发火。

有一次，金兰问母亲："他是我亲爸爸吗？"

谢迎春奇怪地说："傻孩子，当然是啊。"

"今天我和小兵玩，爸爸给了小兵一块糖，还摸他的头。爸爸为什么不给我糖吃，摸我的头啊？"金兰委屈地噘着嘴，要哭的样子。

谢迎春紧紧搂着金兰说："爸最疼兰兰了，给你留着糖呢。"谢迎春赶紧拿一个鸡蛋到供销社，买回三块糖，分给孩子们。

金占奎怒气冲冲去蛇地沟，带回的依然是怒火，还把怒火撒向整个金鸡岭。金鸡岭很快就燃起熊熊大火，都知道蛇地沟出了个杀人犯——史莲花，把她老公公活活掐死了。

金英问："史莲花是谁？"

"你那该死的舅妈。都给我记住，你们没有舅妈，也没有舅舅。"金占奎咬牙切齿，发出最严厉的警告。

舅舅？舅妈？三个孩子面面相觑，一脸茫然。

金秀金兰虽然在姥姥家长大，只是年纪太小，对舅舅、舅妈没什么印象。金英记得姥姥家是五间北房，姥姥住东屋一间，那几间做什么的，她不知道。她几乎没见过西屋的人。西屋两间住着舅舅谢邦舅妈史莲花，外屋两间，两家各一间。一家人，各开各的伙，走一个堂门，按说互不相干。史莲花是出了名的母老虎，蛮横不讲理，谁都不敢惹，谢邦在她面前，像只避猫鼠。

一次，金英在外屋见到一个又黑又瘦长着大驴脸三角眼露两个大龅牙的女人。金英吓坏了，担心她会扑上来，用大獠牙咬她，紧紧躲在母亲身后。大驴脸恼怒地翻着三角眼，鬼魂一样闪进西屋。金英的脸火辣辣的，像被掐掉一块肉。

大驴脸就是史莲花吗？居然把姥爷活活掐死了，世上怎么会有这么残忍狠毒的家伙，太可怕了。

金英对金秀金兰说：“等审判史莲花时，我带你们去看，上次审判个流氓，可有意思了。”

她们像盼过年似的盼着审判史莲花，还玩起了审判游戏，金英自然当审判员，金秀金兰都抢着当民兵，不愿当史莲花。金英只好让小黑当史莲花，小黑是条狗。审判后，金秀金兰把小黑押下去枪毙。小黑死皮赖脸，极不老实，枪毙数下，也不倒地而死，反而摇尾乞怜。

金英四处留意打听，迟迟没有审判史莲花的消息，难道姥爷白死了。金英问母亲，母亲说：“你还盼着她死啊。”金英惊讶了，她掐死了人，难道不该偿命吗？听母亲的意思，史莲花没审判啊。她想问父亲，一想到父亲冷若冰霜的脸，连想都不想了。她暗下决心，等她长大了，一定召开审判大会，然后把史莲花枪毙了。

到了收秋季节，男女老少都没白没黑地抢收。谢迎春说，收完秋，就去接姥姥。金兰嚷着要去蛇地沟接姥姥，金秀悄声说：“你知道为什么叫蛇地沟么？”金兰摇摇头。金秀神秘兮兮地说：“蛇地沟到处都是蛇。”金秀说着，晃着头，吐着舌头，嘴里发出嘶嘶的声响，像是一条可怕的蛇。“蛇遇到大老鼠。”金秀用手比画着，“一口吞下去，骨头都不剩。蛇是带毒的，离你老远，喷出一股毒液，沾上就没命了。”

金兰脸色凝重，身子钉在地上，动也不敢动，眼前浮现绿的、灰的、黄的蛇，像缠绕在她身上。

金秀眉飞色舞地说：“蛇还会成精，史莲花就是蛇精，听说，她白天变成人，晚上就变成蛇，要不，她怎么会掐死姥爷。”金兰吓得想哭，却哭不出来。金英也打个寒战，难道史莲花真是蛇精。蛇地沟出了蛇精，那里的人真苦啊。

秋终于收完了，谢迎春让金英跟着去接姥姥。金英说：“带根棍子吧。”

“带棍子干什么？”

“打蛇啊。”

“哪儿有蛇？”

“二妹说，史莲花是蛇精。”

谢迎春皱着眉头：“乱说，千万别让你舅舅舅妈听到。”

周日这天，天气格外晴朗。谢迎春借来驴和驴车，把车打扫干净，抱来褥子，垫在车上。谢迎春牵着驴的缰绳，金英跟在后面。街上的人得知去接姥姥，都夸谢迎春孝顺，金英觉得脸面特光荣。

路上空荡荡的，似专为她们接姥姥修建的。金灿灿的阳光将路边的杨树在路上映成一排的斑驳，像整齐的天然栅栏。金英坐在车后沿儿，看着车轮周而复始地滚动，马路源源不断地从车板下面吐出来。车轮碾压过落叶，发出清脆的断裂声音。她垂下两条腿随着节奏摇摆，浑身轻飘飘的，感觉像在飞。

进了蛇地沟，谢迎春把驴车赶到井沿儿。这里是村里的中心地带，原先有口水井，便以井命名“井沿儿”，旁边长着几棵槐树。后来，村里通了自来水，井口用石板盖住，还在旁边放了几块大条石，成了闲聊的天然场所。

姥姥家的院门敞开着，像久无人居住，透着荒凉。金英随母亲进了屋，西屋门帘一挑，露出那张僵尸般的大驴脸，大獠牙一龇，瞬息就消失了。

谢迎春喊了声娘，屋里没人应。屋里阴暗潮湿，堆满了杂物，像个仓库，散发着霉腐臭酸刺鼻的混合味道。

谢迎春领着金英，轻车熟路到街东一户人家，姥姥在炕上坐着，和一个年纪相仿的人聊天，手里拿着半个馒头，一见谢迎春和金英，眼睛立刻湿润了。姥姥得知金英没吃饭，埋怨谢迎春路过永安城没给孩子买口吃的，忙把半个馒头塞给金英。

这家女主人一见谢迎春，同情地说："快接走吧，你娘都吃不饱饭，到邻居家串门，有人给饭，史莲花知道了就跳脚骂街，谁都不敢给。"

谢迎春要姥姥走。姥姥摇头说："老爷子走还不到一百天，家里不能没人。"

女主人说："你先顾自己的命吧，家里不是有邦子么。"邦子是谢邦的乳名。

谢迎春帮姥姥收拾了两大包衣物，直到出了院门，史莲花像只缩头乌龟始终没露面。姥姥摸着金英的头，眼泪下来了："你来姥姥家，连口水也喝不上呀。"金英懂事地说："姥姥，我不渴。"谢迎春知道丈夫脾气不好，老人在家受的罪若被他知道，不知会气成什么样子，路上一再叮嘱她们千万别告诉金占奎。

进了金鸡岭，金秀金兰早就在村口等候，远远见了姥姥，像两只小鸟，扑到姥姥怀里又跳又叫。谢迎春花了半天时间，把带来的衣物和母亲身上的衣服洗干净，涂上除虱粉，搭在晾衣竿上。家里只有一间半的炕，姥姥一人就占了半炕，本就很挤，现在更挤了。金英金秀睡一个被褥，金兰和谢迎春睡。

金英心里有个结：史莲花杀了人，为什么不审判。现在终于可以问姥姥了。

姥姥是小脚，头发扎起来，弄成一个发纂，盘膝坐在炕头上，脸色凝重，眼望着天窗，似乎透过天窗能看到姥爷。姥姥慢条斯理地说：“史莲花脾气暴躁，蛮不讲理，你姥爷脾气倔，俩人死不对眼，经常骂架。有一次，史莲花在院里拿起半块砖头顺着窗户扔到炕上，你姥爷捡起砖头顺窗户扔出去……”金英想起学校体育课上扔的手榴弹，惊得张大了嘴。

姥姥似乎费很大劲才从记忆中回过神来：“我劝你姥爷，别和她见识，你姥爷就是不听。那天早上，你姥爷进来忘了关外屋门，史莲花张口就骂，骂你姥爷把尾巴落外面了，你姥爷在屋里还口。史莲花闯进屋，一把揪住你姥爷，把他拖到灶膛前，膝盖顶住他的心口，双手掐他的喉咙。我上去怎么拉也拉不开，见你姥爷上不来气，我就跑到院里喊：救命，救命……”姥姥仿佛又陷入当时情景中，深信喊救命时，会有奇迹出现，能把姥爷救过来，可没人答应。

姥姥绝望地闭上眼，眼角湿润了，许久才说：“等有人来时，你姥爷已躺在地上，只有出的气，没有进的气。”

金英突然想到一个问题：“姥姥，邦子是谁？”

“你舅舅啊。”

“当时他哪去了？”

姥姥嘴角抽搐着，脸上满是痛苦，缓缓摇摇头。

金英急忙换了个话题：“怎么没审判史莲花？姥姥，咱们告他去，打死人是要偿命的。”

姥姥脸上的肌肉动了动：“不行啊，他们对外说，你姥爷是得哮喘死的……他们户大人多，公社还有人……”

金英很无助，怂恿父亲去告，金占奎紧皱眉头：“你姥爷是谢邦的亲爹，他都不管，咱怎么管。”

“他是我姥爷啊。”

“不是你亲姥爷。你一个丫头片子，跟你说也没用——”

金英惊得眼睛快掉下来了，姥爷不是亲姥爷呀。难怪呢？看来姥爷真的白死了。

“谢邦要敢对你姥姥不好，看我怎么收拾他！”

金英想对父亲说，姥姥都挨饿了，但一想到母亲的话，又忍住了，她觉得隐瞒绝不是办法，又想不出好办法。

金英不再组织玩审判史莲花的游戏了，因为这不会发生，她们又有了新的游戏，给谢邦起了“鞋帮子”外号，又捡来一只破鞋挂在树上，用树枝不停抽打。

金占奎心里有怨气，老太太出来两个多月，谢邦居然看都不来看，大骂谢邦良心让狗吃了。看你春节来不来，让老太太在外过年，还不被蛇地沟的唾沫淹死。眼看春节临近，谢邦还是没来，金占奎火拱到极点，总无端发火，咒骂谢邦。

谢邦终于来了，骑着自行车，肩膀扛着大脑袋。这天，金占奎到永安城购年货去了。金家三姐妹盯贼样盯着他，看得谢邦心发毛。谢迎春让她们叫舅舅。三姐妹对着他翻白眼，一阵风跑到院里，用树枝抽打那只破鞋。

谢邦之所以来，是本家一个叔叔苦劝，说是做做样子给村里人看。谢邦果真是做样子来了，没屁大工夫站起就走。到了院里，盯着金英她们可劲地抽打一只破鞋，脸跟死人一样难看。

谢迎春满心欢喜，不管真假，谢邦来了，可以堵金占奎的嘴了。金占奎购年货回来，谢迎春就迫不及待地告诉他：“孩子的舅来接老太太了。”

“我说过她们没有舅舅，他来干什么？”

“接我妈。”

父亲把年货搬进屋，见老太太依然坐在炕上，转身盯着谢迎春：“你不是说邦子来了吗？”

“他是骑车来的，路上有雪，没法接。”谢迎春吞吞吐吐地说。

“我就说么，他有那份孝心？连他亲爹都敢打死，还能管他后娘。”金占奎怒不可遏，“下次再来，不许他进咱家的门！”

不用金占奎说，谢邦再也没有踏进金鸡岭。他的心都黑了，干脆扯掉遮羞布，面子也不要了。

姥姥要谢迎春送她回家过年，谢迎春担心她受冻。金占奎说：“他不来接，我们送回去，外人还不笑死我们，您就把这当成家吧。”

过完了年，姥姥又要回去，谢迎春总是哭着不让走。到了五月初，金占奎说：“娘，回去了，想来，我们去接您。”金英抱怨父亲绝情，竟然说这样的话。

毛驴已经定下了，因为昨天下了雨，天灰蒙蒙的，还有些冷。谢迎春又哭了，姥姥也是哭：“这孩子，哭什么，我又不是不来了。”孩子围着姥姥，不让姥姥走。

谢迎春蒸了一锅馒头，往上端时，心情不好，箅子掉在炕上，馒头洒落一炕。谢迎春把箅子一摔，捂着脸哭开了。

谁也没胃口吃，谢迎春找了个袋子，把馒头装好，给姥姥带上，回家慢慢吃。

谢迎春知道母亲在家日子不好过，却没有办法，她所能做的，只是每隔些日子，蒸一屉包子，或在永安城买十个火烧、两瓶橘子汁，步行去看母亲，缝补衣物，收拾房间，做饭，烧一把炕。第二年，谢邦把炕拆了，用砖头垒了一张床，没有灶膛，烧不了柴，窗外堆放着柴火，阳光照不进来，屋里更潮湿了。谢迎春回来就叹息垂泪，有几次趁金占奎心情好，提出想把母亲接来，就不让她走了。但金占奎不点头，她不敢。金占奎觉得老太太过于窝囊了，居然怕谢邦、史莲花，只要她说要告，带个头，剩下的他来做，问题是老太太没这个想法。他是做女婿的，强出头算怎么回事。哪怕是谢迎春出头也名正言顺啊。可谢迎春和老太太一样，不识字，不懂法，人也糊涂，什么都不懂，让金占奎束手无策，无可奈何。

孩子们气得鼓鼓的，觉得父亲太无情了，又埋怨母亲软弱胆小，这事自己做主算了，凭什么跟他商量。金英对谢迎春说："你把姥姥接来，能怎样？我就不信我爸能不让姥姥进屋。"

谢迎春长叹一声，心里有苦说不出。金兰说："妈，等我们长大了，不养我爸，只养妈。"谢迎春说："不许这么说。你爸心里也有委屈。"金秀突然大声说："我爸不就想要个儿子么。"金秀一句话戳中金占奎的痛楚。谢迎春感到一阵悲凉：如果有儿子，家里肯定是另一番景象，金占奎不会被骂成绝户头了。都怨自己肚子不争气，这就是命啊。

金英不服：女孩怎么了，女孩照样顶门立户。从此，她处处刻意模仿男孩。两年后，金英学会了骑车。谢迎春把去看姥姥的任务，交给了金英。

金英问："我见了他们，喊还是不喊？"谢迎春说："当然喊了。"金占奎说："不喊，你舅舅、舅妈早就死了。"

金英思来想去，决定还是不喊。谢邦、史莲花狼狈为奸，害死姥爷，虐待姥姥，凭什么喊。金英一进院子，院里有两个木匠在干活。谢邦、史莲花的名声不太好，本村的木匠请不来，他们只好花大价钱到外村去请。

金英低着头，进了姥姥住的东屋。姥姥一见金英，眼睛顿时湿润了，慌忙下地打开柜子，拿橘子汁让金英喝。金英很惊讶，这么长时间，还没喝完呀。尽管金英口渴，但她忍着不喝。她知道她若喝一口，姥姥就少喝一口。

到吃饭时间，坐在正座上的木匠说："怎么不喊小客人来吃呀。"迫于情面，谢邦身子没动窝，提高声音，像喊猫喊狗样，让金英过来吃饭。金英不想去，木匠一个劲儿说："小客人怎么还不来？"史莲花说："她在东屋吃了。"木匠说："人没来齐，谁都不许动筷啊，我还等小客人给我满酒哩。"

谢邦没办法了，走到外屋喊金英过去吃饭。金英询问姥姥："我去不去？"姥姥说："你去吧。"

"咱俩一起去。"

"我不饿。"老太太早就饿了，谢邦不喊她，她不能去，就是喊，她也不去，何况谢邦也不会喊她。

金英慢慢踱到西屋，这是第一次进西屋，屋里又宽敞又明亮，炕上放着小方桌，摆满了碟盘。两个木匠忙招呼让她入座，金英从没在外吃过饭，想到曾骂过谢邦、史莲花，脸有些红。金英在炕边半坐半站，史莲花阴沉着脸，给金英盛了小半碗饭。木匠说："吃完再盛，多吃菜。"金英心想，史莲花都害死了人，虐待老人，我骂他们几句又算得了什么。这么一想，金英心安理得了。

木匠明知故问："这是谁啊？"

谢邦说："我妹妹的孩子。"

"哦，实实在在的亲戚呀。"

"哼。"谢邦开始诉苦，"老爷子不在了，老太太是我们的后娘，你随便去打听，她嫁过来，没给我们缝补过一针一线，没照看过一天小军、小霞，我们对她怎么样？"

"我们早就听说啦——你们夫妻孝顺是出了名的。"

谢邦、史莲花听不出好赖，觉得很舒服，脸上堆满了笑。

他们说些什么，金英全没听见，她端着碗，像个木头，心里想：姥姥在东屋挨着饿都没吃饭，我却在这里吃，像话吗？金英心里很不是滋味，饭到嘴里却不往下咽。

木匠往金英碗里夹了许多菜："吃呀，怎么不吃。"金英抬头感激地看着他，慢慢吃了起来，心想我是沾了他们的光。谢邦让我吃饭，我为什么给他脸呢。

谢邦诉完苦，开始数落金英："听说，你爸爸还要去告我。随便告，我走得正行得端，去哪儿告我也不怕……"

金英放下碗筷，嘴一张，饭吐在地上，把手指伸进嗓子里，猛烈地呕吐，想把胃里的饭都吐出来。

木匠关切地说："怎么啦？"金英擦擦嘴，对木匠说："大叔，你们是好人，谢谢你们。"转回头对谢邦说："我姥爷是怎么死的？你们丧尽天良，虐待我姥姥，不用我爸告，我长大了也去告你们。"

史莲花吼道："老不死的是病死的——哮喘，全村都知道。"

"是被你掐死的。"

谢邦气得浑身颤抖，苦于木匠在场，不好发作："你们看见了吧，这都是她爸，——那个绝户头教的，我真是冤死了。”

金英还没出气，走到街上，用砖头在房墙上，一路走一路写：史莲花是杀人犯。

谢迎春像中了魔，有时间就缠着金占奎，让他同意老太太来家里住。她明白一个道理，软磨硬泡，就是块石头，也能焐热了。她说：“她那么大年纪，也吃不了多少，还没小黑吃得多，添双筷子的事。”金占奎说：“添双筷子？你忘了挨饿借粮了，口粮田能划过来么？”

谢迎春还真没想过这些，但金占奎的态度，让她大失所望，言外之意是怕吃呗。她想，你不是怕吃吗，我每天就吃半饱，节省下来，给母亲吃，这你总没得说了吧。谢迎春真是个傻女人，这只是她一厢情愿，并没得到金占奎的认可，就付之行动。

谢迎春说到做到，没有人知道谢迎春只吃半饱，但谢迎春的身子却渐渐发胖。谢迎春下田，体力大不如以前了，干两个小时，气喘吁吁，虚脱头晕。一次，终于晕倒在地头上。金占奎慌了，忙送到永安城医院。

经过检查，医生说：“没事，血糖低，加上营养不良。”金占奎大咧咧地说：“血糖低就低呗，农村人要什么营养。”

医生后面的话让他大吃一惊。

“孕妇要增加营养。”

金占奎惊讶地看着医生，像看个怪物，结结巴巴地说：“你说她怀孕了？”

“都五个月了，你不知道，你真是她丈夫？”

金占奎发愁了，家里已经有三个孩子了，再添一个，喝西北风啊。还要罚款，天哪，真是要命啊，看来只有打掉孩子了。当他看见一个男人和儿子尽情地玩耍时，他看呆了，猛然一拍头，我干了一件什么蠢事呀。他找了个熟人，得知是个男孩，激动得像变了个人，不住地喊：“老天爷呀，我有儿子了，我有儿子了……”他马上带谢迎春去吃东西。谢迎春摇摇头说：“我不饿。”金占奎说：“不是让你吃。”谢迎春以为他要吃，便跟了去。金占奎买了一碗粥和四个肉包子，还在粥里放了一勺糖，让谢迎春把这些东西都吃下去。

“我吃？”

“吃呀，吃呀。”金占奎笑着，用手支着头，哄着她吃，“都吃下去，别饿了我儿子。”

“你怎么知道是儿子？”

金占奎嘿嘿笑着。

谢迎春苦笑，自己这是沾了儿子的光。

金占奎看着谢迎春吃，抱怨着说：“你这蠢女人，怀孕了，为什么不跟我说。”

谢迎春忙说：“我，我是怕罚款。”

“罚吧，只要是儿子，罚死我，我都认。”

“谁伺候月子？”

金占奎怪异地看着谢迎春：“不是有孩子的姥姥吗？”

“现在想起我妈来了，我妈还是有用吧。”谢迎春得意地笑着，大口吃包子，看得金占奎眼睛都直了，突然一个念头闪出来：“你能吃啊，在家怎吃那么少？你存心要饿死儿子啊。”

谢迎春惊愕得嘴里的包子都忘了嚼，忙打马虎眼：“是包子太香，你尝尝。”

金占奎说：“你可着劲地吃，没粮我去借，就是不能饿着儿子。”谢迎春见金占奎心情大好，趁热打铁；“我妈年纪大了，干脆就在咱家吧，我给她养老送终。”

金占奎高兴地说：“接来吧，我不反对。”

谢迎春满脸惊喜，兴奋地说：“我就知道你会同意的，下周我就去接来。”

“东西呢。”

“什么东西？”谢迎春一愣，随即说，“哦，都拉来。”

金占奎嘴巴一撇，轻蔑地“哼”了一声：“那些瓶瓶罐罐谁稀罕，我说的是房子。”

谢迎春的心似被什么东西踢了一下，眼睛都瞪大了，没想到金占奎居然提这种无理要求。金占奎气愤地说：“老爷子不在时我去蛇地沟，谢家的人谈到老太太的安置问题，说老太太的东西归她，房子没有。我一听就火了：老太太嫁到谢家三十年，凭什么说房子没她的，房子是孩子的姥爷盖的，不是谢邦盖的。按继承法，第一继承人是老太太，五间房子都是老太太的。咱们不按继承法，老太太住的两间房归她，总可以吧。”

谢迎春第一次听说继承法，愣了好久才说：“咱们要那破房子有什么用，又不去住。”

“我平了它，也不能便宜了邦子这孙子！”

“我妈把我养大，嫁给你，连嫁妆都没要，你还不知足。你别忘了，金秀金兰都是我妈带大的，还伺候我月子。”谢迎春眼睛红了。

“我没忘。”金占奎直着脖子喊，“每年住半年还不行！”

谢迎春绝望了，低着头，自言自语地说：我妈命苦，我妈那么大年纪，还不如小黑……

谢迎春突然抬起头看着金占奎的眼睛：“你知道孩子怎么说，她们说等我们老了只养我，不养你。”金占奎震惊了。谢迎春又说：“你现在有儿子了，我看你怎么给孩子做榜样。”谢迎春的话像刀子割他的心，他喘了口气，以拳击头：“容我想想，容我想想……”

呵，石头终于焐热了。谢迎春理解丈夫，村里有哪个女婿让岳母一住住半年的，怨就怨谢邦、史莲花太不是东西。

回到家，金占奎把孩子都叫来，笑眯眯地说：“别惹妈妈生气，要多帮妈妈干活，家里要添人了。”

“是不是姥姥要来了。”

“小弟弟。”

孩子们相互看了看，都糊涂了，当得知母亲怀了小弟弟，都高兴坏了，金占奎更是乐得跟孩子似的。金秀说：“爸，原来你会笑啊。”金占奎摸着后脑勺，咧着大嘴说：“谁说我不会笑了。”

金占奎忽然想起了什么，让金英去烧水。

时间不大，金占奎端着一盆肉进来：“吃肉喽，吃肉喽。”孩子们口舌生津，立刻尖叫起来：“肉，肉。”

谢迎春问：“哪来的？”

“你甭管，你就管吃。”金占奎对孩子们说，“你们每人只能吃一块，剩下的全是你小弟弟的。”

“爸爸真偏心。”金秀心里不平。

金英准备把骨头给小黑时，却怎么也找不到了。金占奎说：“别找了，狗没了。”

“你把小黑杀了？”孩子“哇”的一声都哭了。

金占奎说：“你们不是天天嚷着要弟弟吗，小弟弟在你妈肚子里，饿得面黄肌瘦，都没力气哭了。”

金占奎不再让谢迎春下田了，他承包了家里家外的所有活，不知他哪儿来的精神头儿，干活都哼着小曲。很快，有件事让他煎熬了，预产期是十一月，家里多了个人，孩子的姥姥肯定也要来，不来，非冻坏不可，再说她还伺候月子。问题是家里只有一间半炕，怎么睡。金占奎整夜整夜睡不着，突然眼睛一亮，想到了盖房。以前没儿子，用不着盖房。现在有儿子了，应该盖新房，儿不住爷房啊。这么一想，他兴奋得更睡不着了。

收完秋，金占奎用木板砖头在地上给自己搭了一张简易的床，然后高高兴兴去了蛇地沟去接老太太。

金占奎和他的驴车缓缓走过金鸡岭，来到井沿儿，有两个妇女坐在大条石上纳鞋底聊天，中心话题是谢邦、史莲花如何虐待老人。

“谢邦、史莲花这两个畜生，平时都做两样饭，自己吃白面大米，给老太太做棒子面，还不让吃饱，可怜呐。”“老太太去要饭，谁给，史莲花就指名点姓地骂……造孽哟。”“前年，邦子把东屋的炕拆了，用砖头搭了一张床。老太太刚一上床，床就塌了。邦子反而说老太太能吃，把床压塌了。”“呸，这两个东西，可惜一张人皮给他们披上，早晚遭报应。”“小军蹲大牢，小霞找了个对象，没领证，肚子就大了，丢死人了。该!”“别着急，报应还在后后面呢。”

她们说一句骂一句，完全没有注意到金占奎咬得牙嘎巴巴响。“这两个畜生。”他骂了一句，迈大步就跑，他恨透了谢邦、史莲花，新仇旧恨齐涌上心头，他觉得胸口有团火正熊熊燃烧，不发泄出来，就能把他烧死。他又恨谢迎春，她应早就知道，这几年，她竟隐瞒不说，这个傻东西啊。你不说原因，我能同意吗？他又恨自己头脑太简单，谢迎春为什么磨自己，背后肯定有原因。自己也该死，谢邦、史莲花连他亲爹都打死，对这个没有血缘的后娘要能好，才见鬼呢。他又埋怨老太太为什么也不说，宁愿自己受罪。她有什么怕的，还有我啊。结果助长了谢邦、史莲花的嚣张气焰。

金占奎心头之火越烧越旺，进了东屋，见老太太坐在砖头垒的床上啃着硬邦邦的窝头，心里似刀割，眼泪流下来了："娘，你跟我去，永远不回来，你乐意不。"老太太愣了一下，两道泪痕像蚯蚓样流淌："怎么不乐意，我做梦都想离开这个鬼地方啊。"

金占奎让她收拾东西，转身进了西屋。谢邦见金占奎一脸的凶相，忙起身让座，想借买酒出去躲躲。谢邦平时最怕金占奎，金占奎不仅有力气，又懂法，而且口才好。金占奎见饭桌上摆着米饭，居然有四个菜，金占奎再也控制不住了，掀翻桌子，大吼一声："我让你们吃。"

"你干什么！"史莲花跳了起来，尖声喊。

"没你的事，滚一边去。"

史莲花掐着腰跳脚骂，伸手指像个老妖婆挠金占奎的脸："这是我家。"

金占奎手一划拉，史莲花一个趔趄，摔倒在地上。

"杀人啦，杀人啦。"史莲花杀猪般叫了起来，对谢邦嚷，"你个窝囊废，人家到家里欺负你，你一个大男人，还怕他。"

谢邦警告说："打人犯法。"

"犯法？你们掐死老爷子犯不犯法。"金占奎两眼冒火，冷不防上前，一拳打在谢邦的腮帮上，"这是替老爷子教训你的。”谢邦捂着腮，瞅着金占奎：“你，你打谁？”

史莲花见势不妙，一骨碌爬起来，到外屋拿起菜刀冲了进来，用刀指点：“来老娘家撒野，我剁了你。”金占奎冷笑一声，把谢邦的手臂反扭到后背上，手指放在眼睛上：“你不想让变他成瞎子，你就剁。”

两人僵持住了，谢邦害怕了，声音都变了，对史莲花喊：“你别过来，赶紧出去。”

史莲花转身到了院里，歇斯底里地叫：“杀人啦——杀人啦——”然后像落荒的狗，连蹿带蹦逃了出去。

谢邦开始求饶：“老爷子不是我掐死的。”

金占奎反手一耳光，打在谢邦的脸上：“这是替老太太教训你的。”谢邦倒在地上，呼哧呼哧喘着粗气。

蛇地沟的人不知谢家发生了什么事，都涌过来，因为怕史莲花，都不敢进院，扒着墙头往里看。金占奎把谢邦揪到院里，像开审判大会，大声数落他罪行，大家幸灾乐祸：该打，早该打。

时间不长，史莲花找来几个谢家长辈，她在他们面前，收敛了许多，像无辜的受害者，诉了一路的苦。

他们都是谢家叔叔辈，一见这阵势，都明白了，怪谢邦、史莲花平日太不像话，该打，还得替他们说话，毕竟一笔写不出两个谢字。谢邦挨了打，他们脸上也无光。

金占奎见他们来了，便说：“你们来得正好，乡亲们也做个见证。当初，老爷子被掐死时，你们都在场，他们当时怎么说的，是不是咱们都不告，他们好好赡养老太太。这几年他们都做了什么，你们几位都是见证人，难道你们一点都不知情，你们进屋去看看？听听乡亲们怎么说？”

“是有些过分，那也不能随便打人啊。”

史莲花像条疯狗咆哮：“告他，告死他，让他蹲大牢。”

“史莲花，你随便告，我奉陪。现在老爷子死还不到六年，咱们开棺验尸，看是怎么死的!”

谢邦、史莲花一听，浑身战栗，额头冒汗。

金占奎一阵冷笑：“按继承法，老爷子不在了，老太太是第一继承人，他们虐待老人，算不算犯法？既然他们虐待老人，咱们今天就做个了断。你们谁写个文书，内容是谢家老太太由她女儿谢迎春抚养，现在就接走，死活与谢邦无关。”

“没其他条件了？”

金占奎打量着两间房，曾经是那么重要的东西，现在就是金銮殿，也一文不值，他大手一挥，像挥散一片树叶：“房子我不要，但屋里的东西归我。”这是谢邦、史莲花没想到的，再挨几个耳光也值得，生怕金占奎反悔，马上点头答应。村民议论纷纷，都说金占奎气糊涂了，不知三多两少。

很快，文书写好了，金占奎、谢邦和谢家长辈按了手印，金占奎收好一份文书。

金占奎把木家具搬到院里，提着镬头，把锅碗瓢盆坛坛罐罐全都砸个稀巴烂，然后，点燃了院里的桌椅板凳……

村民惊叹之余，金占奎和老太太已经坐上驴车，向金鸡岭方向驶去。树木空隙之间有数不清个太阳在穿梭，他们从没觉得如此的敞亮、温暖……

寻找失去的家园

金山坐车在离蛇地沟最近的地方下了车，顺着土路刚走了半个小时，迎面驶来一辆悍马越野车，拖着长长尘土尾巴，以不可阻挡之势冲过来。金山急忙躲到路边的一棵树后，人造沙尘暴刹那间搅得天昏地暗，金山变成了刚从地下刨出来的兵马俑。他拍去身上的尘土，紧皱眉头，也没猜出开车的是谁。他又走了一个多小时，到了蛇地沟。一股强烈的刺鼻的石粉末、油漆、废塑料、纸张霉变气息扑面而来。路边的杨树叶稀疏枯黄，像害了虫病，奄奄一息地立着。半人高的苞米矮小干枯，像是劣质种子，从小受尽折磨，可怜巴巴地戳在灰尘上。许多房屋都是新盖的砖瓦房，经灰尘烟雾的侵蚀，显得陈旧不堪。倒是村口有座三层小楼四合院，格外突兀气派。

从金鸡岭流下来的山泉，上面满是厚厚的白沫，散发出馊臭的味道。街上散落着一串雪样的纸钱，悲凉的哭丧声萦绕在上空，把人的魂都勾走了。

金山愣怔住了，脸色惨白，他想到了南方。那年，金山的儿子到南方一小镇的化工厂打工，认识了一打工妹，两人婚后，把金山也接了过去。结果儿子儿媳一个得肝癌一个得肺癌先后死掉。儿子临死前，瘦得没了人形，紧紧抓住老汉的手，让他赶快离开这死亡之地。

蛇地沟也不能住了，金山连夜上了金鸡岭。

从金鸡岭俯视，蛇地沟像一颗硕大健壮的心脏，金鸡岭流下清澈的山泉水，让蛇地沟焕发出勃勃生机，也让金家世世代代得以繁衍生息。

翌日清晨，金鸡岭上升起了氤氲的炊烟。蛇地沟的人乱作一团，有从造纸厂跑出来的，有从矿石厂跑出来的，有从涂料厂跑出来的，站在不同地方，伸长脖子往山上瞅，看清是金家堡方位。不知谁喊了一声："怕是坟院失火吧。"村民惊慌了，然后发疯似的往山上跑。

他们跑到半山腰，遇到放羊人金长在，才知金山回来了。村民纷纷责怪金长在，居然跑到金鸡岭放羊，腥臊的羊又喝又尿又拉，都把山泉污染了，蛇地沟的人还怎么吃。愤怒的村民差点把金长在用唾沫淹死，声讨着要把他拉到村长霍魁寿面前治罪。金长在一再求饶，保证不上金鸡岭放羊，村民才放过他。

有人走进三层小楼四合院，把金山回金家堡的消息告诉了村长。霍魁寿是金森的姑爷，家在县城，每天开着悍马，像开着一辆横冲直撞的坦克。村长很怪，处处与众不同，如同生化专家，戴着口罩、白手套，他只喝矿泉水，随身装着湿纸巾，一副不食蛇地沟烟火的样子。他烟抽得很凶，咳嗽起来没完没了，像个病秧子，但发起火来，比放炮还响，简直就是野兽吼叫。前年，他在乡长面前汇报业绩，其中一项是金家堡的人全都从金鸡岭上搬到蛇地沟，全村从农业一步跨到工业时代。县里把这作为示范，全县推广。现在山上突然冒出个大活人来，这不往村长眼里扎针吗！

他吐了一口痰，如同板上钉了个钉子："让他搬下来。"

任务落在了金长来头上，霍魁寿并不知道金长来与金山有隔阂。十几年前，在外闯荡的金长来突然回来想开矿石厂，被当时的村长金山以污染为由拒绝了。现在霍魁寿开厂子，挣得盆满钵盈。金长来眼都绿了，这本是他的，偏偏落在别人头上，他能服气？他恨透了金山，是金山断了自己财路。他不敢不听霍魁寿的话。霍魁寿是村长，更是厂长老板。金长来像只兔子，一大早跑上了金鸡岭。

清凉的晨风吹拂着金鸡岭的树叶哗哗地响，和煦的阳光像只大手抚摸着金家堡，金山的家孤零零地立在断壁残垣里面，山下传来几声地动山摇的响声，金鸡岭也摇了三摇。金山站到高石上往下眺望，绿色的山坡被撕开一大片露骨刺眼的白色。蛇地沟的两旁冒出两个怪物，如两个恶心的肿瘤，往外源源不断地喷着浓浓黑烟，云海般地压在蛇地沟上空，悄然无息地渗透，扩散，蔓延。

金山被这样的阵势吓呆了，问金长来下面出了什么情况。金长来立在山上，回头瞅了一眼云谲波诡的蛇地沟，心中隐隐作痛，毫不留情地戳了金山的心窝。

"那是矿石厂，造纸厂，涂料厂。当年若不是你拦着，我弄得比他还好。"金长来的声音透着凄凉、怨恨、酸楚。

金山心一惊，喃喃地说："发疯啦，谁搞的？"

"霍魁寿。"

霍魁寿？金山对这个名字很陌生，摇摇头："没听说过。"

"他是金森的姑爷，五年前，把户口落来啦。如今，还当上了村长。能量大得很，县里都派得上号。嘿嘿，才几年，就把蛇地沟弄得有声有色。”

“放炮崩山，黑水黄烟，这也叫有声有色?”金山挖苦说，“简直是胡闹，难道就没人管。”

“怎是胡闹，村里人都有工上哩。一个月强过种一年庄稼的收成。”

“钱钱，你就认得钱。”金山气得真想骂几句。

金长来不敢往下说了，笑着说：“村长让我来通知你，让你搬到蛇地沟去。”

金山愤怒地喊：“我死也不去。”

金长来露出那种皮笑肉不笑的笑，然后哼着小曲，一溜烟下了山，跑到霍魁寿面前，添油加醋地汇报上山经过。金长来以为霍魁寿肯定会暴跳如雷，派人把金山捆来。哪知霍魁寿一反常态，他想起乡长曾批评他工作方法简单，态度粗鲁，有人还写匿名信。他前思后想，决定派个稳重又能说的人去。造纸厂的会计金成打得一手好算盘，是金山没出五服的侄儿，更是霍魁寿的心腹。

金成心里很痛苦，他恨金家所有的人，都是脓包窝囊废，没一个要强的。满山满沟的宝贝都让外姓人吞了。没事时，他就琢磨这些金家人，谁才是强人。最后，他想到了金山，金山虽然上了年纪，毕竟当过二十年的村长。现在金山回来了，他不住蛇地沟，上了金鸡岭，说明他对霍魁寿不满。金成若不是头疼，村长吩咐完就去了。他头疼有些日子了，认为是受风，吃了药却不见好，他生气了，索性不理会。

刮了一夜的南风，到了上午九点才减弱，金成戴上帽子，灌了瓶山泉水上了山。

金成到了金家堡，塑料瓶里的水已喝了一多半。他没见到金山，便在金家堡的废墟上高一声低一声地唤，声音在废墟荒草上空飘荡，像在喊魂。他突然想到一个恐怖的传闻，山里近几年有野猪出没，有人还见到过狼。

金山会不会让狼吃了？念头一起，金成心立刻悬了起来，总觉得有双幽灵般的眼冒着绿光，虎视眈眈，步步紧逼，伺机偷袭。他后背发凉，一回头，惊悚地发现从西北方向走来一个影子。金成魂飞天外，俯身抄起一根木棒，躲到倒塌的石头墙后面，另一只手握着一块石头，做好抵抗准备。

离近了，才看清是金山。

金山说："昨天刮南风，山下排放的废气吹到山上来了。我到老虎洞住了一夜。"

老虎洞是个天然的洞，里面极深，金家堡的人还没听说谁探过洞底。据说，明末一支明军兵败躲进老虎洞，被清军堵住，明军全困死在里面。后来有支日本兵进洞搜八路军，出洞后都得了怪病。老人们都说，洞里阴气太重，进去不死也伤。

金成觉得金山太娇气，一点废气都受不了，竟敢去老虎洞，真不要命了。金山见金成满头是汗，居然还戴着帽子。金成咧着嘴叫苦："风吹得我头疼又犯了，吃什么药也不管用。"金山说："我儿子也是这毛病，你到大医院查查吧。"

"你儿子什么病？"

"癌呀，癌呀……肝癌。"金山痛苦地叫着。

"叔，你真会开玩笑。我头疼，离肝远着哩。"

"我儿子和你的症状一样。"

金成收起了笑："他现在怎样啦？"

"死啦——"金山无比凄凉地说。"死了——"金成倒吸一口气，面如死灰，仿佛死神在他脸上趴着。

金成故作轻松地说：“你别吓唬我。我这身体，壮如牛，怎会得那种病。”

“当时我也不相信啊。他现在没有疼痛啦。他媳妇比他还年轻，也死在他前面了。我是白发人送黑发人呀，我死了，谁来送我啊——”金山难过得像个孩子呜呜地哭开了。

金成落了几滴眼泪：“你别担心，有我呢。跟我下山吧，这是金家的天下，你下山来当村长，开工厂，把姓霍的赶出去。”

金山用陌生的眼光看着金成：“当年，金长来要开矿石厂，你和我都反对。现在你怎变卦了。”

“我肠子都悔青啦。”金成一跺脚，“嗨，要知开矿这么挣钱，我早就干啦。”

“挣钱就不要命啦。我儿子若不到南方工厂去，就不会死！”

金成不明白这和工厂有什么关系，他举起瓶要喝。金山问他是什么水，金成说是山泉水。金山把金成拉到山泉水边：“这才是山泉水，多清多甜，流到蛇地沟被工厂污染成这样了，喝这样的水，能不得病，还有这天，这空气，和南方小镇一模一样。他叫什么，霍魁寿，我看他纯粹是野兽，是罪魁祸首。”

金成灌了一肚子山泉水，浑身舒服多了。他哈哈大笑：“管他什么兽，只要能让咱发财，就是财神爷。”

“财神爷，那是催命鬼。”

金成问：“叔，你下山不下山。”

“让我下山，霍魁寿得应我一个条件。”

“什么条件?”

“关掉工厂。”

关掉工厂?金成吓了一跳，好大口气，你以为你是谁啊。金成说:“那蛇地沟的人岂不都失业了。”

金山忽然想起了什么，问:“那天我刚回来，见街上撒着纸钱，谁没了?”

“金桂英。肺癌。”

肺癌，又是肺癌，金山的身子剧烈地抖动着，脸上一阵痉挛，儿媳就是得肺癌死的。金桂英也死啦，她还不到五十呀。金山痛苦得蹲在地上，呜呜地哭开了。

金成下山后编了个瞎话，说金鸡岭上都种满了树，都是金山当村长时带人种的，对树有感情，他不下山，是为了看树，这也是为村里做贡献嘛。

霍魁寿似没听见，只顾低头摆弄着手，他的手指颜色不是肉色，而是青紫色。他不知是福是祸，最后他开导自己，紫色好呀，紫气东来，大富大贵，他为自己的与众不同而高兴。金成低声问:“要不，我再去一趟。”霍魁寿喘了几口气，自言自语说:“听说山上闹狼——命是他自己的，他自己都不珍惜，别人有什么法子。”

过了五天，一个人头戴白帽子，腰系麻绳，一路哭着上了山。见了金山，“扑通”跪下了:“叔，金成没了。”

金成是得肝癌死的。

金山脸极力地扭曲着，心被攥成一团，他弯下腰去，使劲捂着胸口，痛苦地喘着气，好像随时都会没了气。良久，他喊出一句:“我儿子也是得肝癌死的呀……”

一场丧事办下来，金山仿佛又老了一些，或许在金家堡住得久了，或是有太多的苦不想说，或是话都说尽了，变得沉默寡言了。自上山以来，除了到蛇地沟办丧事，他再也没有下过山，即使是买生活必需品，他都翻过金鸡岭，到十五里外的艾家滩去。艾家滩属于外省了，金鸡岭是两省的分界线，但艾家滩没有污染，那是天堂哩。

金山一出现在艾家滩，村民们都用羡慕甚至嫉妒的语气说：“还是你们蛇地沟有福啊，开了那么多的工厂。你回去帮我问问，我去上班行不行。”

金山苦笑着说：“有福？我们算是倒了八辈子血霉啦。”

“你这是身在福中不知福啊。”

“我命薄，享受不了啊。再这样下去，我恐怕也活不了几年啦。”

金山真觉得自己活不了几年了。他没事时就站在高台上，凝视着蛇地沟，一看就是半天。站得腰酸腿疼，看得两眼泪流。那片绿坡像巨大的桑叶，绿油油的，翠色欲滴啊，被矿石厂这只怪物从下面边缘啃开一个口子，然后，随着一声声巨响，不断向外蚕食，腾起的尘烟弥漫在空中，造纸厂涂料厂排出的废气搅拌在一起，熏得睁不开眼，让人窒息，而蛇地沟的人却浑然不觉。

金山一直在冥思苦想，怎么才能把蛇地沟的村民从污染的苦海中解脱出来，最后，他没了主意，感觉自己老了，不中用了，如今要想关掉工厂，只有自己当村长。金山突然来了兴趣，想当村长了，他很有信心，觉得只要自己参选，村长非自己莫属。

金山要下山找霍魁寿，他戴了一个自制的口罩信心十足地下山了，半路上，见到金林。金林小金山三岁，以前身体棒得很，自从去年得了半身不遂，连走路都费劲了。他拄着根棍子，背着个小筐，颤巍巍地寻找着什么。不留神筐被树枝勾住了，他使出浑身解数也摆脱不了，几次要摔倒。金山忙走过去，帮他把筐上的树枝拿掉，又扶着他在石头上坐下。

金林喘了半天气，盯着金山，嘿嘿笑着，口水都流下来了“你怎么也学霍魁寿，戴这个玩意。”

金山说：“戴这个，防灰尘啊。”

金林笑了：“这点污染，死不了人。”

金山问：“你腿脚不好，还上山？”

“我找白附子。我听到一个偏方，白附子能治我这病。”

金山说：“你这病和村里的工厂污染有关哩。”

“能吗？”金林头摇成拨浪鼓，“不会，工厂那么多人，要得都应得啊，怎么偏偏是我一个人。有人说我这和吃的有关，还有人说我家祖坟风水不好，还有人说我这是遗传，可我家祖上没这种病啊。”

“就是和工厂的污染有关。”金山掷地有声地说，“我当村长，你会选我吗？我把工厂都关了，没有污染，大家就不会得病了。”

“关了，那大家吃啥喝啥，喝西北风啊。”

“以前没工厂，不也照样过。”

“那能一样么？”

“我就问你一句话，你要工厂还是要身体。”

“工厂。”

金林的选择完全出乎金山的意料，他加重语气说：“别忘了，是工厂把你身体弄垮的。”

金林伸直了脖子喊：“可我在工厂挣到钱啦。”

“你挣的钱还不够上医院看病。”

“账不能这么算。我有两个儿子，大的三十，小的二十八，以前求人说媳妇，女方一听我家的条件，都不看一眼，还不是因为穷嘛。自从我们爷仨到厂里上班，房也翻盖了，不用找媒人，女方主动找上门来啦。搁在以前，就是把我骨头拆散了，也弄不起来啊。这我就知足了，只要我儿子能成家，要我的命也值。”

“你就不怕你的孩子也会像你一样。”

金林愣住了，随即咧嘴苦笑：“这就看他们的造化了。”

金山还想讲下去。“哥。”金林喊了一声，两只眼睛紧紧盯着金山，“如果让你得病去死，换你儿子儿媳活着，你干不干?”

“儿呀，我的儿呀。”金山再也控制不住了，老泪纵横，“我恨呐，为什么得病的不是我，为什么啊。”

金林劝道：“回吧，别竞选了，没人投你票的。”

金山死死盯着金林的脸，理想顿时轰然倒塌，村民们都离不开工厂，工厂是他们的命根，哪怕让他们得病也在所不惜。他垂头丧气一步三摇地上山了，当天晚上，他失眠了，他有些不甘心，他不相信村民都像金林那样顽固不化，金成不是还劝自己吗，只要他振臂一挥，村民还会像以前拥护他。他决定明天一家一户去宣讲。

金林和金森是亲哥俩，金森是霍魁寿的岳父。金林把消息告诉霍魁寿时，霍魁寿仰在躺椅上，这样咳嗽会好一些。他一听，顿时火冒三丈，恨死了金山，比恨自己的咳嗽还厉害，居然有人要和他争权了，他恨不得像捻臭虫般把金山捻死，暗中让金林把消息透露出去，没几天，金山要当村长的消息传遍了蛇地沟，村民听说金山要关掉工厂，都咒骂金山是老糊涂，纷纷涌到霍魁寿跟前表忠心，拥护霍魁寿继续当村长。霍魁寿笑了：金山太自不量力了，根本就不用我出手，只要我歪歪嘴，金山就输得一败涂地。

霍魁寿期待着金山的竞争，想看看金山在众人面前输的惨状，哪知根本就没见到金山的影子，心里多少有些失落。蛇地沟选村长的前一天，金山去了乡里，他去找乡长，请乡长下令关掉工厂。他没见到乡长，却遇到了林业站的高站长。金山当村长时，高站长刚参加工作。金山带领全村人上山种树，和林业站的关系不错。

高站长得知金山来意，吓了一跳，把金山让到自己的办公室，低声说："蛇地沟的几个工厂，是乡里的支柱企业，解决了多少人就业，一年缴多少税，你想让乡长关掉，根本就行不通。"

金山不以为然："我不去找，怎知行不通。"

"明知行不通，你何必去试，你这叫不撞南墙不回头啊。"

"你们只知其利，不知其害，工厂污染多严重，你们知道吗？很多村民都得病，丢了性命。霍魁寿只知道挣钱，根本不管百姓死活……"金山越说越激动，拔腿就要走。高站长拦住他的话："乡长一年去蛇地沟好几次，能不了解嘛。这些工厂污染环境，谁都知道……"金山说："既然知道，为什么不关？总不能视而不见吧。乡长不管，我就去找县长……"

金山站起来就往外走，高站长把金山按在椅子上，把门关好："我跟你说实话吧，你们村的工厂，有乡长的股份，你让乡长关，这不是断他的财路吗！"

金山愣住了，没想到里面的水竟然这么深，他声音顿时小了："那县长呢？"高站长摇摇头："这我就不知道了，但蛇地沟是县长亲自立起来的标杆。你这么大年纪，好好保重自己身体，这比什么都重要。"

金山有些不甘心，随手翻阅桌子上的报纸，突然一条新闻报道吸引了他，第三版社会观察版报道污染企业超标排放，致使庄稼荒废，村民疾病剧增。他如获至宝，让高站长把乡里所有这期报纸都找来，然后兴高采烈地回去了。

当天晚上，蛇地沟的电线杆上、山墙、厂房、连村民选举公告都张贴了污染企业超标排放的新闻报道。村民们像过节一样，高高兴兴去投票。是呀，这一天，凡是去投票的，霍魁寿都给五十元误工费，现场兑现。村民们都盛赞霍魁寿慷慨大方，投票能费什么工夫啊，还给那么多的钱。他们从电线杆前路过，从山墙走过，从厂房经过，从选举公告前穿过，都没有看见那张巴掌大的报纸，即使有看到的，也视而不见，谈笑着去投票。霍魁寿以比萨达姆支持率还高的选票连任。

对于张贴的新闻报道，霍魁寿恨得咬牙切齿，称之为牛皮癣事件。很多人推断是金山干的，因为他公开表示要竞争村长，还要关掉工厂，还有人看见他从乡政府出来，手里拿着一摞报纸。

霍魁寿决定上金家堡去质问金山。

霍魁寿恨自己工作失误，当初搬迁时，应该趁老金头没回来时，把他的房子扒掉。要是当初房屋给他平了，自己还用这么麻烦？他吃力地往金鸡岭上爬，累得吁吁直喘，白胖的脸上渗出一层汗珠，喉咙中间似火炭在燃烧，空气中搅拌着浓浓的山野气息，裹在身上，像抹了一层厚厚的糨糊。

霍魁寿倚在一棵树上，喘了半天粗气，他也琢磨不透，自己才三十多岁，正是干事业的黄金期，怎么就害了咳嗽病。霍魁寿站稳了身子，还没望见金家堡，他气坏了，像只发疯的野兽大喊大叫。声音借着山势漫散开升腾起来，在空旷中传出来很远，连每一片树叶、每一块山石都有一丝颤动。霍魁寿喊完，支棱着耳朵静静地听着，什么也没听到。他泄气了，自己就算到了山上，也未必能见到金山，何况自己是堂堂一村之长，屈尊去见一村民，太掉价了。

第二天，金家堡来了两个陌生人，趁金山不在家，把金山的家砸个稀巴烂。无处安身的金山在老虎洞一侧开凿出一个深洞，住在里面，放羊的金长在称他为山顶洞人。这天，金山到了艾家滩，有人眉开眼笑地说：“霍魁寿要来我们村开矿建厂啦，我们也快有班上了。”

金山抬头贪婪地看着蓝天、白云，无比惋惜地说：“你们再也看不见了……”

“看不见什么?”

“蓝天，白云……”

“哈哈，有钞票就行啊。”

金山的家被砸，霍魁寿家里的战火也越燃越烈，与妻子闹离婚闹得不可开交，但丝毫没影响他事业上的发展。

霍魁寿的矿石厂扩建后，来蛇地沟的次数明显少了，他在县城给情人小薇买了一座别墅，俩人过起了幸福的生活。霍魁寿本想来个家里红旗不倒，外面彩旗飘飘，哪知小薇不知发什么神经，经常又哭又闹，要求给她一个名分。霍魁寿只得加快离婚的步伐，离婚的焦点主要集中在九岁的儿子霍阳身上。这几年，霍魁寿主要忙自己的事，儿子一直由妻子照顾。

为得到儿子，他给妻子一套楼房，外加十万元现金。妻子同意了，霍魁寿不顾儿子感冒没好，带着他到蛇地沟散心，目的是培养父子感情，顺便让儿子看一看他的事业，为将来继承他的事业打基础。霍魁寿开着悍马，得意忘形，一路上大说大笑，仿佛咳嗽也消失了。霍阳蜷缩着一动不动，到了蛇地沟，看到遮天蔽日的黑烟，一皱眉，屋也没进，提出要上金鸡岭看景色。

霍魁寿父子一前一后上了山，霍阳走了一段路，身上冒了热汗，霍魁寿气喘吁吁地紧跟其后，不住地说：“发发汗，也许感冒就好了。”进入林区，茂密的树林遮天蔽日，走在下面凉飕飕的，仿佛换了季节，林间山泉水忽隐忽现，霍阳的心情格外舒畅。到一处宽阔的水域，霍阳跳到水中一块石头上休息。霍魁寿突然着了魔一般，向山泉水投入一石块，霍阳急忙躲避，一脚踏空跌落水中。

山泉水冰凉透骨，霍阳湿透了，浑身哆嗦，怒声说：“你不知道我感冒!”霍魁寿尴尬极了，忙脱下上衣给儿子披上。

自从蛇地沟的村民知道金山要关掉工厂后，村民除了放羊的金长在外，再也没有人理他，蛇地沟出什么新闻，也是金长在告诉他。蛇地沟能有什么新闻，无非是谁谁谁患了癌，谁谁谁死了等等。每每听到这些不幸消息，金山都很悲痛，这都是霍魁寿造的孽啊。

金山在墙壁上写下这些人的名字，这些冷冰冰的名字，此刻默默无语，像一座座坟茔，控诉蛇地沟从没有过的苦祸灾难。金山不知流了多少眼泪，他恨自己无能，无法让村民从灾难中摆脱出来。自己躲在金鸡岭的老虎洞，与世隔绝。

可眼皮底下的蛇地沟能隔绝得了吗？他心撕裂一样痛，他现在明白了，光流眼泪没用，他要下山，做一回男人应做的事。

霍魁寿终于如愿以偿地和小薇结婚了。他先在县城温泉宾馆款待商界、政界的贵宾，又在乡里的富贵酒楼招待乡亲们。那隆重的场面，绝对算得上空前绝后，光是燃放的烟花爆竹，比全村一年放的都多，霍魁寿还从县城拉来了八门礼炮，比炸山石还响。让村民大开眼界的还有一大溜进口轿车，村民感觉像在阅兵。霍魁寿的婚礼非常圆满，唯一有点小遗憾的是乡长没参加。半年以来，乡长瘦了三十斤，下属们恭维他减肥成功，纷纷向他祝贺，询问减肥秘方。或许是减肥过头了，他越来越没精神，连霍魁寿的婚礼都懒得参加。

人逢喜事精神爽。人一高兴，连咳嗽都没了。宴席结束了，红光满面的霍魁寿拥着小薇进了新房，踏进新房的那一刻，小薇长出一口气："我终于放心了。"

霍魁寿揽过小薇的肩头，一阵坏笑："怎么？你怕错过我这么优秀的新郎官吗？"

小薇抿嘴一笑："我真怕你把我甩了。"霍魁寿浑身酥软，忙发誓："怎么会呢，下辈子还会娶你，咱们生生世世都在一起。"

小薇两颊红润，几次想把心里的秘密说出来。她张了张口，话到嘴边又咽了回去，她在心里劝自己：千万别说，说出来，自己就完了。

没人知道小薇得了乳腺癌，医生建议她做切割手术。她还没结婚，乳房切除了，意味着什么，小薇比谁都更清楚。霍魁寿最爱的就是自己高挺的乳房，霍魁寿闹离婚也是因为前妻乳房下垂。她也知道手术拖延的后果，所以她没日没夜地纠缠，逼霍魁寿离婚娶她。只要结了婚，那时木已成舟，霍魁寿只能自认倒霉。

霍魁寿准备好去日本度蜜月，忽然接到乡长的电话。乡长一上来就是一顿臭骂，骂得难听极了。霍魁寿和乡长相处多年，从没见过乡长发这么大的火。他还没缓过来，乡长命令他马上开车到县政府接人。

乡长挂了电话，霍魁寿傻子似的呆呆发愣，听乡长凶巴巴的样，肯定有人惹祸了。

霍魁寿火烧火燎地赶往县政府，他眼前总闪现出一群蛇地沟村民愤怒地围攻县政府的画面，中途还闯了两次红灯，差点撞了一个老头，等他赶到时，那里静悄悄的，根本不像闹事的样子。霍魁寿长出一口气，难道乡长说错了，和自己开玩笑？他满腹狐疑，只见从里面走出一个干部模样的中年人。

霍魁寿在电视上看到过这张面孔，知道是个副部长。霍魁寿满脸堆笑，老远就伸出手去。那人却站住了，趾高气扬，直呼其名："你就是霍魁寿？"

霍魁寿像犯错的小学生，点头如鸡啄米。中年人冷笑着说："你们蛇地沟的人真行啊，这事也干得出来。"

这种冷嘲热讽比骂他八辈祖宗还难受，霍魁寿脸上当时就冒了汗，连连点头哈腰赔不是。那人冲保安一挥手，保安带过一个人来，原来是"山顶洞人"金山，左手拎着一个塑料瓶子，右手拿着几个还没成熟的苞米。

霍魁寿大黑脸一沉："你来干什么？这儿是你来的地方？"金山很沉稳："我找县长反映咱们村污染问题。"霍魁寿急了："你说话要负责任，咱村哪有污染，环保局年年检测合格，你睁眼乱说。”

“我没乱说。咱村这几年，得癌症的有十几个，每月都有死的，外面都管蛇地沟叫癌症村……”

“癌症村？我怎没听说，一定又是你胡编的。你挺大岁数，专门给蛇地沟抹黑，对你有什么好处。你不就是想到工厂上班我没同意吗？你就到处造谣生事……”

“谁想到你工厂上班啦。”

“看看，这会儿你又不承认了，恼羞成怒了吧。我跟你说，他们得病，是因为遗传。你说，哪村没有得癌症的？”

金山气得浑身哆嗦，抖着手里的苞米：“你说没污染，这是咱村的苞米，你再去看别村的苞米，天壤之别？”金山又举起手里的塑料瓶，“你看这水，都黑了，村民天天喝这样的水，能不得病吗？你说没污染，为什么你在蛇地沟戴口罩戴手套，车上拉着成箱的矿泉水，你做饭都用桶装水？你敢把这瓶水喝下去吗？”

金山越是生气，霍魁寿越是和蔼可亲，一口一个大叔，把自己伪装成很委屈的样子。

那中年人在旁煽风点火：“他在县长办公室也是这样逼着让县长喝。”霍魁寿头立刻胀了三圈，嗡嗡直响，难怪乡长发那么大的火。他乜斜着金山，恨不得让他马上从地球上消失，若不是有副部长在旁，他早就冲上去，把他踩在脚下，狠狠捶他一顿。

霍魁寿很郁闷，县政府门口有保安站岗，金山是怎么进来的？他哪儿知道，县政府有个后门，金山从前门进不去。他就围着县政府围墙转，想找个矮点的墙爬进去，转来转去，竟然找到了拐角的后门，溜了进去，鬼使神差地找到县长办公室，开口就问县长知不知道蛇地沟工厂污染。县长吓了一跳，见金山衣衫褴褛，胡子拉碴，绝对不是善茬子，一时不知怎么回答，说知道没治理明显是失职，说不知道更是失职。县长脑瓜灵活，他很快稳定心神，镇定自若地说："我们正对检测数据分析。一旦数据表明有污染，县政府的态度很明确，坚决停产整顿。"

金山激动得眼泪都快流下来了，真是青天大老爷啊。金山等不及了，伸手要拉县长跟他坐公交车到蛇地沟现场去看。县长急忙后退一步，说今天有个会，过几天肯定去，一定给乡亲们一个满意答复。金山终于找到诉苦的地方了，开始历数蛇地沟工厂的罪恶，还举例说蛇地沟一年得癌症多少人，因污染致死多少人，最后还拿出这个瓶子，痛哭流涕地说："县长，你知不知道我们天天喝这样的水，这是人喝的水吗？不信，你喝一口。"瓶里散发出腐臭的味道，县长紧皱眉头："我不渴。"金山情绪激动，竟然哭了："县长一定是嫌弃我这瓶子不干净，不然为什么不喝一口。县长，这是水，不是毒药，喝一口不会死人的。"县长更不敢喝了，偷眼看门还关着，连跑的机会都没有。县长也不敢动，他怕一动激怒金山，万一里面是硫酸，泼在身上就完了。县长战战兢兢，小心应对，终于盼到秘书进来找县长签字，才算解了围。

霍魁寿一再说好话："他精神有问题，在蛇地沟，大家都叫他山顶洞人。"中年人说："精神病啊，我看也有些不正常，你带回去看好了，别让他乱跑。"

在回来的路上，金山愤愤地说："我不是精神病，你凭什么说我精神病。"霍魁寿说："你闯县长办公室，逼人家喝脏水，这是正常人干的吗？"金山说："你终于承认这是脏水了。”霍魁寿说：“鬼知道你灌的是什么水?”金山得意地说：“我才不信哩。县长说啦，过几天就来蛇地沟视察，县长还说，如果工厂排放不达标，就停产整顿，县长还说……”霍魁寿粗鲁地打断他的话：“你确信县长会来?”金山瞪大了眼：“县长亲口对我说的，还会有错。”霍魁寿猛烈地咳嗽着，几乎车都快震裂了：“我实话对你说，最近经我上下跑，县里准备给村里铺柏油路，还给咱村工厂建一套污染处理设备，你这么一闹，项目肯定黄了，唉……”

金山愣住了，半信半疑：“你说的是真的?”

霍魁寿急了：“我愿意咱村污染啊。”

金山一拍大腿，后悔不迭：“你怎不早说啊。”

一到蛇地沟，霍魁寿马上把金长来叫来，让他找人分两拨日夜监视金山，还让他把金山上县政府闹事透露出去。很快，消息像长了翅膀，传遍了全乡角角落落。村民们都恨死了金山，远远见了，都阴沉着脸，怒目而视。小孩见了，都喊：“混蛋，汉奸!”

第二天，金山穿戴整齐，精神抖擞，满面春风地到蛇地沟村口张望，他在等县长的到来，县长亲口对他说，过几天会来，既然是几天，应该不会超过十天。他不仅要迎接县长，还要向他解释，赔罪，求情，哪怕是下跪，也要把铺路和污染处理设备争下来。

金长来佯装借火靠近金山，打听出在等县长，急忙报告霍魁寿，霍魁寿一笑：“真是精神病。别理他。”

转眼几天过去了，金山沉不住了，到了第十天，金山的心冰凉冰凉的，脸都能拧出水来。

金长来说：“回家去吧，县长不会来了。”

“你怎知道。”

“今天是周六，不办公，地球人都知道啊。”所有的人都哈哈大笑，有的还嘲笑金山是傻老婆等汉子，被人耍了。

金山脸如羊肝，气呼呼看着监视他的人，半天说出一句话：“你们居然还能笑得出来，明天我还去县里。”

霍魁寿坐在椅子上，弓着腰，剧烈地咳嗽着，吓得金长来半天也没说出话来，他觉得霍魁寿随时都会断了气。霍魁寿干咳了好一阵，似乎把所有的力气都吐净了，像死人一样，慢吞吞地说：“说吧，我死不了。”

金长来给霍魁寿倒了一杯水，轻声说了金山的计划。霍魁寿脸上的肌肉抽动了几下，随后一摆手，无比凄凉地说：“我连自己的命都保不住啦，随他去吧，我要去医院。”当天晚上，霍魁寿住进了医院。

当蛇地沟还沉浸在夜色时，金山摸着黑往山下赶，他要在上班之前赶到县政府，他想好了，见到县长，哪怕是下跪磕头，也要让县长来蛇地沟看看，他脚下生风，恨不得一步跨到县政府，他想起了京剧《哭秦庭》中的选段：“可叹我受风霜精神损坏，可叹我行烈日面带尘埃，可叹我走高山脚跟磨破，可叹我过山林遇狼豺……”金山唱得热血沸腾，血脉贲张，他现在就是申包胥，也去秦庭哭个七日哩。

突然，从山路两旁黑魆魆的树林里射出四道刺眼的光线，晃得金山两眼一片白光，他下意识地用手去遮眼，嘴里喊道：“谁?”

与此同时，树林里影影绰绰闯出四条身影，每人一手拿着手电筒，一手拎着镐把，并不答话，像四只猛兽扑过来。金山预感到危险，转身就跑，他双眼发花，慌了心神，年纪又大，刚跑两步，后腰被踹了一脚，“扑通”摔倒在地。紧接着，四条木棍压在金山身上。金山往上一挺，想翻身起来逃跑。这时，一人高高举起镐把——

“啊——”金山惨叫一声，声音在空旷的夜空划过，据后来蛇地沟的人讲，他们都听到一声惨叫，让他们心神不宁，可谁都没往心里去。

金长在在上山放羊时发现了左腿骨折的金山。金长在怀疑金山受伤是场阴谋，最大嫌疑人无疑是霍魁寿，可事发的晚上，他在医院。派出所查了一个月，没有任何进展，最后只能不了了之。

半年时间，蛇地沟又发生了许多新闻，金长来得了喉癌，做了手术，在喉咙上剜了个洞，用毛巾裹得严严实实，连一个字也说不出来。最惨的莫过于霍魁寿，他的宝贝儿子因低烧在金鸡岭跌入冷泉后，经常感冒，胸口出现血点，在课堂上还晕倒了，送到医院，查出白血病。小薇也在医院做了乳房切除手术。

霍魁寿承受不住双重打击，他病倒了住进医院，这才知自己患的是支气管哮喘。在他养病的日子里，传来了乡长得肠癌的消息，且只有半年时间了。

这天，霍魁寿开着悍马到了艾家滩，今天是他投资的水泥厂点火仪式，他太需要钱了，他现在只有一个想法，多多挣钱，然后去治病。

他大口大口呼吸着清新的空气，觉得哮喘好了些。很快，黑烟弥漫了天空，像恶魔样在天空张牙舞爪。霍魁寿的哮喘又犯了，吐出白色的泡沫痰。

北风将艾家滩的污染吹过金鸡岭，金山腹背受敌，他再也坐不住了，扛着铺盖卷，拎着一个蛇皮袋子，翻过金鸡岭，来到艾家滩，看见冒烟排污水扬尘沙的工厂，惊悚万分：“建成了，终于建成了。”

金山的眼泪流下来了，他失魂落魄地继续走着，他也不知到哪里去。他喃喃地说：“疯了，疯了。”没人理他，都把他当成疯子。他路过停在路边的一辆悍马车，霍魁寿正趴在方向盘上干咳，像台即将报废的机器。霍魁寿干咳得以为自己死掉了，他看见了扛铺盖卷的金山，傻笑着说：“终于熬不住了，向我投降了，想在艾家滩找活干？”

“我宁可穷死，也不在这里干。”金山说完，继续走着。

“老家伙，一点毛病也没有，气力还这么大，你要去哪儿？”

金山说：“我到没污染的地方去——”

霍魁寿笑了，露出两颗乌黑的金牙：“没污染的地儿，有吗？你想长生不老啊，你就是活一千年，也是个废物，一事无成。哪像我，现在就是死了，也值了。没白活一场……”

“我不想有钱，我就想健健康康地活着，健健康康地活着。”金山的背影越走越远，但他的声音却让霍魁寿身子一震。他想起了宝贝儿子，想起了迷人的小薇，想起了蛇地沟因污染得癌症的村民，想起了因病死去的魂灵……他抬起头，满脸是痛苦的泪：“天呐，我造的是什么孽啊。”天空的黑烟狞笑着，然后牢牢扼住了他的咽喉。

后记：十五年后，蛇地沟的污染工厂都关停了。金山又回到蛇地沟，成为当地最健康最长寿的老人，他已九十多了，每天都上金鸡岭种树。

盛夏的果实

一

七月的阳光像团熊熊燃烧的火，连小溪水都热得急匆匆地溜走了。海龙坐在河边大柳树下的青石上，潺潺的流水声，将他的忧虑翻上来又搅下去……

高考结束后，海龙自知不理想，落榜在所难免。十几年的寒窗苦读白费，瞬间跌入命运的深渊。他的心情糟糕透顶，特别怕别人询问，唯一排遣忧愁的便是在河边游荡。

他无助地揪一把树叶，一片一片地投在水里，像丢掉自己的烦恼，又恨不得化成树叶，让河水摇曳着带向远方。

海龙坐到日头偏西时，回家挤牛奶。家里饲养了三头奶牛，以前供他上学，现在靠它给父亲治病，将来还要靠它偿还债务。

挤牛奶本不需要海龙干的，但父亲三个月前突然生了一场大病，至今尚在调养。家庭变故让十八岁的海龙变得成熟起来，成为家里的顶梁柱。每天打扫牛圈、挤牛奶、配饲料……做得有板有眼，俨然是个行家里手。

海龙坐在小板凳上，熟练地用毛巾蘸湿温水，像清洗珍珠一样，认真清洗着奶牛的乳头、乳房。无意间回头，眼前一亮，不知什么时候身后站着一位漂亮姑娘。海龙很窘迫，就像考试时身后站着监考老师。

他想停下来，但又不能停，他擦洗得很慢，很仔细，生怕她认为牛奶不干净。清洗完毕，他两手有节奏地一紧一松连续均匀地挤捏着，热乎乎白花花的牛奶，一股一股地挤出来，像水箭一样，射在奶桶里，满院弥漫着奶香。

“好鲜的牛奶。”漂亮姑娘忍不住赞美起来。

“嗯。”海龙随口应着，想尽快结束，但牛奶却故意与他为难似的，总也挤不完，不由加快了节奏，一挤一捏都充满了流畅的动感，心里却在想：红螺村不过百八十户，这漂亮姑娘是谁？

漂亮姑娘拿着精致的奶锅，矜持地注视着海龙，好像在看一个蹩脚的挤奶童工。

终于完工了。海龙长出一口气，如释重负，把奶桶提到阳台上，拿起过滤纱布和奶勺，问：“打多少？”

海龙很奇怪自己的声音怎变成了颤音，这是以前从没有过的。

姑娘轻声说：“一斤。”

海龙接过奶锅，将奶锅、过滤纱布、奶勺逐一用清水洗过，把奶锅还给漂亮姑娘。漂亮姑娘前倾着身子，托着奶锅。海龙左手端平过滤纱布，右手拿奶勺。两人配合得很默契。漂亮姑娘的秀发触到海龙的脸，怪痒痒的，海龙的心海也一漾一漾的……

海龙清楚，一勺是半斤，但不管打多少，都会加一点。

海龙这次加得超过了往常。

“我要一斤。”姑娘提醒他。

海龙脸一红：“自家产的，喝去吧。”

漂亮姑娘像一处风景，让他着了迷，又像朵美丽的花，飘走了，留下一串串清香与疑问……

海龙真想变成一只蝴蝶。

海龙漫不经心地问母亲：“刚才打牛奶的是谁?”

“好像叫小月。”

“她叫小月?”海龙顿时想起正在热播的电视剧《铁齿铜牙纪晓岚》中的“小月”，哇，她和“小月”的扮演者袁立多像啊。

海龙情不自禁地喊：“小月，小月，多美妙的名字啊!”

母亲忙说：“你可不能这么称呼。”

海龙惊讶地问：“怎么?”

“她是你婶子。”

海龙遗憾地喊：“我婶——她都结婚啦。”

母亲补充说：“小月是刘星的媳妇……”

刘星是宰牲口的，长得一表人才，村里人夸他是个好后生。海龙羡慕不已：刘星，小月，星月，真是珠联璧合，连名字都这么般配。苦闷的日子里，海龙突然感到很幸福，幸福得有些莫名其妙。

二

海龙忽然想起龙月泉。北山半山腰有一处断崖，从岩石缝隙中渗出泉水，汇成小溪，崖下卧着一块五间屋子大小的巨石，上面光溜溜的，恰如一张硕大的石床，泉水流经石床，冲刷成九个大大小小一字排开的碗状的坑。

老人们都说，这是上天赐予穷苦人的饭碗。

海龙沿着河套的小路，朝山上走去。溪水不大，时隐时现，蜿蜒曲折，像条飘带，飘扬出朝阳沟的唱词：清凌凌一股水春夏不断，满坡的野花是一片又一片，梯田层层把山腰缠，小野兔东奔西跑穿山跳岩……

还没走近巨石，就传来了欢快的流水声，海龙忍不住大呼小叫起来，迈步狂奔过去。突然，一个声音从巨石上传来：“嫂子，我衣服太脏了，帮我洗洗吧。”

没人回答，但海龙知道说话的是大毛。这家伙整日游手好闲，手脚不干净，对女人动手动脚。

“嫂子！叫你呢？”大毛嬉皮笑脸地说。

一个让海龙心跳加快的声音传来：“谁是你嫂子。”

“那叫你妹子吧。哈哈，妹子。”

“走开！”

“这里风光无限，我为什么要走啊。”

小月转身就走。

大毛张开双臂，像鹰一样，扑了过去：“别走啊，陪哥玩一会儿。”突然，飞来一块石头，“啪”，落在大毛脚下，大毛吓得跳起来，脚下一滑，跌入坑里，喝了两口水，连滚带爬上了岸，样子狼狈不堪，像只落水的猴子，怒声喊：“谁！”

海龙走过来：“刚才跑来一只黄鼠狼。”

“兔崽子，坏了我的大事。”大毛气呼呼地骂了一句，头也不回下山去了。

小月犹如一只受了惊吓的小鹿：“今天幸亏有你。”

海龙把石头狠狠抛了出去："刚才真想把大毛脑袋砸个稀巴烂。"

小月一笑，继续洗衣服，白皙修长的手臂呈献出优美的曲线，散发出青春活力。

海龙转身要走。小月忽然说："你陪我说会儿话吧。"

海龙正求之不得，小月摸着光滑的石坑，好奇地问："真稀奇，比碗还光滑哩。"

海龙用手撩起温热的水："你听过它的传说吗？很久以前，天上有一条龙，看到这里山清水秀，每天都来洗澡。天长日久，巨石上就出现了九个大坑……"

小月歪着头，忽闪着美丽的大眼睛，像天上闪烁的星星。

"后来，来了一个妖怪，趁龙不在时，也来水里洗澡，还抓人吃。龙决心为民除害，与妖怪大战三天三夜，终于把妖怪制服了。妖怪虽然被打败了，但水也被妖怪弄脏了，龙再也不来洗澡了。因为龙在这里洗过澡，所以被称为龙浴泉，后来不知怎么叫龙月泉了。"

小月咯咯笑了："这是你杜撰的吧。"

海龙脸一红，忙争辩说："不是的。我们小时候常在这里洗澡。"小月站起来，望眼山下，只见到处枝繁叶茂，一片寂然，低声说："等没人的时候，我也洗。"

海龙忽然说，"你现在洗吧，我给你看着。"

小月轻咬嘴唇犹豫着，心里早就忍耐不住，想像鱼一样尽情地游来游去。

"我看着去。"海龙走出几步，拍着胸脯说，"放心，保证没人。"

海龙像个保护神，瞪大眼睛警惕地注视着四周，风啊，你再轻些，再柔些，难道你不知小月在洗澡吗？鸟啊，你休息一会儿，别惊扰了小月。海龙忽然想起一段美妙的旋律，随口哼唱起来：

你像那天上月亮
停泊在水的中央
永远停在我的心上
你像那天上月亮
你不会随波流淌
永远靠近我的身旁

海龙一遍又一遍反反复复地哼唱着，巨石旁的树梢上挂着淡黄的丝巾，在歌声中像只蝴蝶不停地扇动着翅膀。

三

高考分下来了，分数比海龙估计的少 30 分，看来落榜无疑了。

海龙真希望能有两个海龙，或者分数弄错了，但这近似天真的幻想瞬间就化为泡影，他忍着泪水，又看了一眼可怜的分数和名字，确认无误后，扫过紧闭的校门，心里痛苦极了，别了，我的学校，我再也回不到课堂了，甚至连校门都没有机会进了。

他觉得自己无路可走，所有的路都被堵死了，他不知道自己除了上学还能做什么，难道真的像父母一样，一辈子与奶牛、土地过一辈子？

不，绝不！他看着车外的树飞快地向后跑去，这一切就和上学情景一样，一去不复返了，而摆在他眼前只有两条路：农村的田野或是城里打工。在乡车站，公交车将他抛下来，离家近了，心更沉重了。

突然有人喊："海龙。"

海龙擦去泪水，像在荒漠里找到清泉。喊他的是小月，他觉得小月是最亲近最信赖的人了。

小月看他失魂落魄的样子，关切地问："怎么了?"

海龙尽可能装作男子汉的样子："上学校去了。"

小月小心地问："高考成绩下来了。"

"嗯。"

小月不知如何安慰他，同情地说："今年没考好，再补习一年。"

海龙苦笑一声，家里这种情况怎么去补习，家里家外总得有劳力。

"你还是补习吧。"

"不补了。"海龙下定决心后，反而感到一身轻松，"等我爸病好了，我去城里打工。"

"我也去。"

海龙惊讶地说："你？这怎么行。"

"怎么，怕我拖你后腿。"

"刘星，他……"海龙突然结结巴巴起来。

小月笑得像一串风铃："你知道我和刘星的关系吗。"这句话把海龙问住了。小月缓缓地说："我和刘星是高中同学。毕业后，我在城里打工。一个月前，刘星到城里找到我，说他母亲病得快不行了，想在闭眼前能见到儿媳妇。刘星让我做他的女朋友。他母亲见了我，拉着我的手，死活不让我走，我只好住了下来。”

原来是这样啊。

小月脸红得像熟透了的苹果：“我们有君子协定，互不侵犯。尽管我们在一个院子里，但和普通朋友没什么两样。”

世上还有小月这样善良的女子，海龙内心像河水一样翻滚着。

四

刘星的母亲见到小月后，硬是延长了半个月的生命，心满意足地闭上了眼睛。按照协定，小月在见刘母一面后，就完成了任务，但刘母不让她走。刘母走后，刘星哀求她不要走。小月见刘星可怜，又守规矩，只好暂时住下来，等刘星心情稳定后再走。村里人都认为她是刘星的媳妇，大毛还对她垂涎三尺，她决定要走时，却意外遇见了海龙。她一下子喜欢上了这个毛头小子，在几次交往后，她发现自己已经离不开海龙了。

刘星家里来了一位不速之客。大毛神秘兮兮地告诉他一个秘方：“那年，你被车撞了后，医生说会留下后遗症……”

刘星皱起眉：“后遗症？我怎没听说啊。”

“医生没敢告诉你啊。”大毛低声说，“你别担心，我这秘方很灵的。”大毛说完，洋洋得意走了。

小月问刘星：“他来干什么？”刘星淡淡地说：“没事。”小月说：“我讨厌他，以后别让他来。”

刘星摊开手，为难地说：“我也讨厌他，可……”

小月生气地说：“你让他来好了。我走!”

刘星大吃一惊，没料到小月发这么大的火，急忙赔笑说：“好好好，我听你的，行了吧。”

小月压住怒火：“我这是为你好，大毛不是什么好人。”

“我知道，我听你的。”刘星试探着问，“你，你和海龙……”

“你说什么。”

刘星头摇得像拨浪鼓：“我没说什么啊。”

“别以为我没听见，海龙还是个孩子哩。”

刘星又问：“咱们什么时候领证。”

小月反问：“我说过要嫁给你了吗。”

“你可答应我妈的。”

小月笑了，笑得刘星莫名其妙：“我要不是为了你妈，我才不会来呢。”

刘星挠挠头：“不管怎么说，村里人都知道你是我媳妇。”

小月咯咯一笑：“他们说了不算。”

五

尽管海龙没有告诉父母高考成绩，但父母从海龙忧郁的脸色和沉默寡言中猜到结果。老人不怪孩子，这一年，孩子很用功，父母都看在眼里。父亲盼望自己的病能快点好起来，现在的年轻人谁在农村待得住哟。

父亲的病渐渐痊愈，又成为家庭的主劳力。父亲对海龙说：“孩子，到城市闯荡去吧。”

海龙为父母的宽容和理解而高兴。

父母让海龙走，是为让海龙离开小月。小月和海龙成了长舌妇们捕风捉影的对象。母亲很担心，提醒海龙。海龙脸一红："妈，别听别人乱嚼舌头，我和小月在谈诗。"

"你可以和别人谈啊。"

海龙反问："和谁，和奶牛吗？"

母亲讪笑着，说："你要注意影响。"

海龙微笑着问："妈，您说小月好不好。"

母亲说："好啊，打着灯笼都难找的姑娘。"

海龙得意地笑："放心吧，我要进城打工去了。"

就在海龙准备打工时，意外收到录取通知书，是所大专院校。今年高考难度大，分数线下调了，但他丝毫高兴不起来。他清楚家里至今还欠几万元的外债。他想到城里去打工，自学也能成才。

海龙把想法讲给了小月。小月真诚地说："你去读书吧。我打工供你。"海龙望着小月，突然有一种冲动，颤抖地说："我，我想……"

小月问："你想什么？"

海龙憋红了脸："我想抱抱你。"

小月羞得满脸通红，低头玩弄着发梢。海龙突然握住小月的手，刹那间，海龙找到了人生的知己，身体里面有种莫名的东西在流淌，小月没有反抗，眼圈红了，眼睛微闭着，柔软的肩微微耸动着。海龙深情地望着小月的眼睛，幸福的眼泪流了下来。

小月看着海龙的脸："什么时候动身，我和你一起去。"

海龙说："过几天就走。"

"你一定要带我一起去啊。"

海龙急忙发誓："我不会丢下你的。这一辈子也不会。"

六

苦恼像个魔鬼，死死缠着刘星。他吃了好几副牛蛋，吃得恶心反胃。令他更苦恼的是，似乎他的隐私已经星火燎原了，他甚至担心小月也知道了，从这些天小月对自己的态度就能看出苗头。他想方设法遮掩，只求尽快治好，和小月结婚。

当小月提出要走时，刘星更加怀疑她听到了什么消息，他面如死灰，没有任何底气："我哪里不好？"

小月平淡地说："你没什么不好。"小月越是这样说，刘星越觉得伤心："你还是不肯说。"小月反问："你觉得我们会幸福吗？"刘星愣住了，他不明白，自己的所有都给了她，她难道还不满足还不幸福？小月既然这么说，自己肯定做得还不够好。可怜的刘星开始检讨自己了，但他实在想不出哪点做错了。他突然想到自己的病，心情沮丧极了。

小月叹了口气，安慰说："你会找到更好的姑娘的。"

刘星似没听见，脸色苍白地说："你是不是听到什么了？"

"没有啊，其实你很好，只是……"

"只是什么？我知道，你不喜欢我宰杀牲口。我改，我今后不杀了，行吗？"

小月不知怎么说才好："你误会了。"

刘星有些不甘心，追问："你得让我明白啊，我哪里错了，我好改。"

"我觉得我们不合适。"

刘星几乎要哭了出来，依然执着地问：“你说出来，我改。”

小月始终没有说，要分手了，说了又有什么意义呢！

刘星知道无法挽回了，只好换了种口气：“你什么时候走。”

“明天！”

明天，天呐！刘星的眼泪夺眶而出，摇摇晃晃回到自己屋，没有开灯。他一个人静静地注视着黑夜，像只可怜的猫蜷缩着瑟瑟发抖。无助的他只能让黑夜吞噬，让自己消失。他没有想到，自己最担心的事终于发生了，而且来得这么快，这么猛。

是的，刘星爱小月，全村的人都认定小月是自己的老婆，可事实上，自己是最孤独最不幸的。他听别人说起小月和海龙的绯闻，他开始不信，后来……他本应制止，但他没有，是因为爱，死心塌地，不求任何回报的爱。

爱让他放弃了任何反抗。

可怜的刘星此时已经一无所有。他所能做的，似乎只有默默地流着泪，只有黑夜能懂他的悲哀。他还要继续爱下去，爱她，就要让她幸福。

放弃也是一种爱！

他脑中一闪，对自己说，让她幸福，自己就是幸福的。坚强的刘星抹去眼泪，为自己的慷慨感到一丝宽慰。

刘星脸上又有了笑容，拿出存折，来到小月屋外：“这是以你的名字存的 3 万元钱，你拿着，在外用得着。”

小月隔着窗户：“我不要。你留着娶媳妇用。”

刘星没有说话，把存折从门缝塞了进去，然后回到自己屋里，抱头痛哭，哭得昏昏沉沉，哭过之后，他反复地想：小月，你一个人走，我怎放心哟。

七

清晨的天空布满了灰蒙蒙的云，压抑得让人喘不过气来。海龙心情特别好，早早起来打扫牛圈，突然发现靠在西墙拴着的大花，趴在地上，四肢抽搐，呼吸困难。海龙喊了一声："大花。"大花有气无力地抬起头，深陷的眼窝噙着大滴浑浊的眼泪，嘴里吐着令人作呕的白沫。

海龙喊："爸，快看，牛怎么了！"

父亲蹲在地上，抚摸着牛的头："中毒了，快去请张兽医。"

海龙来不及多问，骑车直奔五里外的张兽医家。五里的路，海龙不到一刻钟就赶到了。谁知张兽医一大早到临河村就诊去了。

海龙急得团团转，骑车去了临河。

一阵风吹来，夹着一丝清凉。海龙抬头望了一眼雨丝，骂了一声，伏在车把上，奋力骑着车，两条腿又沉又酸，他心里不停地呐喊：大花，挺住。

临河村养牛的有好几家，海龙像无头的苍蝇到处乱撞，费尽九牛二虎之力，终于找到了张兽医。张兽医听说牛中毒了，急忙和海龙冒着毛毛细雨往回赶。

还没进家，大毛打着雨伞从院里走出来，嘴角含着一丝莫名其妙的冷笑："你怎么才回来，牛已经死了。"海龙冲到牛棚，大花直挺挺地躺在地上，父亲蹲在地上大口大口吸着烟，母亲在旁独自垂泪。

海龙揪着湿漉漉的头发，大声喊道：“我知道是谁下的毒，是……”

父亲大声说：“没证据，别乱讲。”

“我，我——”海龙怒气冲天，硬生生把后面的话咽了下去。

“没错，就是刘星。”大毛说出了海龙要说的话。所有的人都愣住了，整个世界死一样沉寂。

突然，远处传来凄厉的吼叫：“快来人，救命呐。”声音平地而起，像一个雷在大家头顶炸响，刺穿人们的耳膜，大家的心提到了嗓子眼，不知发生了什么事。

慌乱的脚步声向叫喊声汇集。只见刘星倒在血泊之中，后背被什么东西豁开长长的口子，血像山泉一样汩汩地冒着，旁边散落着锤子。角落里，肇事者大公牛悠闲地啃着菜园里的青菜，染红了的牛角像一把钢刀。

大家七手八脚将刘星抬到车上，然后向县医院驶去。

海龙望着被雨水冲成小河的血流，想起刚才对刘星的猜疑，狠狠打了自己一个耳光。

八

海龙突然一拍脑袋，天呐！竟然忘记了一件天大的事情，他和小月约定八点在车站会合。

他飞快跑回家，抛下行李，顾不上和父母告别，骑上自行车，冲出院门，摇着车铃，穿街过巷，一路狂奔。他风驰电掣，如离弦之箭。雨越下越大，密密麻麻的雨水落在地上汇集成河，飞驰的车轮溅起片片泥点，甩在他的裤腿鞋袜。这点风雨算什么，一想到小月，他浑身充满了激情和动力。车站是他人生的一个中点，那里有他的爱，他的幸福，他的一切。在那里，他的人生即将翻开新的一页。从此，他的人生道路上无论是苦还是甜，都不会是他一个人孤独挣扎，而是和心爱的人一起承担，相互扶持。

他带着一颗真情火热的心在雨中疾行，像一盏永不灭的灯。上天啊，真希望小月别淋湿了，然而他一想到可爱的小月站在大树下，孤苦伶仃焦急地等，他就特别揪心。这个傻姑娘，不知会不会到店铺避雨啊。

他憋着一口气，抹去脸上的雨水，将头发拢向脑后，车蹦蹦跳跳，好像要腾空飞翔。

这条路是他去学校看分回来和小月走过的小路，以后这条路，就要和小月一起走。

当海龙来到车站，车站静悄悄的，只有雨不厌其烦地哗哗地下着。他四处张望，寻找着小月，车站空无一人，马路两旁各种店铺都沉寂在雨中。

小月呢！

海龙焦急起来，认为小月会躲在店铺里。他一家一家寻找，大声喊着小月的名字，店铺的人看他淋得像落汤鸡，吓了一跳，都以为他是精神病人，还没等他描述完，便摆手表明没见过。

海龙找遍了所有的店铺，也没找到小月。他再也无法承受如此伤痛，声音变成了哭腔。

小月，你在哪儿啊！

天地连成一片，远山、近树，都笼罩在迷茫模糊中。他仰天大喊，雨水毫不留情地灌进他的喉咙里。

他踉踉跄跄蹚着水，像狂风在荒野冲撞。

他坚信小月不会失约，更不会抛下他，可——

小月！小月!! 小月!!!

车站的上空弥漫着小月的名字。他真希望小月突然从天而降，给他意外惊喜。但，没有，所有奇迹都没有发生。

海龙忍不住哭了，发疯般寻找着。

远处，店铺飘来一首歌：姑娘你那红色的双唇，说的是埋在心里蓝色的忧郁……

冷风凄雨中，海龙孤零零地伫立着，木雕泥塑一般，凄美的旋律在他脑中盘旋，他闭上眼睛，忘情地跟着大声唱：

你违背了誓言
是你背叛了誓言
是你违背了誓言
是你背叛了誓言
如影随形
折磨着我
没有尽头

他一遍又一遍地嘶吼，发泄内心的痛苦，惩罚自己，是自己违背了约定，背叛了誓言。

无情的雨水、悔恨的泪水在他脸上肆意流淌。

渐渐地，歌声弱了，代之以放声痛哭。雨水淹没了一切，连同泪流满面的海龙，却淹没不了他心头的悔恨。

九

小月走出红螺村，像只飞出笼子里的小鸟。小月走得很轻松，她丝毫没注意到躲在屋里呜呜哭泣的刘星。

她在车站等啊等，不停地张望着，过了八点，海龙还没来。

她焦急起来。

正当她惴惴不安地等待时，突然一辆车驶过车站停下来，从车窗伸出个脑袋，大喊：小月，刘星出事了。

小月来不及多想，迈步上了车。

刘星在医院里昏迷不醒，小月望着沉睡的刘星，想到了很多很多：她想起上学时刘星对自己百般呵护，毕业后对自己苦苦暗恋，这一段日子里对自己执着爱恋。她一直不喜欢刘星在自己面前唯唯诺诺的样子，认为没有男子汉的气概，好像自己有多么可怕似的。她现在明白了，怕，其实也是一种爱，一种感情最深最真的爱，而自己却把人世间最美的爱，当成了不可饶恕的缺点。

小月为差点失去这种爱而悔恨不已，她紧紧握着刘星的手，把脸轻轻贴在刘星的耳边，呼唤刘星的名字。

爱的力量是伟大的。刘星苏醒后，又发高烧，昏昏沉沉中，刘星痛苦地喊着：“小月，你别走，小月——”

小月的泪水忍不住流下来，滴在刘星的脸上：“我在这里，我哪儿也不去，一辈子陪着你。”

刘星安稳地睡去了。

刘星缝了十七针，脱离了生命危险。

刘星清醒后，却拒绝治疗，只是痴迷地望着小月，突然哭开了：“我要好了，你又要走了。”

“我不走。等你好了，我们一起回家。”小月把“回家”说得很重。

“你不是骗我。”

小月伏在刘星耳边，低声说：“我知道你对我好。我答应你，这一辈子都不会离开你了。我爱你。”

刘星像个孩子，幸福地望着小月。然后，闭上眼睛享受温馨甜蜜时刻。过了许久，刘星睁开眼，低声说：“我好高兴，但我不配。我，我有病……”

小月满脸泪水：“不管你怎样，我都是你妻子。”

刘星伸出手，抹去小月的眼泪，甜甜地笑了。

刘星在医院住了半个月，邻居到医院看望刘星时，带来几个消息：海龙被雨淋病，在家病了三天。海龙家奶牛中毒查清了，是大毛投的毒。大毛还承认，他为了接近小月，知道刘星受过伤，故意捏造刘星有病的谣言。

小月给海龙写了张纸条，同时还捎给海龙五千块钱。

海龙接到纸条，上面写着：海龙，你是个好孩子，我本想打工供你上学。但现在我不能去了，我要和刘星结婚。记住，你一定要去读书。

海龙接到信后，一个人跑到龙月泉，追忆往事，号啕大哭。

哭过之后，海龙仿佛从大梦中醒来。此时，晚霞将龙月泉染成了绚丽缤纷的色彩，宛如一张庄严的水彩画。啊，多么美好啊。他来不及多看，他要马上赶回去，告诉父母他高考中榜的好消息。他知道，在他前面，还有美好的风景在等着他追寻、涂绘！

文明村的过客

寒风依然刺骨，冷得连阳光都冒着寒气，金鸡岭像进入冬眠的狗熊，瑟瑟地蜷缩在荒芜的山窝里。一个穿黑衣的年轻人，站在金鸡岭村口写着“文明村”三个字的影壁墙前，仿佛在鉴定一件珍贵文物。

来人年纪不大，瘦小单薄，没有人知道他从哪里来，要到哪里去。说他是流浪汉，又不准确。从他疲惫的状态来看，应该是走了很长的路。他站在影壁墙前，像一截木桩，久久不动，像面壁思过。其实他刚一出现在通往金鸡岭蜿蜒的路上，就吸引了村民深远而期盼的目光，以为是谁家外出打工的人回来了，都站在高处踮着脚伸长脖子张望，直到看清才觉出脚痛脖麻眼酸。都有种失落感，继而又浮起疑问：这人是谁呢？肯定不是谁家的亲戚，金鸡岭巴掌大的村，谁家有什么亲戚，彼此都很熟悉。路过？也不像，金鸡岭已是这道山沟的尽头了。

金鸡岭是远近闻名的文明村，民风淳朴，热情好客，喜欢搭讪。李明冒着寒风，亲切地问：“朋友，你找谁？”

年轻人冻得发木的脸笑了笑，什么也没说，只是搓着手。

“说嘛，找谁，村里没有我不认识的。”李明长得唇红齿白，像个大姑娘。年轻人摇摇头说：“我谁也不找。”

不找谁，来这里做什么？李明耐着性子，发出盛情的邀请：“天太冷了，都把人冻透了。到我家喝杯热水，暖暖身子。”

山里风硬，年轻人穿得又少。冯民准备去金贵山家，看看煤炉情况。金贵山老汉无儿无女，一个人住。人又上了年纪，生煤炉子，让人不放心。冯民上下打量着年轻人，断定不是坏人。冯民爽朗地说：“到金鸡岭了，就是朋友，到我家喝几盅。”

年轻人撒谎说：“我不会喝。”

“不会喝？这世上还有不会喝酒的男人！”冯民半开玩笑地说。他生性豪爽，是走到哪里都能吃得开的那种人。这很对年轻人的脾气，便说：“帮我个忙，我想租房。”

租房？村民都愣住了，冬天哪有到山村租房的？莫非是逃犯。大家都警惕起来，很快又打消了顾虑，这么单薄，能是逃犯？年轻人是当地县城口音，如果是逃犯，应该远走他乡。为什么放着县城不住，要来山村租房呢。年轻人解释说，我叫孙立，身体有病，需要到乡下静养。村民释疑了，都想帮助他，问题是现在是冬天，有空屋子，也没有生火；或是男人在外打工，女人在家，出出进进不方便。

冯民想到了金贵山，五间房子就他一个人住。冯民说：“如果金贵山不租，你再找我，我给你想办法。”李明自告奋勇要陪他去。年轻人有些不好意思，李明欢快地说：“没关系，咱们顺路。”

路上，李明说了金贵山许多好话，让他放心住，有困难尽管开口，金鸡岭是文明村，人人都是活雷锋。孙立想到那首火得一塌糊涂的歌词，忍不住笑了。

金贵山得知孙立要租房，高兴得用漏风的嘴连声喊："好啊，我正缺个人陪我唠嗑哩。别提什么房租，你随便住，住多久都行啊。"

村民没有走眼，孙立的确是个好人。听他的口音是县城的人，他也说自己是县城人，这一点吻合，说明他是诚实的。城里人能在金鸡岭待得住，更印证了孙立是来静养的。最重要的一点，年轻人都懒，孙立却例外。孙立手脚勤快，帮着金贵山劈柴、挑水、洗衣、和煤、做饭……做得很像回事。经常照顾金贵山的村民都说："从孙立来了后，省我们许多事了。"

金贵山不停地摩挲着发亮的拐杖，呵呵地笑个不停，仿佛年轻了好几岁。

冯山把话说得更透："行啊，你这是捡了一个儿子，比亲儿子还好。"

金贵山眼睛潮湿了，他想起曾经错过的一次次婚姻，不然，他也会有儿有女，连孙子也有孙立这么大了，都怪自己脾气倔，落到这种地步，真是自作自受。几年前，村长见他上了年纪，腿脚又不好，决定由村里出钱，把他送到敬老院。金贵山说什么也不去，村长见自己说服不了他，搬来敬老院的院长。金贵山阴沉着脸，举拐棍就打，吓得院长抱头就跑。村长只好作罢，安慰说："你放心，咱金鸡岭是文明村，每人少吃一口，也能把你养活了，绝不让你受罪。"

金贵山把这话转述给孙立听时，孙立也动了情。村长没有放空炮，这从金贵山的生活状况就能看出来。那天，李明领他去金贵山家的路上，满脑子都在想屋里肯定冷得像冰窖，臭味熏天，尘土飞扬，随处吊着蜘蛛网，杂物乱堆乱放，没个下脚地。哪知进了屋，大大超乎他的想象，炉火很旺，屋里温暖如春，干干净净，没有怪味，窗户都是双层玻璃。

金贵山性格孤僻，爱钻牛角尖，一开口就能噎死人。孙立温顺得像个刚出嫁的小媳妇，不问不说话。金贵山一闲下来，就叨念金鸡岭的陈年往事，孙立就在旁听着。孙立机灵聪明，眼里有活，总能在金贵山需要时，及时地端茶、递烟，很得金贵山的心。

金鸡岭是个小山村，名字虽然带个“岭”字，村庄却在山环之中，依地势呈马蹄形分布。金鸡岭地处三县交界处，因此姓很杂，有 30 多个姓。虽然如此，村民关系融洽，多少年来，路不拾遗，夜不闭户，没发生过一次口角，成为市级的文明村，这让专家都拍案称奇。

这一带的村子都小，几乎没有商店。每隔几天，蛇地沟的张德禄便开着三轮车串村卖货。这天，张德禄开着三轮车，又出现在村口。孙立挑了几样青菜，付钱时，一摸口袋，才想起早上换洗衣服，没有带钱。孙立放下东西，尴尬地说：“忘了带钱，我回去拿。”

张老板爱说爱笑，为人随和。听了孙立的话，他板起脸把青菜强塞进孙立手里：“尽管拿去吃，下次再给。”

孙立疑惑地问：“你认识我？”

“不认识。”

“不认识，你还敢赊账。”孙立深知赊账的难处，在城里，很多商家都在墙上贴着店小利薄概不赊欠，还有写着莫赊账的打油诗，进店的人看得脸发烫，下次都不好意思进店了。

“老弟，我卖了十多年的货，走了那么多的村，只有金鸡岭赊账我最放心。这是文明村啊。”老板把“文明村”拉得很长，声音豪迈而洪亮，久久在上空盘旋，惊得喜鹊也叽叽喳喳地叫。

金贵山把孙立当成了亲人，希望他能长住下去。他关心孙立的病，比关心自己的腿痛还上心。老人发现每过一段时间，孙立就犯一次病，犯病时，面带痛苦、焦虑，和自己较劲。孙立痛苦难当时，就找活干，或找东西猛敲手心，疼得直龇牙。金贵山心惊肉跳，问他得的什么病。孙立说，别问，下次我再犯时，你就用绳子把我捆起来。

村民都喜欢孙立，几乎忘记了他是来静养的，有人关心起他的终身大事，想给他找个金鸡岭的媳妇。只是婚姻是大事，和孙立接触不长，但有人已经把孙立当作金鸡岭的姑爷看待啦。

卖货的张德禄很精明，他总能在村民快断货时出现，也能准确地猜出村民需要什么。但这次，张德禄变得愁眉苦脸，沉默寡言，即使笑也很僵硬，是硬挤出来的那种，比不笑更难看。他哭丧着脸，摔摔打打地发牢骚："还是金鸡岭好啊，文明村。那次我多找给金贵山一块钱，他在村口等我一星期，大好人呐，哪像县城……"

"哪都一样。"

"屁！"张德禄狠狠骂了一句，仿佛要把谁打倒在地，"我去市场进货，钱包被偷了……"

村民都气炸了，文明村的人更痛恨贼，仿佛偷的是他们。孙立问："怎么被偷的？"

"昨天，我去市场进货，买好了货，一摸口袋，钱包没了。"张德禄气得手在抖动，好像钱包刚从手心飞走。

村民紧张得捂紧口袋：“你没报警？”

“报警也找不回来啦。”张德禄无奈地叹了口气，“抓住他，直接就剁手——让他偷！”

村民同情他的遭遇，都想多买点东西，弥补他的损失。张德禄心存感激，把秤挑得高高的。

张德禄的小买卖，小得不能再小了，遭遇横祸，村民认为他至少两个月都缓不过劲来。没想到才一周，张德禄神气活现地出现在村口时，抑不住内心狂喜：“我上次丢的钱找回来啦！”

偷走的钱还能找回来，村民急切想知道是怎么找回来的。

张德禄像竹筒倒豆子地说：“昨天，我去进货，看见一个染一撮黄头发的年轻人。他说，上次在市场捡到一个钱包，里面有我的证件，知道我肯定来进货，就等我还给我。”

“看，还是好人多啊。”村民也为他高兴。张德禄脸一酸，不以为然地说：“说我钱包掉了，我才不信呢。我哪次出门，不把钱揣好，口袋拉着拉链，怎么会掉。他就是小偷，以为我不知道。那次我一进市场，他一直跟在我身后。哼，要不是怕他报复，我早就报警了。”

张德禄一眼瞥见人群中的孙立，忙住了口，盯着他看，像看个怪物，眼神怪怪的。当买货人只剩下秀英时，他低声问：“租金贵山房的是谁啊？”

“孙立，县城来的。”

“哦——”张德禄意味深长地说，“有件事，弄得我稀里糊涂。黄毛在还钱时，问我外甥哪儿去了。他说和我外甥是铁哥们，到处找都找不到他。问得我都糊涂了，我哪有外甥啊，我怕黄毛不还我钱，我就一个劲赔笑顺着他的话瞎应承。

刚才我一看孙立，黄毛说的我外甥怎么像他啊。”

张德禄故意把话说得留有余地，又怕她不明白，又点了一下：“不然，黄毛怎么知道我还会去。”看到秀英惊愣的表情，张德禄知道她明白了，便住了口，换了张面孔，嘻嘻哈哈地说：“我乱猜想啊，天下相像的人多了。”他心里却在想，我是好心，万一孙立和他们是一伙，多危险啊。

不用秀英过脑子，张德禄已经把话说得再透彻不过了。尽管张德禄一再让她守口如瓶，秀英一转身就传了出去。这也是为大家啊，让大家都有个堤防。消息不胫而走，金鸡岭的人就像智子疑邻，疑问越来越多。哪有冬天到村里租房的。纵然有病需要静养，什么病？有医院诊断证明吗。金鸡岭也不是最佳静养之地呀。一个人来乡下，他难道没有家人吗？也没人探望，这不符合常理啊。就是跑失一条狗，家里也会寻啊，何况是个大活人。各种疑问集中在一起，得出的结论只有一种：孙立和黄毛是同伙。更奇怪的是，孙立来两个月了，没听说谁家丢过什么东西啊。难道孙立是来探路扫盘子的，待摸清情况后再下手。

幸亏张德禄被偷得及时，让孙立露出尾巴，怎么办。最好是报警，仅仅怀疑，警察也不受理啊。村民心照不宣地形成一致意见，全村都行动起来，时刻防范孙立，不给他任何空子。村民想告诉金贵山，可金贵山和孙立情同父子，疏不间亲啊。金贵山老人，一辈子省吃俭用，积攒下来的积蓄，若被孙立偷去，还不把老头坑苦了。话又不能明说，他们一面开始疏远孤立孙立，一面经常去金贵山家监视孙立。

来的人都冷着脸，提醒金贵山冬天要防火防煤气防盗。孙立表示，放心吧，有我呢。村民说：“防火防煤气都好说，最重要的是防盗，有些小偷专门杀熟，防不胜防。”话说得莫名其妙，让孙立摸不着头脑。

直到张德禄对他不赊账了，孙立才觉出问题的复杂性。张德禄说利薄手头紧，可对别人依然赊账。孙立心里不爽，自己还帮张德禄要回被偷的钱包。最让孙立受不了的，是他买东西时，张德禄总用冷淡的眼盯着他，孙立浑身不自在，感觉手被绳子捆住了。

孙立挑选时，张德禄马上摁住孙立的手：“不能挑，挑剩下的谁要？”对别人，张德禄转脸堆笑说：“随便挑，我没说你，尽好的拿。”

这明摆是对自己。孙立赌气不买，可来卖货的仅此一家，别无分号。

金鸡岭像防火防盗一样防着孙立，防火防盗一旦锁定目标，就像已完全控制了嫌疑人，只等待下达抓捕命令。孙立只要一出金贵山的家，总有一双警觉的眼或明或暗地盯着他。其实村民同样紧张，总是防并非长久之计。解铃还须系铃人，村民们开始去找冯民、李明，是他们把孙立请进来的。

冯民说：“房是金贵山的，一个愿意出租，一个愿意租，我有什么法儿啊。”

“当初你出的主意，你也不调查清楚，让小偷住进来，你能没有责任！”

冯民说：“我又不是警察，凭什么调查人家。你们也不想想，如果孙立手不干净，县城不比金鸡岭油水大，干吗来山沟沟。”

话虽如此，冯民还是坐不住了，从法律上讲，真出了问题，他和李明都脱不了干系。关键是他的耳朵里灌满了孙立的风言风语，三人成虎啊，不得不信。冯民找到李明，李明早就坐不住了，文明村怎能容忍小偷居住呢？只是他性格内向，不喜欢出头。冯民一找他，他立马同意尾随着。最好的办法是金贵山不出租，或是孙立主动离开。让金贵山不出租，难，他们去过他家，现在金贵山把孙立当儿子看了，离不开了，只能让孙立离开。

他们有充分的理由：孙立在金鸡岭住了两个月了，该回家看看了。

“我出来时，和家里说好了，半年才能回去。”

冯民和李明都没了辙。

村民又涌向村长家，理由也是商量好的，能上台面的。金鸡岭是市文明村，是县、乡必保的招牌。文明村若出了失盗案件，全村人都无光啊。

事关金鸡岭的声誉，村长当然重视。他胸有成竹，因为他手里攥着金贵山的命根子。村长还是讲策略的，了解到孙立曾说要给金贵山每月二百房租。二百元的房租在金鸡岭能租一套院了，这明显有文章。村长一进屋，先盘问半天孙立。金贵山恼了：“你又不是警察。”村长说：“我是村长。”

“村长比警察牛？”

村长没有搭腔，开玩笑地说：“金叔，今年你有进项了，救济钱就没你的份了啊。”

“没就没了。”金贵山大气地说，仿佛他是百万富翁。村长愣住了，不知老头的大气从何而来。

怎么才能让孙立离开呢，村民们犯了难。

孙立和刚来时一样，别人不理他，他主动打招呼，遭受白眼冷嘲热讽也不往心里去。村民惊讶了，这个家伙是不是缺心眼啊。

有人想了个绝妙主意。金贵山有个没出五服的侄儿金强，住在蛇地沟，每年都来拜年，还让金贵山到他家养老。金贵山没去，他知道自己脾气不好，再说，毕竟是侄儿，和儿子差远了。另外，金强媳妇当家。村里人都知道金贵山百年之后，这房子就归金强了。

有人给金强煽风点火，说有人要抢他的房子。金强火冒三丈，风急火燎地赶到金鸡岭。给金贵山二百元钱："把房钱退给他，咱不租房了。"

金强对孙立怒吼，俨然他是房子的主人："赶紧搬走，我要装修。"

金贵山翻着白眼："大冬天你装修房。"

金强冲孙立一摆拳头，从牙缝里挤出一股杀气："土豆搬家，赶紧滚他妈的蛋！"

孙立的病好多了，他已经有些日子没犯病了，是该走的时候了。

偏偏这时，金鸡岭失了盗。

被盗的是秀英家，秀英住在金贵山家墙西，因为离得近，照顾金贵山也最多，拆洗缝补，她全包了。秀英丢的是气筒子。秀英以为是谁借去了，问了好几家，都说没借。

秀英怀疑是孙立偷去了，便去找金贵山。

"叔，我家气筒子找不到了，在你家没有？"

金贵山用拐棍指着瘸腿："我还能骑车？自行车都坏好几年啦。"

这一点秀英很清楚，她看着孙立，似有所指地说："真怪啊，难道成精了，自己长腿跑了？"

孙立哭笑不得："气筒子哪有腿啊。"

"那就是被偷了。"

"谁偷气筒子啊。"孙立笑得更厉害了。

"那可不一定，贼不走空嘛。有人手贱，不偷东西手就痒痒。没人承认，我就骂了。"

乡下丢东西，就是骂，仿佛骂能把失物骂回来。当然，这种骂，从不指名道姓，但都能知道骂的是谁，骂街的威慑力强大，被骂的人好些天都不敢露面。秀英站在门口，对着东面骂。秀英的骂和别人骂街不同，不是祖宗奶奶地骂，骂得很文明，骂声也不高，明显就是骂孙立。

孙立给秀英买了个气筒子，让她不要骂了。秀英坚决不要："不把我丢的气筒子骂回来，我绝不罢休，就是给我个金气筒子，我也不稀罕。"孙立碰了一鼻子灰，还被秀英误会。秀英认为抓住了孙立的尾巴，如果不是他，他凭什么给我买个新的。明显是贼人胆虚，堵人的嘴嘛。秀英看穿孙立，更是得了理，把买新的气筒子这件事传了个遍。至于孙立把偷到的气筒子弄到了哪里，却没人追问。

一波未平一波又起，紧接着，墙东家丢了一块手表，后院丢了一双鞋，前院的锁被撬了，还未发现丢了什么。连锁都敢撬，明天还不明抢啊。金鸡岭炸锅了，闹得人心惶惶，骂街的，贴寻物启事的，到庙里许愿的，嚷嚷要报警的，乱成一团。

乡里得知金鸡岭频频失盗，对村长说，再失盗，文明村的牌子就摘牌。村长不能手软了，豁出挨金贵山几拐，也得把孙立撵走。他以村长的身份说明来意，劝说孙立离开。

孙立眼睛通红："你们怀疑我，证据呢？不能血口喷人！"

“如果有证据，咱们就不在这说话了。你要没偷，凭什么给秀英买新气筒子。”金贵山大声说“到底是不是你?”

“不是。我发誓，不是我。”

村长说：“你不要脸，我们还要脸呢。自你一来，金鸡岭就没消停过。而且……”村长看了孙立一眼，似有更重要的话，只是给他留着情面。

孙立说：“你这话是什么意思?”

“什么意思，你明白。你在县城干的事，以为我不知道。”

孙立顿时蔫了，抱头蹲在地上。

金贵山全明白了，他盯着孙立，好久，才想起了什么。拄着拐杖，要站起来，因为气愤，差点坐在地上。孙立上前搀扶，被金贵山用拐杖把孙立扒拉开。老人哆哆嗦嗦到了玉米囤，拼命翻找，找到一个布包。他眼睛放光，把包紧紧贴在心口，好一会儿，才抖动着打开，看到钱和存折都在，喃喃地说：“菩萨保佑，菩萨保佑。”

“多悬呐，差一点就没了。”

金贵山浑身颤抖，受了风寒一般。

村长一摆手，像挥去一只苍蝇：“走吧，对你，对我们都有好处。”孙立眼巴巴望着金贵山，嗫嚅着说：“上次存钱，还是您让我存的，如果我是……早就下手了。”金贵山努努嘴，半天才说：“你走吧。”

孙立扯着嗓子喊：“我不走。”

孙立是个苦孩子，县城人，五岁那年母亲病逝，父亲给他找了个后妈。有后妈就有后爹。孙立回到外公身边，几年后，外公外婆都没了，孙立在社会上认识了一些不三不四的人，学会了偷盗。

在一次行窃中，被反扒手抓住，判了五年徒刑。刑满释放后，孙立想金盆洗手，痛改前非，重新做人，但偷瘾像吸毒样时不时发作。更让他头疼的是，以前的同伙像毒蛇三番五次缠着他，让他重操旧业。为逃避同伙的纠缠，彻底戒掉偷瘾，他躲到了金鸡岭。金鸡岭是偏远山区，同伙找不到，而且这里是文明村，民风淳朴，心地良善，有助于戒偷。

孙立说完缘由后，又解释说："我给秀英嫂买新打气筒，目的只有一个，想平息此事。你们想一想，我要是偷，也偷值钱的啊。我连保险柜都能打开，一把锁用一根细铁丝就能搞定，还用撬锁啊。请你们相信我，等我抓住真正的小偷，我马上离开。"

孙立信誓旦旦，没人相信。

"只要你一走，金鸡岭就太平了。"

孙立没有留下的理由了，他拿出六百元钱，说："金叔，我在您家住了三个月，这是房租钱，您收好。"

金贵山扭向墙角，不去看孙立，只是用胳膊一挡，钱掉在地上。孙立弯腰拾起来，放在粮囤上，又用瓦片压住，转身走了出去。

此刻，金鸡岭上空升起几缕诱人的炊烟，夕阳将孙立的影子拉得又瘦又长，映在地上，更显得孤独、单薄。一片残叶被寒风裹卷着，在墙角冲撞、挣扎、搏斗……

说来也怪，孙立走后，骂街的不骂了，庙里也没人去了，寻物启事也撕了，更没人嚷着要去乡里、派出所报警了，失窃再也没有发生。

丢的东西再也无人提起，金鸡岭又恢复了往日的安详和宁静。

后记：几天后，村头那写着文明村的影壁墙上贴出一张失物招领启事，是李明写的。李明在自家废弃的驴棚里发现了村民的失物。村民们欢天喜地地领回自己的失物，边走边说：“孙立太可恶了，居然偷了这么多东西，还栽赃陷害嫁祸于人。”

午后的阳光

午后的太阳放射出刺人的毒针，窒息得让人透不过气来。这种鬼天气最适合泡澡或泡酒吧，而我却撑着一把伞头昏目眩地骑着自行车。我担心沥青烤焦，车胎受热膨胀突然爆胎，我更担心自己会突然缺水晕倒在地，路上的车辆没命地逃窜！

我庆幸自己带了伞，虽然，伞并不起多大作用，但至少能遮挡一些阳光，不然，皮肤非晒裂不可。自行车对我来说，是个累赘，让我吃尽苦头，出了一身汗。我恨不得一下子飞回家去，痛痛快快冲个凉水澡，然后悠闲地躺在席梦思床上，开着空调，美美享受几瓶冰镇啤酒，让自己从里到外彻头彻尾降温。我热得实在难受，空气中弥漫着馊臭恶心的味道，如果我再不采取什么措施，我就会发馊变臭。

恰好路边有一个小得不能再小的冷饮店，我毫不犹豫把头从小窗子探进去，我恨不得把我的身子也钻进去，但我的肩被卡住了，我一眼盯住了旋转着的台式小电扇，从扇叶流淌出来的微弱气流，根本解决不了问题，或是老化了，死乞白赖地转着，证明着存在而已。我只好把目光落在冰镇啤酒上。我是个十足的吝啬鬼，但今天热坏了，花钱与保命，我毫不犹豫地选择了后者。我拿出不过日子的劲儿，要了两瓶冰镇啤酒。我急不可耐地打开一瓶，然后一扬脖，咕咚咕咚灌进肚子里。我打着嗝，浑身舒服极了。

我正准备好好品味另一瓶啤酒时，不知从哪儿钻出一人，我只对我的啤酒感兴趣。他却对我感兴趣，拍着我的肩膀："你还有闲心喝酒，你兄弟出事了！"

真是个冒失鬼，我没理他，我盯着我的啤酒，想象着如何能使一瓶变成两瓶。那人沉不住气了，胳膊拄在墙上："你没听见吗？你的兄弟出事了！"

我确信他是对我说话，因为有两点唾沫星飞溅在我的脸上，让我异常恶心，但我没发作，这么毒的太阳，如果再发火，火气里应外合，闹出毛病，岂不得不偿失了。我用手非常绅士地擦着脸，心平气和且明确地说："你认错人了。"

他坚定地说："我认识你。"

他如此坚定，着实让我大吃一惊。我把眼睛瞪得发酸，还是没认出他来。

他直截了当地说："你可以不认识我，难道你连你的兄弟也不认识了吗！"

兄弟？我攥着啤酒瓶，生怕他抢走似的，按他的思路想，却处处碰壁，我母亲只有我一个儿子，我何来的兄弟。我盯着他的脸，使劲想，确信我的脑容量里没有储藏这个人的信息——除非这家伙整过容。我摇摇头说："是你喝多了，还是我喝多了？"

他站直了身子，用疑惑的目光打量着我，显得失望之极，仿佛在看一个哀其不幸怒其不争的蠢货，他嘴角一翘，鄙夷地说："喝多？扯淡，我已经戒酒三年了！"

这家伙竟然戒酒，鬼才相信。我淡漠地说："中暑比喝醉酒还容易产生错觉。”

他的手变成拳头，想把拳头砸在我身上，但中途改变了方向，捶在墙上，气愤地说：“没想到你这样忘恩负义，你还有没有人性，丝毫没有手足之情，我真是瞎了眼。”

他乌鸦般的哇哇聒噪，逼得我不得不正视他的问题。我装作微醉，以醉遮脸，故意晃着身子：“抱歉，我喝多了，你能告诉我，你叫什么名字。”

他用哲人的语气说：“我是谁这并不重要，我只是个送信者。”

这家伙认错人了还不承认。我追问道：“你认识我？”

“当然认识！你不就是那个谁吗……”

说啊，快说出来。我期盼他能喊出我的名字，他夸张的激动表情，让我沾沾自喜，不，简直有些受宠若惊了，在这座小城，无权无势无钱又长相平常的人，如果能被人轻而易举地认出来，是件多么令人高兴的事。我兴奋得眉开眼笑，带着提示的语气说：“你认识我？你怎么认识我的？在哪儿呀……”

他显然没有我这么激动：“我在咱县的刊物上见过你。”哦，刊物上，我想起来了，去年，我在县刊发表了一篇短篇小说，上面有我的照片。看来他是我的读者。

唉，如果是个美女该多好啊。我们选一良辰美景，谈谈文学、人生，还有……

我从幻想坠到现实中：“惭愧，写得不好，让你见笑了，多提宝贵意见。”

他严肃地说：“你是作家，你是文人，你不能这样对待你的兄弟。”

“对，对。四海之内皆兄弟，兄弟是手足。”我语无伦次地点头。

呵呵，作家？我距三流作家还差十万八千里，但平生第一次听到别人把我和作家联系在一起，心里按捺不住一阵狂喜，但我不能过多表露，作家嘛，要淡泊，要低调。我又按照他的思路扩散开去，我虽无一母同胞的兄弟，但我有堂兄弟、表兄弟，还有出了五服的兄弟，更有一批喝酒打牌吃喝玩乐的狐朋狗友。我坐不住了，他们肯定遇到了什么麻烦，盼星星盼月亮等着我去救，而我注定不能袖手旁观，坐视不管。这一点是毋庸置疑的。

我豪气云天地问：“你说的我的兄弟在什么地方？”

他爽快地说：“我带你去。”

仅仅一瞬间，我就有了一点犹豫，从沸点坠到了冰点。因为我看他不像个好人，会不会是个陷阱、埋伏、圈套。另外我还在想我的兄弟遇到了什么麻烦，我还想将那瓶啤酒消耗掉，但送信人显然等不及了，拉着我的衣服就走。我尽管很在乎那瓶啤酒，但我不能自毁形象，给他留下酒鬼、重酒不重友的坏名声。我毅然放弃了那瓶酒，尽管我心里难以割舍。

我们沿着公路往前走，路面在我眼前起伏颠簸，我心里也波浪翻滚，走了几分钟，对我来说却犹如在夜幕下的沼泽地摸索了一个小时，我在想是我什么兄弟？又遇到什么麻烦？我能不能管得了？我要钱没钱，手无缚鸡之力，嘴巴又笨得似哑巴，我连个三流作家都算不上，在单位是个连弼马温都不如的小职员，我简直一穷二白，一文不值，一无是处……我没有妄自菲薄，如果是我的赌博兄弟欠下巨款？如果是我好色兄弟勾引女人，被女人的老公堵在屋里？如果是我的惯偷兄弟行窃时被当众抓住正游街示众……

我的天哪，我越想越头疼，头上冒了汗，我的腿迈不开了，我心跳得咚咚的，似打鼓一样，四周有许多无形的手向我伸过来，掐住我的脖子，我感到一阵头疼，我怎么不病倒呢。我有气无力地问："你认识我兄弟？"

他老实地说："我不认识。"

嗯？我开始捋着并不复杂的关系：他不认识我，也不认识我兄弟，他怎么知道我们是兄弟？当我是白痴啊！傻子都能看出，他是给我设了一个套，还编出理由让我心甘情愿地往里钻。我站住了，我想弄明白，我不想被人卖了还帮人家数钱。

他在后面不住催促："走啊，别磨蹭，我最瞧不起你们这种文人，走路还端架子。"他出言不逊，我感到莫大的羞辱，我觉得我的头皮上不是头发，而是呼呼冒着火苗。这个可恶的家伙，骂人不带脏字。我像个罪犯，被他拉在街上游行示众。

终于不能走了，前面的路被堵住了。我心里暗自高兴。车窗里伸出一个个小脑袋，扯着嗓子喊："前边怎么啦？"

响亮的声音传出去后，似乎都被阳光吸收了，没一点反应。我站住了，有些幸灾乐祸。

送信者急了："咱们从旁边走过去。"

我还是有些不放心："你说的兄弟是哪个兄弟呀？"

他无辜地耸肩说："我哪知道啊。"

我火了："你都不认识我兄弟！怎么知道是我兄弟！！"

他有些强词夺理："你不到现场去看，怎么知道那不是你兄弟。”我噎得无话可说，但我不想走了。

他不管不顾地瞪了我一眼：“你还文人呢？狗屁！充其量也是个屡考不中的迂腐老秀才！”他抢过我的自行车就走。这家伙，是在抽我的筋啊，摘我的心啊，灭我的灵魂啊。我恨恨地想：今后，我再写一个字，我就不是人！

我们在车辆的夹缝里穿插而行，别看他人高马大，却很灵活，我担心他会撞坏汽车，发生新的摩擦。最好是干一架，这是我所期望的，我好趁机溜走，但没有，我多少有些失望。

我们来到堵车的源头——公路的中间，倾斜着一辆三轮车，车前卧着一个四旬的农村妇人，黝黑的脸上满是无奈，死鱼一样的眼盯着白花花的路面，像一废弃的雕刻被扔在那里，车上散落着梨，地上的梨也七零八落，有的被碾成梨泥。来往的车像遇到暗礁的小船，小心翼翼地拨动着、摇摆着，然后，轻巧地划过去了。

唉，不幸的人啊，遇到了车祸，肇事车却逃跑了，而周围的无数只眼睛却让她丢了颜面陷入死地。眼睛们望着排成长龙的车队，嘴巴兴奋地喊：“来呀，都来压井盖啊！”

送信者对我说：“到了。”

我愣住了，莫非我兄弟是肇事者，他逃跑了，却让我来擦屁股。他疑惑地说：“你那篇文章里，不是说蹬板车的是你的兄弟吗？”

我迷茫无辜的脸顿时痉挛扭曲了。天哪！我不是110啊，也不是120啊，更不是上帝啊。当然我不能无动于衷，问题是我想管，我管得了吗。

我问路边的眼睛，失盲的眼睛上下打量着我，似乎我是肇事者，如果我不去自首，他们就会举报我，而且他们早就将我全部特征记得牢牢的，就算我逃到天涯海角，他们也会将我绳之以法。于是，冷酷的牙缝里挤出一丝冷笑："你是她的什么人啊？你管这闲事干吗！"

我仿佛被掴了个脆生生的耳光，一下子被拒于千里之外，好似我无权过问，否则，我就会惹一身跳进黄河也洗不清的麻烦。

眼睛们依然兴致勃勃："这么长时间，也不换个姿势。"

"呵呵，天这么热，估计被沥青粘住了啦。"

……

我来到妇人面前，轻声说："大姐，怎么样？要不要送你去医院？"

妇人没有说话，看也不看我一眼。可以肯定，她听懂了我的话，我断定她绝非胡搅蛮缠之人，也断定她没有受什么伤害，因为她脸上没有疼的感觉，有的只是冷漠麻木。我知道，她本来不是这样的，她也是有血有肉、有笑有泪、像你像我的人！

我将梨捡起来，放在车上，然后说："大姐，咱们去医院，我有钱！"

妇人没有说话，但她的嘴角抽搐了两下，眼角缓缓地流出两行浑浊的泪水，她摇摇头，表示不去医院。

我说："大姐，咱们回家吧。天热，会中暑的。"

妇人轻轻叹了口气。我将她扶起来，我说："我送你回去。"

她摇摇头，说了声："谢谢，兄弟。"然后，她抬起头，推着板车，一瘸一拐地走了。

我一动不动站在那里，目送她远去，她背后的阳光一晃一晃的，似雪亮的刀子，刺得我眼生疼，眼泪唰唰地流……

邂　逅

坦白地讲，这场“艳遇”差点让我家妻离子散。

我和妻子结婚七年，一直举案齐眉，每次出入都十指相扣，宛如新婚宴尔的小夫妻，小区里的人都羡慕地说我们是“神仙眷侣”。

我们下班几乎前后脚，谁先到家，就会到小区门口翘首等对方，然后相拥着说说笑笑，一起回家。后来，有了儿子，我们更加恩爱了。

我从不在下班路上逗留，无论路上发生什么稀奇古怪的事，我都不感兴趣。我只想着妻子还在门口等我，我就如同屁股着火，“嗖嗖”地往回跑。

那天，在离小区不远处，意外见到凤霞。凤霞是我高中同学，一个长相漂亮且笑靥如花的女生，是男生们心中的女神，追求她的人很多。我是个内向的人，对她像着了魔，可我太平常了，一点也不突出，只能把喜欢深藏在心里。

高中毕业后，我再也没见到她，听说凤霞嫁到大兴，做起了生意。凤霞偶尔在我梦中出现，日有所思夜有所梦，明明我没想她，怎会挤进我梦里？我夜夜搂着妻子睡，脑子里却有别人，我反复告诫自己，这是对婚姻的背叛。

我以为看花了眼，凤霞远嫁大兴，怎会出现在偏僻的小区路上？我稳了稳心神，心里在想，要真是凤霞，该有多浪漫啊。我会不顾一切走上去，大胆地告诉她，我曾多么地爱她。

一股股热浪般的冲动在我内心波涛汹涌，几乎要让我晕倒，凤霞用我熟悉的温柔的声音喊出我的名字。我一下子惊呆了，恍惚间，仿佛又回到了十几年前的高中，我激动得找不着北了。

凤霞说要打车去荷花池看一远房亲戚。我自告奋勇要带她去，凤霞让我先骑，她能坐上去。我骑上了车，凤霞像只灵巧的燕子落在后车座上，两只手自然地环在我腰上。

这是不是一场艳遇的开始，我像是在飘……我狠狠骂自己，我心太肮脏了，别忘自己是有妻室有孩子的人了。我把凤霞送到目的地，目送她身影远去，期待的一场艳遇泡汤了。直到她的影子消失了，我才想起没有要她的联系电话。

到家比平时晚四十分钟，妻子面无表情地在阳台上摆弄花草，嘴里还咿咿呀呀地哼着小曲。

我说："今天吃什么呀，我都饿坏了。"

妻子慢吞吞地说："怎么回来晚了？"我说："今天加班，都快忙死了。"我不想欺骗妻子，妻子心眼小，我若说带一个女的，她非吃醋不可，多一事不如少一事。妻子语气很缓慢，像是病了。"加班，和谁呀？"

"当然是科里的人了。"

"人家没管饭？"妻子不经意地一问。我顿时慌了，忙打岔："今天，你怎么没在门口等我。"

"我等你，岂不耽误你的好事？"

我装傻充愣："我有什么好事？"

"说，你刚才带的女人是谁？"妻子的声音像直入的单刀，寒气逼人。我心一颤，莫非我带凤霞的事让她知道了。不会啊，即使有人看见了，也不会这么快告诉她啊。我瞪大眼睛："谁乱嚼舌头传闲话。纯粹是吃饱了撑的。"

"我亲眼看见的。"

这一来，我只有举手投降了。再要顽抗，死路一条。我嬉皮笑脸地说："是我一个高中同学，她要去荷花池，没打着车，让我送。同学一场，我能不送吗。"

"那你刚才为什么不说。"妻子脸色温和了些。我把自己打扮成一个委屈的受害者："就你那小心眼，我若说了，你又几天睡不着觉。"

"我心眼有那么小么？"妻子继续摆弄她的花草，"她是谁啊？"

"凤霞。"

"凤霞！"妻子中邪似的怪叫起来，声音近似发疯，"你的相好啊，难怪搂得那么紧。"

我更糊涂了，妻子怎么知道凤霞的。我说："不扶着腰，行吗？我带你时，你不也搂着。"

"我是你媳妇，她呢？"

我搞不明白，她们又没见过面。瞅她发疯样儿，好像凤霞给她造成不可饶恕的伤害。

"你这个陈世美。她居然到小区来找你，真不要脸……"

我听得头皮发麻，凤霞是路过，怎么会是专门来找我。在她看来里，我和凤霞之间有许多肮脏龌龊的事。我是追过她，可人家根本没理我。妻子冤枉我没什么，怎么能骂凤霞呢。我耐心地解释，我们是清白的。

“清白，你敢说你和她什么事也没有。”

“怎么不敢。”我挺直了腰拍着胸脯。

“哼。晚上睡觉说梦话都是凤霞凤霞的，你还狡辩。”妻子冷不防的一个撒手锏让我彻底崩溃。我抽自己嘴巴的心都有，我怎么就管不住自己这张嘴呢。事到如今，我只有负隅顽抗，死不承认，反正她也没证据。

“你要证据是吧。好好，你等着。”妻子底气十足的样子把我吓傻了。妻子旋风似的进了卧室，在床抽屉里翻出一本书，抖落出一张照片。妻子举起照片，摔在我面前。照片上的凤霞青春靓丽地歪着头，对着我露出桃花般迷人的笑。这是高中毕业时，凤霞送的纪念照。我迷茫地看着妻子，心里不服：这算什么证据？

妻子问：“这是她吧？”

我点点头。这有什么奇怪的，毕业纪念照，一人一张。妻子突然像只发怒的狮子，两只手抓起照片，撕个粉碎，打在我脸上：“行啊，一张照片你保留了这么多年。今天人家找上门来了，你和她过吧。”

我有气无力地争辩，她是来走亲戚的，不是找我的。连我也觉得自己的话软绵绵的，像蒲公英一样轻。我的解释没起任何作用，于是我沉默，任凭妻子机关枪似的喷射。

“你怎么不说了，被我说中了吧。这个家过不下去了！”妻子真疯了，开始砸摔东西。我也急了，她奔哪个，我就去护着，可我总是慢她半拍，眼睁睁地看着一件件瓷器、玻璃撞击地板。每摔一件，我的心就疼一下。我的血管都快爆裂了。妻子还没完全丧失理智，专挑我的物件砸，我也豁出去了，让她发泄，痛痛快快地砸。

妻子砸累了，对我也烦透了，用手一指门外：“滚，我不想见到你。”

楼下有人窃窃私语。

“就他家，二楼。听说，男的有外遇。”

“神仙也满肚子花花肠子。”

“猪八戒不也调戏嫦娥……”

他们看我像看贼，但他们同样贼光四射。

我漫无目的地闲逛，像风一样，肚子容不得我长时间消耗。柔和的夕阳将世界装扮出最幸福的一刻，人们纷纷涌回家，准备和家人共进晚餐，有的提着酒水呼朋唤友到酒店小聚，整个小区都弥漫在饭菜的味道之中。我在垃圾桶旁，见到两只又黑又瘦的流浪狗，我突然有种同病相怜的感觉。

楼上飘出炒菜的味道刺激着我的胃，我舔了舔嘴唇，喉咙不住往下干咽。我把手伸进衣袋，真是糟透了，皮包忘家里了。

我实在走不动了，妻子的火气该消了吧，回家和妻子好好解释，妻子会谅解的。

我掏出钥匙去开门，门从里面锁住了。我很“绅士”地敲门，儿子跑过来问：“谁呀？”

儿子什么时候回来的？儿子在幼儿园大班，和楼上的孩子同班。每次都由楼上接送。我像遇到救兵：“儿子，是爸爸，开门呀。”

儿子正要开门。被他的母亲制止了：“不能开。”

儿子问：“为什么呀？”

妻子说：“你爸爸犯错误了，罚他不让他进屋。”

我气坏了，妻子怎能这样教育儿子呢。我继续敲门，妻子也没反应。我是这房的主人，房产证上还是我的名字，我却被拒之门外。敲门变成了拍打。妻子说：“再拍，我就报警。”

妻子说得出就做得出，惊动警察，可不是好玩的。我站在门外想了又想，跟儿子商量：“儿子，把我的皮包拿给我。”

儿子真听话，跑过去跟他母亲报告。很快，皮包被妻子扔了出来，我抢过皮包，里面的钱和银行卡都被妻子搜净了，只剩个空壳。

我走投无路，单位自然成了我的避难所，在办公室找到半盒饼干，一袋方便面，勉强把肚子对付过去。我用椅子拼张床，好在现在天气转暖了，没有被褥也能将就一晚。我躺在上面，脑子不安分起来，一会儿往好处想，一回又往坏处想，最后，坏的想法占了上风。妻子肯定不会善罢甘休，最坏的是什么呢？我不知道，但我知道问题很严重，单靠我个人是不行的，我得搬救兵。我翻阅手机的通讯录，眼都看花了，一个合适的都没有。我忽然觉得自己很失败。我又想起了凤霞：如果我和她结婚，肯定不会发生这种事。可人家根本就没看上我，我也只是瞎想。

婚姻就是一条胡同，我却一不留神进了死胡同。我心有不甘，又翻起手机。妻姐的名字蹦出来，我眼前一亮。窗外的星空，水洗过一样，深邃而宁静。那一闪一闪的星星，像是儿子的眼。我失眠了。

第二天一早，我给妻姐打电话。妻姐说，孩子都这么大了，还闹什么！妻姐的话里有话，显然是认为我有婚外恋，我向她解释，妻姐说，我不要听你们的破事。她不听，怎知谁是谁非啊。我简单地说了一下经过，本身这也不复杂。总之，我强调我和凤霞之间什么都没发生，只是单纯的同学关系。我骑车带她并没出格，是妻子太过分了。

“现在还有单纯的吗？”妻姐的话很武断，噎得我透不过气。她显然还是站在妻子的战线上，我耐着性子，一再解释我和凤霞只是同学。

“别总凤霞凤霞的，她又不和你过。”

我马上住了嘴。妻姐最后说，要给妻子打电话，多少给我一个宽心。

我正焦急等待时，妻姐的两个孩子发来微信，质问我们家是不是出现了第三者。他们还算给我留了情面，没有直接点名。他们不去问他们的姨，却来问我，也是“此地无银三百两”了。

他们说谁有第三者，会遭报应的。

小毛孩子也来教训我，我把手机扔在桌上，去食堂吃饭。回来时，同事小王说：“你的手机都响半天了。”我以为是妻姐，拿起来一看，是妻弟，也就是我的小舅子。我这个小舅子从不把我看在眼里，总认为我太窝囊，没什么本事，就知道上班，挣死工资。在他眼里，我活得太憋屈，跟傻子一样。

我和他是两路人，他经常和一些不三不四的人来往，三天两头地换女朋友，还总往家里带。他很少给我打电话，偶尔打电话，肯定没好事。

手机又响了，还是妻弟，我不想接。小王说，你怎么不接。我说，骚扰电话。我把手机调成振动状态。我这个小舅子是属大叫驴的，什么话都敢扔。妻弟很倔强，手机响个不停。我担心这家伙说不定会窜到单位来，闹个天翻地覆，那可就糟了。

厕所是接电话的好地方。妻弟张口就没人话："你丫的，怎么半天也不接电话。"

我说："你有事？"

"你行啊，没看出来，长能耐啊……"

"我有什么能耐啊。"

"你还当好话听啊。"

"你搞了个破鞋？丫的，是谁，他妈的，爷我废了她。"

我烦了："你烦不烦啊……"

妻弟破口大骂："我没找你算账，你还烦。她是谁？你不说，我也能查出来，祸害我家头上，信不信腿我给她卸下来，让她一辈子残废。还有你，都给我小心点。"

一股怒火"呼呼"蹿着，我恶狠狠地挂了电话。还没走出角落，手机又响了，还是妻弟。我气坏了："你有完没完，我家的事你别管。"

妻弟吼叫："我怎么管不着，那是我姐，把我惹翻了，连你一块废。"

事情怎么会这样呢？早知这样，我给妻姐打哪门子电话。

家，还是要回的，毕竟是自己的窝。我回到家，门没有锁。但妻子还是那张冷若冰霜的脸。见我回来，她破天荒开腔说话了："自己不想好好过，还给人家打电话，让人家不好好过。"

我又惊又喜，肯定是妻姐打过电话了。我装糊涂："谁打电话了。"

"谁打谁清楚。别以为这样就没事了，没个完。"妻子一副"宜将剩勇追穷寇"的架势。我问："你要怎么才算完？"

妻子说："别嬉皮笑脸的，把你的事说清楚。"

"我已经说得很清楚了，我们只是同学而已，十多年都没见了……"

"呵呵，十多年没见了，你们还念念不忘啊。"

"我是什么人，你还不了解啊。我是那种人吗？"

妻子愤愤地说："我算是瞎了眼，这么久才看出你是头披着羊皮的狼。"

我气得呼呼直喘，什么话也说不出。妻子不依不饶："怎么样，被我说中了吧。你到现在还护着她。"

女人说变就变，儿子一回来，妻子马上变得和蔼可亲了。儿子见门就问我："爸，你昨夜去哪儿了？"

我抱起儿子，把脸扭向妻子："还是儿子关心老爸啊。"

妻子"哼"了一声，对儿子说："快下来，他身上脏。"

我说："我哪儿脏？"

"你哪儿都脏，尤其是心脏。"

妻姐的劝说效果并不明显，我虽然进了家门，却只能睡沙发，衣服也不给我洗，话也不跟我说，连个好脸色都没有。妻子说要让我反省。我又没犯错，反哪门子省呀。说是反省，其实就是"冷战"。

等儿子睡着了，我对妻子说："你究竟想要干什么？有这么过日子的么？"

"人家都找上门来，你还问我。你不是想和凤霞过吗。好啊，我成全你，你这就去，马上。"

"咱们约法三章，往后我不提，你也不提，咱们好好过日子。"我心平气和地说。

"怎么过？你心里总装着她，还想和我过日子。你必须交代。”

“我们什么都没有，交代什么！我这人你最清楚，和你谈三年恋爱，连你的手都没碰过。我和她真没什么，要不，我发个誓？”

“发誓也不行。你不交代，也行。我再给你最后一次机会。咱们去找凤霞对质，你敢不敢？”

妻子怎么想出这个馊主意，看韩剧中毒太深了吧。我不同意，嘟囔着说：“这是咱家的事，别扯别人家。”妻子说：“怎么？你难受了？”

平日妻子挺通情达理的，没想到这么糊涂，我气得鼓鼓的：“你真自私。”妻子“呼”地站起来，嚷道：“我自私，你找不自私的去。”

“不可理喻。”

“我就不可理喻了，怎么样？”妻子突然扬起巴掌，打在我脸上。我惊愕地看着她，绝望、愤怒、悲伤、屈辱……全都迸发出来，我失控了，伸手还击了一巴掌。

妻子捂着脸，没有哭没有闹，出奇地镇静，两只眼盯着我，似要喷出火来。我又怕又悔，张着死鱼般的嘴，什么话也说不出来。过了好一会儿，妻子声音似火山般喷发出来：“离婚——”

事情发展到这种地步，已无法挽回了。

第二天，妻子没去上班，要我回老家拿户口本。我自然不肯，还一再说对不起。妻子面色苍白，转身一个人走了。她是回家拿户口本了，铁了心要离。我给母亲打电话，要她把户口本藏好，千万别给我妻子。

叮嘱完，我长出一口气。回到家，我傻眼了，妻子手里拿着两个户口本，我叫苦不迭：老妈啊老妈，我千叮咛万嘱咐，怎么还把户口本给她了，这不是要我的命吗。我狠狠瞪了妻子一眼，不知她用什么花言巧语骗来的。

事到如今，埋怨也没用，大概这就是命吧。

晚饭很丰盛，妻子自斟自饮喝起了红酒，她这是在庆贺呀。我没胃口，感觉这是最后的晚餐。父亲打来电话，我到楼下去接。父亲问我：拿户口本干什么？我不能隐瞒了，把事情前因后果都说了。父亲先把母亲埋怨了一顿，又抱怨我不该留照片，又批评我连这点事也处理不好。我说："这不怨我。"

父亲给我定了调子："婚不能离。"

我也不想离，可不由我啊。户口本在她手里呀。

"笨蛋。"父亲粗鲁地骂了一句，"你不去民政局，能离吗！你哪是我儿子呀，连一点男人气概都没有。"

我当然明白父亲所说的男人气概是什么，可我做不到。我没说妻子还打了我一个耳光，不然，父亲肯定认为我给全家丢人了。

父亲说："你好好和你媳妇赔个不是，一切都解决了。"

我说："她要我交代我和凤霞的事，可我们什么也没干啊。我说什么她都不相信！"

"你就编造，这又有什么了不起。只要不离婚就行。"

这是什么主意啊，我们什么都没有，妻子还像审犯人。我若胡编，妻子还不把我吃了？我抱定一个宗旨，死活不离婚。

很快，"冷战"造成的影响显现出来。领导让我写工作总结，我给忘得干干净净。领导让我复印讲话稿，原件是双面，我只复印了单面。领导找我谈话，问我怎么回事。我说，最近失眠，没休息好。领导笑了，叮嘱我好好休息注意身体。

这一天，领导又把我找去。我心里直打鼓，以为领导知道我家的事了。领导示意我坐下，说去年你是先进，下周组织去南方，你去吧。多美的事啊，可惜我去不了。我编了个理由，不行啊，家里老爷子病了，需要我照顾。领导很理解，只说下次还有机会，又拿出一张表格，今年单位推荐你参加市里的最美家庭评选。市最美家庭，这么不凑巧，我家正闹离婚呢，还参加什么评选啊。

我把表退给领导，谢谢领导好意，我们做得还不够。领导说，你这人哪都好，就是太谦虚。我说，我不是谦虚，是真心话。领导急了，县里规定，去年县最美家庭，都得参加，你不参加，局里怎么交代？

看来我别无选择了，这叫什么事，一面参选市级最美家庭，一面和妻子闹离婚。

我问，最迟什么时候交。领导说，下周一。

正在我进退两难时，意外接到罗刚的电话，他是我高中最要好的同学。肯定是他听到什么风声，要给我们说和。真是救命活菩萨呀。

妻子见来了人，好像什么事也没发生，把拖鞋拿过来，柔声说："看你的皮鞋，快脱下来，我给打打油。还有你身上这衣服，早上我给你拿了换洗的，你都忘了换。一会儿换了啊。"

我笑笑："一会儿再说，我先陪客人。"

罗刚在旁看着，羡慕不已："多好啊，几辈子修来的好姻缘呀。我那口子若有嫂子十分之一，我就阿弥陀佛了。"

妻子端茶端水果，然后出去买菜。罗刚说：“嫂子快点啊，我还有事要说。”我咧着嘴冲妻子笑，妻子猜出罗刚要说什么，爽快地说：“和你哥说就行，他是一家之主。”

罗刚说：“你俩真让人羡慕，我那口子三天两头和我吵，烦死了。”

妻子下了楼，我问罗刚：“你怎么知道的？”

“知道什么？”

我一愣，不知道，那你怎么来找我？罗刚这才说明来意，最近手头有些紧，来找我借钱。我僵住了，好半天，才回过神来。我苦笑说，真不凑巧，我和她正闹离婚呢。罗刚说什么不信，我把皮包打开，我的钱包连银行卡都被她拿走了。紧接着，我把事情简单经过说了一遍。我当然知道，罗刚是凤霞的追求者，我担心他在我妻子面前说漏了嘴，只说我带一女同学，被妻子看见，没提凤霞的名字。妻子误会了，以为是我情人。

罗刚说：“你也太不小心了，怎么就让她看见了。”

是啊，如果那天妻子没看见，不就平安无事了，我现在也许在南方呢。罗刚有些幸灾乐祸：“真没想到，你还有情人，真是蔫人出豹子。你们好几年了？”

我苦笑说：“我哪有什么情人啊，就是一个同学。”

“谁信啊？”

“真是同学，多少年都没见了。”

他说：“你这人没劲，连我也骗，现在的情人都是由同学发展过来的。”

我没法解释了，幸亏没让他劝，否则越来越糟。看来，所有问题还得我一个人扛啊。

“人家都是家里红旗不倒外面彩旗飘飘，你倒好，彩旗还没飘呢，红旗就倒了。”

我摆摆手，示意他不要说了。罗刚主动请缨，要给我们说和，还说昨天见到凤霞了，说哪天几个老同学要聚聚。

我哪敢让他说和呀。我顾左右而言他，把话题转到借钱上。我让他向我妻子借。罗刚摇摇头，算了，我还是找凤霞吧。我盯着罗刚，这是颗炸弹，不定什么时候炸。我问：“你和她还有联系？”

“你说是凤霞？有，我们一直联系。说实话，哥们高中就追过她。行了，我走了。”我巴不得他快点走，门一开，妻子脸微红站在门口。

糟了，我们的谈话是不是被她听到了？我如临大敌，也没送罗刚下楼，低头想着有没有说错话。

妻子不说话，我更沉不住气了。我试探着说：“罗刚是来借钱的。”

“哼。”妻子说：“是你耍的鬼把戏吧。自己没钱了，就变着法子找人骗我……”

得，我又被冤枉了。

岳父得知我们闹离婚，风风火火来了。真是大旱逢甘霖啊，我恭恭敬敬把岳父迎进来，殷勤地敬茶点烟。岳父还没坐稳，就问他女儿：“你们闹什么闹？”

妻子瞟了我一眼，您问他。岳父把脸转过来，问我原因。机不可失，我抓住这大好机会，把事情经过说了一遍，狠狠把妻子参了一本，最后我哭丧着脸说，您说，半路上遇到女同学，人家提出让我送，我能不送吗？就这点事，她就抓住不放，非说我和她有不正当关系，还要和我离婚。

岳父淡淡地说，这没什么，她这是担心你么。

我一听，心就凉了半截，岳父怎能这么说呢，这明明是他女儿的不对，这么一说，反倒是我错了。

第二天，岳父回去了。临走前，把户口本要走了。

危机解除了，但“冷战”依然继续，没有一点缓和迹象。“冷战”受伤的是双方，不把一方拖垮没个完。既然妻子铁了心要离，我又何必死缠不放，让她瞧不起呢。离婚也没什么，晚痛不如早痛。我痛下决心，和妻子离婚。我彻底想开了，什么房子、妻子、家庭，都是扯淡。我唯一放心不下的是儿子。在和妻子摊牌之前，我想征求儿子的意见。

在一个夕阳无限好的时刻，我带着儿子出去玩。想到今后再也没有这样的机会了，我心里就特别难受。儿子没意识到危机，玩得很开心。我们穿过一片树林，走在一片青草地上的青条石上。几十个喷头旋转着浇灌，青石条铺成的小路像迷宫一样，阳光透过喷洒的水线映出团团彩虹。儿子在小路上快乐地飞跑，像天使一样，欢笑声与泉水哗哗地洒向青草地。

儿子身上沾满了水，我担心儿子着凉感冒，喊他回家。儿子恋恋不舍。我爱怜地抚摸着儿子的头，用不了多久，儿子会有一个后爸。他再这样跑，那个人会像我一样爱他吗?

走到楼下，天色已经暗了，我蹲下来，拉着儿子的手，眼光平视。我这一举动让儿子有些不安。我说：“如果我和你妈离婚，你跟谁?”

儿子眨眨眼问：“什么叫离婚?”

我说：“就是你只能和你妈或你爸一个在一起。”

儿子央求说：“你们别离婚。”

儿子的话像刀子刺痛我的心，我觉得自己太失职了，儿子才六岁，就要扛起大人都解决不了的难题。我想缓和儿子心头上的压力，把他抱在怀里，咧着嘴说，爸妈不离。

“我真怕你们离婚。”儿子吓坏了，眼泪都流了出来，弱小的身子在我怀里不停地抖动。我安慰他：“刚才是开玩笑呢，爸妈不离，永远和你在一起。”我心里恨妻子，干的这叫什么事，非要把好好的家拆散才心甘吗。

我伸手擦去儿子的眼泪：“男子汉，不哭。咱们回家。”

儿子问：“你到底做错了什么，妈妈不让你进屋。”

我说：“我就是骑车带一个女同学。”

“就这？”

“嗯，爸不骗你。”

儿子说：“那我拉女同学的手做游戏，妈让我回家吗？”

“当然让了，同学之间的友情是纯洁的。”

星光之下，伸过来两只手，一只拉住了儿子的手，一只握着我的手，是那样的紧，那样的热。那一刻，我抬头仰望苍穹。星光辉映，我脸上有热泪在淌……